Переписка
с мирскими лицами

Амвросий Оптинский

ПЕРЕПИСКА С МИРСКИМИ ЛИЦАМИ

1. О том, сколь много мы заботимся о теле, и сколь мало о душе

В Евангелии сказано: "Какая польза человеку, если он приобретет весь мир, а душе своей повредит?" (Мк.8: 36). Вот как драгоценна душа человеческая! Она дороже всего мира, со всеми его сокровищами и благами. Но страшно подумать, как мало понимаем мы достоинство бессмертной души своей. На тело, это жилище червей, этот повапленный (подкрашенный) гроб, обращаются все наши мысли, от утра до вечера, а на бессмертную душу, на драгоценнейшее и любимейшее творение Божие, на образ Его славы и величия, едва обращается одна мысль во всю неделю. Служению тела посвящаются самые цветущие годы нашей жизни, а вечному спасению души — только последние минуты дряхлой старости. Тело ежедневно упивается, как на пиру богача, полными чашами и роскошными блюдами; а душа едва собирает крохи Божественного слова на пороге дома Божия. Ничтожное тело омывают, одевают, чистят, украшают всеми сокровищами природы и искусства; а дорогая душа, невеста Иисуса Христа, наследница неба, бродит шагом изнуренным, облеченная в одежду убогого странника, не имея милостыни.

Тело не терпит ни одного пятна на лице, никакой нечистоты на руках, никакой заплаты на одежде; а душа, от главы до ног покрытая сквернами, только и делает, что переходит из одной греховной тины в другую, и своей ежегодной, но часто лицемерной исповедью только умножает заплаты на одежде своей, а не обновляет ее.

Для благосостояния тела требуются разного рода забавы и удовольствия; оно истощает нередко целые семейства, для него люди готовы иногда на труды всякого рода; а бедная душа едва имеет один час в воскресные дни для слушания Божественной литургии, едва несколько минут для утренней и вечерней молитвы, насилу собирает одну горсть медных монет для подаяния милостыни, и довольна бывает, когда выразит холодным вздохом памятование о смерти.

Для здравия и сохранения тела переменяют воздух и жилище, призывают искуснейших и отдаленнейших врачей, воздерживаются от пищи и пития, принимают самые горькие лекарства, позволяют себя и жечь и резать; а для здравия души, для избежания соблазнов, для удаления от греховной заразы не делают ни одного шага, но остаются в том же самом воздухе, в том же самом недобром обществе, в том же самом порочном доме, и не ищут никакого врача душ, или избирают врача незнакомого и неопытного, и скрывают перед ним то, что уже известно и небу и аду, и чем они сами хвастают в обществах.

Когда умирает тело, тогда слышится скорбь и отчаяние; а когда умирает душа от смертного греха, тогда часто и не думают об этом.

Так мы не знаем достоинства души своей, и, подобно Адаму и Еве, отдаем свою душу за красный по виду плод.

Почему же мы, по крайней мере, не плачем, подобно Адаму и Еве? Плач потерявших душу должен быть горестнее плача Иеремии, который, оплакивая бедствия отечества, взывал: "Кто даст главе моей воду и очесем моим источник слез?" (Иер.9: 1).

У нас же, большей частью, забота о стяжании благ, только, к сожалению, часто земных и временных, а не небесных. Забываем мы, что земные блага скоропреходящи и неудержимы, тогда как блага небесные — вечны, бесконечны и неотъемлемы.

Всеблагий Господи! Помози нам презирать все скоропреходящее, и пещися о едином на потребу спасении душ наших.

2. Изъяснение 126-го псалма

Когда Иудеи, по возвращении из Вавилона, начали строить храм и город свой, то они встретили сильное противодействие со стороны соседственных племен, так что им приходилось в одно время и строить, и отбиваться от неприятелей, и, по словам Неемии: "Строившие стену и носившие тяжести... одною рукою производили работу, а другою держали копье" (Неем. 4: 17). К этим-то Иудеям пророчески обращается святой Псалмопевец и, научая их надеяться не на труды и старание свое, и не на оружие, а на помощь Божию, говорит так: "Если Господь не созиждет дома, напрасно трудятся строящие его; если Господь не охранит города, напрасно бодрствует страж. Напрасно вы рано встаете, поздно просиживаете, едите хлеб печали" (Пс.126:1-2). Слово "встаете", по изъяснению Феодорита, должно понимать здесь не в значении повелительного наклонения, а неопределенного, то есть вместо "востанете" воставати. Пророк говорит, что, без содействия Бога всяческих, все напрасно, — и утреневати, и, по кратком сидении, скоро вставать для охранения города и для предположенного созидания. А потому вкушающим хлеб с болезнью, по причине восстания врагов, советует иметь надежду на Бога.

"Тогда как возлюбленному Своему Он дает сон. Вот наследие от Господа: дети; награда от Него — плод чрева" (ст. 2-3). "Сном" пророк, в переносном смысле, назвал здесь успокоение, потому что сон доставляет людям отдых. Посему смысл этого стиха такой: когда Бог даст вам покой и свободу от нападающих на вас врагов, тогда не только возможете построить храм и Иерусалим, но и сыны родятся вам, которые будут наследием или жребием и собственным народом Божиим; и это плодородие чрева, или благословение чадорождения, как некая награда или воздаяние, будет даровано вам, уповавшим на Бога.

"Что стрелы в руке сильного, то сыновья молодые" (ст. 4). Уповая на Бога, будем не только многочисленны, но и сильны, подобно неким стрелам, пущенным рукой сильного. По изъяснению Афанасия Великого, "оттрясенными" названы здесь Иудеи, отверженные за распятие Христа. Сыны их, то есть апостолы, соделались стрелами Сильного, которыми сострелял сопротивные силы.

"Блажен человек, который наполнил ими колчан свой!" (ст. 5). Блажен, чье желание исполнится, то есть кто сподобится облегчения и освобождения от брани со врагами, многочадия, и прочих исчисленных даров Божиих.

"Не останутся они в стыде, когда будут говорить с врагами в воротах" (ст. 5). У древних был обычай: не принимать послов от неприятеля внутри города, но встречать их вне города, у ворот, и там разговаривать с ними. Вот изъяснения псалма в буквальном историческом смысле.

В духовном же смысле псалом этот относится и к созиданию душевного дома добродетелей, как преподобный Феодор Студит изъяснил в степенных (3-го и 7-го гласов): "Аще не Господь созиждет дом добродетелей, всуе труждаемся; душу же покрываюшу никтоже наш разорит град". И "аще не Господь созиждет дом душевный, всуе труждаемся; разве бо того ни слово, ни деяние совершается". Созидается же дом душевный из разновидных камней добродетелей и исполнения заповедей. А всуе трудится тот, кто подвизается в одном телесном делании, а о душевных добродетелях небрежет и потому не имеет

3

Господа, содействующим в созидании дома душевного, ради веры, надежды и любви трудящегося. И всуе хранят град благочестия и добродетелей те, кому Сам Господь ради их смиренномудрия не сохранит оный непоколебимым от духов гордости, благодатью Святаго Духа.

Слова: "Вот наследие от Господа: дети; награда от Него — плод чрева" — в буквальном смысле относятся, как сказано, к чадородию, о котором святой Псалмопевец упомянул, так как оно у евреев почиталось самым вожделенным благом. В духовном же смысле чрево означает сердце. А мзда плода чревняго есть сыноположение, которое даруется тем, которые блюдут свое сердце от всего неугодного Богу, молясь: "Сердце чисто созижди во мне, Боже, и дух прав обнови во утробе моей" (Пс.50:12); и непрестанно прибегая к Тому, о Ком сказано (Пс. 109: 3-4): "из чрева прежде денницы родих Тя. Клятся Господь и не раскается".

"Сыновья молодые (оттрясенные — слав. перев.), которые, по вышеприведенному толкованию, относятся к Иудеям, в христианском смысле имеют иное значение, то есть, как говорит Никита Стифат, означают людей изнуренных добровольными подвигами и стрясших с себя ветхого человека покаянием, и чрез то получивших силу поражать мысленно врагов, как стрелами.

"Блажен, иже исполнит желание свое от них (Блажен человек, который наполнил ими колчан свой"), то есть блажен, кто будет подражать им, то есть стрясшим с себя ветхого человека: и он получит такую же силу от Бога, и не постыдится, когда будет отвечать мысленным своим врагам во вратех, то есть в дверях сердца своего.

3. Изъяснение слов 127-го псалма

Что означают слова в 127-м псалме: "Труды плодов твоих снеси?" (ст. 2)

Ответ: Слова эти означают следующее: Кто особенно, с самого начала, проводит жизнь добродетельную, со страхом Божиим и хранением своей совести, согласно заповедям Божиим, тот, в свое время, достигает плодов духа, как говорит апостол: "Плод же духовный есть любы, радость, мир, долготерпение, благость, милосердие, вера, кротость, воздержание" (Гал.5: 22-23). По достижении таких плодов человек-христианин хотя и несет труды и подвиги благочестия по-прежнему, но эти труды для него легки и отрадны, по причине благой надежды, и по причине помощи свыше от благодати Божией. И с другой стороны, кто живет худо и нерадиво, и вопреки заповедям Божиим, тот стяжавает плоды злые, то есть злые привычки и разные душевредные навыки; после чего, если и захочет обратиться к Богу и жить добродетельно, то злые привычки не дают ему полной свободы, а делают всякое к тому препятствие, и потому для такого человека труды благочестия бывают большей частью тяжелы и до времени безотрадны, по причине сомнительной надежды и по причине противодействия злых навыков.

Некоторые под словами: "труды плодов твоих", — разумеют труды рук и ног. Но и такое разумение подает смысл, одинаковый с вышесказанным; то есть что человек вначале делает, и каким путем ходит, то впоследствии это или облегчает его участь, или обременяет и затрудняет, как говорит Лествичник: "Усердно приноси Христу труды юности твоей, и возрадуешься о богатстве бесстрастия в старости". А нерадящие в юности воздыхают в старости своей.

4. Как подражать Богу

Святой апостол Павел в Послании к Ефесянам пишет: "подражайте Богу, как чада возлюбленные" (Еф. 5: 1).

Истинные христиане могут подражать Богу особенно исполнением следующих трех Евангельских заповедей:

1. Господь глаголет во Евангелии: "Будьте милосерды, как и Отец ваш милосерд..." "Повелевает солнцу Своему восходить над злыми и добрыми и посылает дождь на праведных и неправедных" (Лк. 6: 36; Мф. 5: 45).

Заповедь эта, во-первых, означает, что человек должен быть сострадательным к ближним касательно подавания милостыни, не различая достойных от недостойных. А во-вторых, требует от нас и снисхождения к ближайшим, и прощения им всяких недостатков, обид и досаждений.

2. Святой апостол Петр пишет: "Как послушные дети, не сообразуйтесь с прежними похотями, бывшими в неведении вашем, но, по примеру призвавшего вас Святаго, и сами будьте святы во всех поступках. Ибо написано: будьте святы, потому что Я свят" (1 Пет. 1: 14-16).

Эта заповедь означает, что человек должен хранить целомудрие и чистоту телесную и душевную не только относительно блудной страсти, но и относительно других страстей, потому что и зависть и ненависть и злопамятство также составляют нечистоту души.

3. Сказано в Евангелии от Матфея: "будьте совершенны, как совершен Отец ваш Небесный" (Мф. 5: 48).

Совершенство христианское, по слову святого Исаака Сирина, состоит в глубине смирения. Фарисей, как сам о себе свидетельствует, не был подвержен никакому пороку, но за то, что вознесся, осудил и уничижил мытаря, не только потерял все, но и отвержен был Богом. По этой-то причине Господь говорит: "когда исполните всё повеленное вам, говорите: мы рабы ничего не стоящие, потому что сделали, что должны были сделать" (Лк.17: 10).

Как бы кто-либо из христиан не был тверд и точен в исполнении христианских своих обязанностей, это исполнение его и духовное делание, по слову святых отцов, может уподобляться только малой купели, или самомалейшему озерцу; заповеди же Божии подобны великому морю, как и святой пророк Давид говорит: "широка заповедь Твоя зело" (Пс. 118: 96).

Перед этой-то широтой невольно смирялись и великие святые, называя себя землей и пеплом, и считая себя хуже всякой твари. Или, как выразился мудрейший из апостолов, святой Павел: "забывая заднее и простираясь вперед, стремлюсь к цели, к почести вышнего звания Божия во Христе Иисусе. Итак, кто из нас совершен, так должен мыслить" (Флп. 3: 13-15).

5. Радость о крещении черкеса Муллы. Недаром соблюдаются Богом разные племена и народы

(Письма с 5 по 10 были написаны к графу А.П. Толстому)

Ваше С-ство!

С января месяца собирался отвечать на письмо ваше, но до сих пор никак не собрался, то по немощи телесной, то по недосугу; и дотянул до праздника Святыя Пасхи, с которым теперь и поздравляю вас от всей души, желая вам провести

6

всерадостное Торжество сие в возможном здоровье и утешении духовном. У нас слышно было, что в середине, или в конце Великого поста, предположено было в вашей домашней церкви Крещение татарского (или черкесского) муллы. Если это совершилось, поздравляю вас и с этой радостью, потому что и на небеси бывает радость о едином грешнике кающемся. Крещение этого муллы, обращение к христианству лезгинца Ассана, присоединение к Православной Церкви абиссинца, и несколько других подобных примеров, навело нас на ту мысль, что недаром Богом соблюдаются разные племена и народы, с разными заблуждениями относительно единой истины Божественной, потому что, хотя и не часто бывает, но почти из всех существующих племен в разное время обращаются люди к истинному христианству. Святитель Иоанн Златоуст в одном месте говорит: "Един богоугождаяй Господу паче тьмы нечестивых". Значит, если из тьмы нечестивых един обратился ко Господу, то для Господа довольно и сего; и ради этого, единого обратившегося, соблюдает целое поколение, от которого он происходит. Тот же святитель Златоуст эту мысль подтверждает примером праведного и многострадального Иова, который есть потомок возненавиденного Богом Исава, примером Авраама (которого отец Фаран придерживался язычества, и даже делал языческие идолы, но чудом через сына обратился к истинному Богу) и другими примерами. А если уж какое племя или род будут так нечестивы, что от них не может произойти ни одного праведника, тогда, по псаломскому слову, это семя нечестивых истребится.

Вот, что нам пришло в голову при наступлении праздника Светлого Воскресения Господа нашего Иисуса Христа, то и сообщаем вам, не находя ничего сказать по содержанию письма вашего, потому что не знаем хорошо подробностей тех вещей, о которых пишете. Но высказанная мысль отдалила меня от того, что я хотел сказать вам. Так как вы, по своему благому усердию и христианскому чувству, взяли на свою обязанность обращение подобных людей, и стали даже крестить их в своей домашней церкви, то мне пришло желание написать вам утешительные слова святого Иакова, брата Божия: "Братие, аще кто в вас заблудит от пути истины, и обратит кто его, да весть, яко обративши грешника от заблуждения пути его, спасет душу от смерти и покрыет множество грехов" (Иак. 5: 19-20).

6. О трех брошюрах духовного содержания

Ваше С-ство!

Была оказия в Москву, и мне очень желалось написать вам хоть несколько слов, но немощь телесная и недуг не допустили сего сделать; а послал только вам по три малых книжицы, по поводу которых и желал писать к вам, слыша возглас церкви, ежедневно произносимый: "Твоя от твоих приносяще". Хотя смысл этих слов и не тот, но они навели меня на мысль послать вам напечатанные вами три брошюрки: 1) Советы ума своей душе; 2) О вещах, возбраняющих ко спасению, с душеполезными беседами блаженного старца Зосимы; 3) Толкование на "Господи, помилуй". Объем этих книжечек, по-видимому, очень малый, но содержание их велико, весьма велико. В них, хотя кратко, но ясно и практически изложено, как должен всякий христианин Евангельское учение приспособлять к образу своей жизни, чтобы получить милость Божию и наследовать вечное блаженство.

Послал же я вам означенные книжицы и с другой мыслью, а именно — во исполнение слов апостола, глаголющего (2 Тим. 2: 6): "Труждающемуся делателю прежде подобает от плода вкусити". Вкушать же так: прочитывать в каждую неделю хоть по одной из этих книжиц, и таким образом делать в каждый месяц, потому что сказанное в этих духовных книжках долго не удерживается в памяти. А почему не удерживается, объявил причину нам покойный 80-летний старец, архимандрит Моисей, сказав вопрошавшему о сем: "Книги эти дела требуют". Всеблагий Господь всем хотяй спастися и в разум истины приити, да подаст нам всесильную Свою помощь книги духовного содержания не только читать, но, по силе своей, и исполнять, что в них говорится к пользе нашей душевной.

Не знаю, как вам понравятся эти книжки, а все, принимающие эту духовную милостыню, с большим усердием принимают ее, и очень довольны остаются. Поэтому не раз уже приходила мне мысль перепечатать из книги преподобного Марка "Слово о покаянии", необходимое не только для грешных, но и для праведных. Советую вам прочесть это слово, и тогда общим судом решим, хорошо ли будет напечатать, или нет.

7. Как держать себя при разговорах о Святой Церкви

Ваше С-ство!

Хотя недавно послал вам письмо, но через А.С. слышу, что вас вызывают в П.-Б., и вы недоумеваете, как вам быть: ехать или не ехать, и как там поступать, если бы начались разговоры, особенно о Церкви; и желали бы знать наше о сем грешное мнение. Поэтому, среди недосугов и недугов, нахожу опять нужным писать к вам вскоре, и объяснить, как я о сем думаю. Если телесное здоровье ваше позволяет, то, помолившись Богу, ехать ничтоже сумняся, ничтоже бояся, и говорить там о делах человеческих по-человечески, как думаете, и как находите лучше и полезнее, по вашему соображению, без примеси каких-либо претензий. Если бы стали вам предлагать продолжение службы — в том или другом виде, то, во-первых, обратите внимание на лета свои, и на ваши телесные и душевные силы. Во-вторых, рассмотрите со всех сторон, может ли приносить пользу ваша служба, хотя косвенным образом; также рассмотрите окружающие обстоятельства, благоприятствующие; и тогда, по соображении всего, можете решить так: при посильном приношении пользы должно оставаться на службе, в противном же случае уезжать, несмотря и на убеждения родных, для их внешних выгод, против которых всегда должно поставлять впереди свои невыгоды душевные.

А если бы по какому-нибудь случаю, паче же по смотрению Божию, начались разговоры о Церкви, особенно же о предложении каких-либо перемен в ней, или нововведений, тогда должно говорить истину, по соображению, как требует того Истина, Которой именует Себя Сын Божий, Господь наш Иисус Христос, глаголя во Евангелии (Ин. 14: 6): "Аз есмь путь и истина и живот". Держась этой истины, можете сказать не обинуясь: "Судьбы Церкви земной воинствующей и Небесной торжествующей объявлены в Откровении Иоанна Богослова. Обо всем, что говорится в этом Откровении, говорить я не могу, потому что не понимаю всего таинственного смысла, там содержащегося. А что понимаю, то скажу". Тут можете потребовать Новый Завет, и прочтите подлинником 18-й и 19-й стихи 22-й главы Откровения: "Свидетельствую всякому слышащему слова пророчества книги сей: если кто приложит что к ним, на того наложит Бог язвы, о которых написано в книге сей; и если кто отнимет что от слов книги пророчества сего, у того отнимет Бог участие в книге жизни и в святом граде и в том, что написано в книге сей". Что Дух Святый через истинных рабов Своих и служителей, угодников Божиих, постановил и узаконил в Церкви, то изменять людям обыкновенным невозможно и страшно, потому что страшно власти в руки Бога жива. Ежедневно в церкви повторяются Богодухновенные слова Псалмопевца: "Не уклони сердце мое в словеса лукавствия, непщевати вины о гресех" (Пс. 140: 4). Если грешны мы и немощны, то должно себя за таких и признавать, а не искать извинения и самооправдания в каких-либо недозволенных послаблениях. Господь, в Откровении Иоанна Богослова, во 2-й главе, говорит к семи Асийским церквам, обличает прямо и строго, что Он ненавидит и не терпит в Церкви дел Николаитских, то есть каких-либо благовидных послаблений, носящих печать язычества. Впрочем, об этом великом и важном предмете должно быть осторожным, и умерять свои убеждения опасением, как бы в чем-нибудь и нам не согрешить, особенно неуместным обвинением других. В 5-й главе Откровения, в стихах 1 и 3 сказано: "И видел я в деснице у Сидящего на престоле книгу, написанную внутри и отвне, запечатанную семью печатями... И никто не мог, ни на небе, ни на земле, ни под землею, раскрыть сию книгу, ни посмотреть в нее", кроме Сына Божия, аки Агнца, за мир закланного. Что это за книга, которой никто, не только из земных, но и из небесных жителей ни читать, ни зреть не мог, и не может? Толкователь Откровения, святой Андрей Кессарийский, говорит, что эта книга сокровенных судеб Божиих, которые непостижимы, и потому никто, особенно из земных жителей, да не дерзает нерассудно проникать в оные. Такое дерзновение святой Иоанн Лествичник относит к возношению (степ. 25, отд. 12). А должно довольствоваться писанным совне этой таинственной книги, — сколько открыто в Священном Писании и в писаниях Богодухновенных мужей, преимущественно тем, что только необходимо для нашего спасения.

Доказательств ваших о Вселенской Церкви, кажется, не поймут и не примут, тем более, что в откровении к семи Асийским церквам, ни одна из них за другую не упрекается, а упрекается только каждая, за собственные недостатки. Действительно, хорошо и полезно вселенское единение Церкви, но это возможно только при внешних условиях; не говорю уже — при духовном согласии и единомыслии. Прибавляю еще. Положим, что у кого-либо мать не так хороша, как бабушка, и он более преклоняется уважать и почитать бабушку за ее достоинства, нежели матерь свою. Но если это рассмотрите поближе и повнимательнее, тогда окажется, что бабушку он должен почитать по собственному сознательному долгу; но и матерью не должен пренебрегать, а обязан почитать, по заповеди Божией, глаголющей: "Чти отца твоего и матерь твою, да благо ти будет, и да долголетен будеши на земли" (Исх. 20: 12). На исполнение заповедей Божиих должно понуждать себя и вопреки нехотению, так как в Евангелии сказано (Мф. 11: 12): "Царство Небесное нудится и нуждницы восхищают е". Сокращенно скажу: прежде, нежели начнете свои доказательства о Церкви, должно поверить свои мнения и убеждения со словом Божиим и с учением православных и духовных отцов Церкви; а на что не найдете такого свидетельства, о том полезнее умолчать. Иное есть, что нам кажется по нашему умозаключению; и иное есть самая истина, непреложная, подтверждаемая Священным Писанием.

8. Советы христианину о постоянном бодрствовании над собой

Ваше С-ство!

Читал я и диктование ваше, и слышал от отца К. словесное объяснение относительно настоящего вашего положения в болезненном состоянии. На все, выраженное вами, вы желаете знать и мое скудоумное мнение. Я думал немало о вашем положении, и нахожу, что теперь, особенно в болезненном положении, вам не следует презирать того, что на вас полезно повлияло и произвело благое впечатление, слова ли то были слышанные, или сновидения в этом роде. У Господа Бога средств много к тому, чтобы благовременно обратить мысль и заботу человека к единому на потребу, и преимущественно к сказанному Господом в Евангелии (Мф. 24: 44; 25: 13): "...будите готовы" на всякое время, "яко не весте дне ни часа, в оньже Сын Человеческий придет". Ежели, по слову святого Иоанна Лествичника, мысль о смерти великую пользу приносит христианину, то кольми паче приготовление к смерти много может воспользовать душу того, кто с верой и упованием ожидает своего исхода из этой жизни. Вам кажется, что заботливость о приготовлении к смерти делает вас менее способным ко всему доброму и необходимому. Но это несправедливо. Вам кажется так потому, что вы не вполне уверены в будущей своей участи. Но кто же может быть вполне уверен в этом, когда и совершенные, и угодники Божии, как например Арсений Великий и Агафон Великий, не без страха ожидали приближения часа смертного? Преподобномученик Петр Дамаскин говорит, что "спасение христианина обретается между страхом и надеждой, и потому ни в каком случае не должно ни дерзать, ни отчаяваться". Вы жалуетесь на старые привычки и на представляющуюся вам леность. Но кто из больных не чувствует расслабления душевного и телесного? Недавно в "Душеполезном Чтении" напечатана беседа святого Анастасия Синайского на 6-й псалом (месяц март). Нахожу, что беседа эта очень прилична к настоящему вашему положению. Прочтите ее со вниманием сами, или прикажите прочесть, — и прочтите не раз. В ней вы найдете много такого, что может вас и успокоить, и укрепить, и вразумить, на что должно обратить преимущественно внимание ваше касательно известного приготовления. Внешнее же приготовление, как я думаю, должно вам начать с двух главных предметов: написать духовное завещание и принять Таинство Елеосвящения, по предварительной Исповеди и Причащении. К чему из двух должно приступить прежде, это все равно, — как обстоятельства укажут.

В духовном завещании, касательно достояния вашего, смотрите на усердие и расположение души вашей; но не делайте распоряжения по одному простому человеческому чувству, а поступайте с рассмотрением, имея в виду и полезное для души вашей. О Соборовании святым елеем также скажу, что и оного отлагать не должно. Через сие Таинство многим возвращалось и здравие телесное. Главная же польза его состоит в прощении забвенных прегрешений.

Наконец, вы недоумеваете, где вам начать свое приготовление — на Афоне ли, или в нашей обители, или в Москве? Я нахожу, что вам, в теперешнем положении вашем, о поездке на Афон должно отложить всякое попечение, как о деле неудобоисполнимом и невозможном. Если же Господу Богу угодно будет подать вам крепость в такой мере, что вы сможете не только ехать, но и пожить там некоторое время, тогда и можно будет подумать об этом предмете. А пока начать приготовление свое в Москве, ожидая, в каком положении будет ваше здоровье в начале лета. Если тогда будете в силах приехать в нашу обитель, то не мешает это сделать; и —

милости просим! Тогда лично обо всем потолкуем, аще волей Божией живи будем. Говорится в пословице: "На родине и смерть красна".

9. Письмо графа А.П.Толстого к скитскому монаху отцу Константину Зедергольму

"Письмо ваше, любезнейший отец Константин, получено мной вчера. Очень благодарю за письмо, за святое воспоминание о нас, грешных, отца Амвросия, и за все благодарю искренно, — но второпях... Отъезд и приезд в Москву многих знакомых, и всякие хлопоты не оставляют свободного времени... Много слышу печального и грозного, дерзкого и безумного, и очень-очень часто воспоминаю о вашей обители и всех ее обитателях. Из слышанного — вот замечательный, но для меня непонятный сон Димитрия Матвеевича (Тверского священника). Он видел обширную пещеру, слабо освещенную одной лампадой; в пещере много духовенства; за лампадой — образ Богородицы; перед образом, в облачениях: митрополит Филарет и покойный Матвей Александрович (Константиновский, отец Димитрия Матвеевича, Ржевского собора протоиерей, духовник Гоголя.). Все молятся безмолвно и в страхе. У входа в пещеру — Димитрий Матвеевич и я: оба мы дрожим, и войти не смеем. Среди безмолвных молений слышатся ясно следующие слова: "Мы переживаем страшное время. Доживаем седьмое лето". С сими словами пробуждение — в большом волнении и страхе. Сон повторяется до трех раз, все тот же, без малейшего изменения, ясный и страшный. Ни видевший сон Димитрий Матвеевич, ни я — решительно ничего не понимаем. Ни даже того, — откуда сон. Димитрий Матвеевич просил меня никому, особенно митрополиту, об этом не говорить.

NB. Вы пишите, что покойный Матвей Александрович довольно резко иногда отзывался и судил о митрополите. Сын его вспомнил, что и проповеди митрополита подвергались довольно строгой его критике {Поводом к охлаждению отца Матвея к митрополиту Филарету могли быть два случая: 1) Мнение митрополита Филарета, данное Священному Синоду по делу о главе, принятой отцом Матвеем во Ржеве от раскольников и внесенной торжественно в собор в 1850-х годах.

О принадлежности этой главы к святым мощам Преподобного С. и о переходе ее в руки раскольников в то время хотя и были слухи, но митрополит Филарет признавал, что на все это нет ясных доказательств. 2) Дело о раскольнической моленной города Ржева, обращенной в единоверческую церковь, по убеждению отца Матвея и ходатайству некоторых граждан; (при принятии ее в церковное ведомство раскольники оказали фактическое противодействие, потребовавшее военную силу). Примечание — Е.В.}. Если бы было время, хотел я еще сообщить вам о некоторых журнальных статьях и прочих, об Окружном послании Орлеанского епископа, Dupanloup, о масонском катехизисе. Если не сегодня, то в другой раз кое-что из этого пришлю. Что имею сказать о самом себе, думаю, вам уже сообщено NN. Во всяком случае, совета вашего нельзя будет дождаться; кажется, нельзя отказаться от поездки в Петербург, и кажется поеду, хотя с усилием, или с насилием над собой. Поездка очень неприятна и нравственно, и физически, и, признаюсь, главная тягость — материальная. Кроме того, мундиры, явления, пустейшие вопросы и ответы... За сим прощайте; из вышесказанного вы видите, как необходимы для меня молитвы отца Амвросия {Письмо графа к старцу. Многоуважаемый батюшка отец Амвросий. Приношу вам двойную признательность и за себя и за жену. Святое ваше воспоминание и от вас наставление мы оба принимаем всегда с одинаковой благодарностью и радостью. Хотел бы сказать — и с одинаковой пользой; но на сей раз скорей могу надеяться на пользу для жены. Она всегда с готовностью и любовью в точности исполняет наставления от уважаемых ею духовных лиц, когда сии наставления малы и определительны, и не превышают ее сил. Я же завтра отправляюсь в Петербург, и опасаюсь, как бы слово ваше (пока я там буду) не заглохло во мне от печали и суествий века и града сего. Не знаю, батюшка, благословили ли бы вы сию поездку, для меня затруднительную. Но откладывать более нельзя, и мне остается Убедительно просить святых ваших молитв. По возвращении, если вам угодно, тотчас приступим к напечатанию "Слова о покаянии" из преподобного Марка. Испрашивая святых ваших молитв, имею честь пребыть душевно преданный и покорнейший слуга, граф А. Толстой. Москва, 18 октября 1866 года} и всех обо мне, грешном и слабом, не забывающих. Прошу всеусердно, — вместе с женой. Она была на днях довольно серьезно больна и нас обеспокоила; но, слава Богу, теперь поправилась. Поздний день отъезда моего — через неделю. Душевно преданный вам, покорный слуга граф А.Толстой".

Объяснение сновидения старцем Амвросием

Один благочестивый священник Тверской епархии видел во сне обширную пещеру, слабо освещенную одной лампадой; в пещере много духовенства; за лампадой — образ Божией Матери, перед образом стояли в облачениях архипастырь Московский (находящийся в живых) и покойный протоиерей Ржевского собора отец Матвей, родитель означенного священника, в жизни своей отличавшийся особенным благочестием. Все стоят в безмолвии и страхе. У входа в пещеру сам священник, и одно мирское лицо — духовный сын покойного протоиерея: оба они дрожат и войти не смеют. Среди безмолвных молений слышатся ясно следующие слова: "Мы переживаем страшное время, доживаем седьмое лето". С сими словами — пробуждение, в большом волнении и страхе. Сон повторяется до трех раз, все тот же, без малейшего изменения, ясный и страшный.

Ни священник, видевший это, ни духовный сын отца Матвея, оба решительно ничего не понимают: ни что значит сон, ни даже откуда он.

Решать подобные вещи неудобно. Впрочем, чтобы вас не оставить без ответа, скажем несколько, как думаем об этом, основываясь на свидетельстве Божественных и святоотеческих Писаний.

Были примеры, что некоторые, доверяясь всяким снам, впадали в обольщение вражее и повреждались. Поэтому многие из святых возбраняют доверять снам. Святой Иоанн Лествичник, в 3-й степени, говорит: "Верующий сновидениям во всем неискусен есть, а никакому сну не верующий любомудрым почесться может". Впрочем, сей же святой делает различие снов и говорит, каким верить можно, и каким верить недолжно. "Бесы, — пишет он, — нередко в ангела светла и в лице мучеников преобразуются и показывают нам в сновидении, будто бы мы к ним приходим; а когда пробуждаемся, то исполняют нас радостью и возношением; и сие да будет тебе знамением прелести. Ибо Ангелы показывают нам во сне муки, и Суд, и осуждение, а пробуждающихся исполняют страха и сетования. Когда мы во сне верить бесам станем, то уже и бдящим нам ругаться будут. Тем только верь снам, кои о муке и о Суде тебе предвозвещают; а если в отчаяние приводят, то знай, что и оные от бесов суть" (отд. 28).

А ближайший ученик Симеона Нового Богослова, смиренный Никита Стифат, еще яснее и определеннее пишет о сновидениях. Он во 2-й сотнице, в главах 60-63, говорит: "Одни из сновидений суть простые сны, другие — зрения, иные — откровения. Признак простых снов таков, что они не пребывают в мечтательности ума неизменными, но имеют мечтание смущенное и часто изменяющееся из одного предмета в другой; от каковых мечтаний не бывает никакой пользы, и самое то мечтание по возбуждении от сна погибает, почему тщательные и должны это презирать.

Признак зрений такой, что они, во-первых, бывают неизменны, и не преобразуются от одного в другое, но остаются напечатленными в уме в продолжении многих лет, и не забываются. Во-вторых, они показывают событие или исход вещей будущих, и от умиления и страшных видений бывают виновны душевной пользы, и зрящего, по причине страшного неизменного видения зримых, приводят в трепет и сетование; и потому видения таких зрений за великую вещь вменять должно тщательным.

Простые сны бывают людям обыкновенным, подверженным чревоугодию и другим страстям; по причине мрачности ума их воображаются и наигрываются разные сновидения от бесов. Зрения бывают людям тщательным и очищающим свои душевные чувства, которые через зримое в сновидении благодетельствуемы бывают к постижению вещей Божественных и к большему духовному восхождению. Откровения бывают людям совершенным и действуемым от Божественного Духа, которые долгим и крайним воздержанием, и подвигами, и трудами по Бозе, достигли степени пророков Церкви Божией, как говорит Господь через Моисея: аще будет "в вас пророк... в видении ему познаюся, и во сне возглаголю ему" (Чис. 12: 6). И через пророка Иоиля (Иоил. 2: 8): "и будет по сих, и излию от Духа Моего на всяку плоть, и прорекут сынове ваши и дщери вашя, и старцы ваши сония узрят, и юноты ваши видения увидят" ("Добротолюбие", 7, 2)".

На основании слов смиренного Никиты, означенное сонное видение можно отнести к числу зрений. Обширная пещера, слабо освещенная одной лампадой, может означать настоящее положение нашей Церкви, в которой свет веры едва светится; а мрак неверия, дерзко-хульного вольнодумства и нового язычества, превосходящего делами своими древнее язычество, всюду распространяется, всюду проникает. Истину эту подтверждают слышанные слова: "Мы переживаем страшное время". Живой святитель и покойный протоиерей, в облачении молящиеся вместе пред иконой Божией Матери, дают разуметь, что и прочее виденное духовенство было двоякое. Видно, достойные пастыри, живые и отшедшие ко Господу, взирая на бедственное состояние нашей Церкви, умоляют Царицу Небесную, да распрострет Она всевышний Покров Свой над бедствующей Церковью нашей, и да защитит, и да сохранит слабых, но имеющих благое произволение ко спасению. Оба, стоящие у входа в пещеру, которые дрожали от страха и войти не смели, может быть, означают людей, с живым участием и со скорбью и даже со страхом взирающих на печальные события настоящего времени в отношении веры и нравственности, но не прибегающих к Царице Небесной и не молящихся Ей о покрове и помощи, подобно молившимся в пещере. Слова: "мы доживаем седьмое лето", — могут означать время последнее, близкое ко времени антихриста, когда верные чада Единой Святой Церкви должны будут укрываться в пещерах, и только всесильные молитвы Божией Матери могут тогда укрыть их от преследований слуг антихриста. Настоящему времени особенно приличны апостольские слова: "Дети, последняя година есть. И якоже слышасте, яко антихрист грядет, и ныне антихристи мнози быша, от сего разумеваем, яко последний час есть" (1Ин. 2: 18). В настоящее время некоторые добровольно уже принимают печать антихриста на челе и на десной руке, потому что ради светских приличий и мирских выгод стыдятся ограждать себя крестным знамением; и сперва поступают так в обществе, ради стыда и ради человекоугодия, а потом — от обычая не полагают на себя крестного знамения и дома, перед вкушением пищи и пития, и в других случаях, чем сотворяют радость велию врагам душевным, для которых они, будучи не ограждены силой креста и молитвы, делаются игралищем и посмешищем. Седьмое число в церковной численности великое имеет значение. Срок времени церковного числится седмодневными неделями. Православная Церковь содержится и руководствуется правилами седми Вселенских Соборов. Седмь Таинств и седмь дарований Святаго Духа в нашей Церкви. Откровение Божие явлено было седми Асийским церквам. Книга судеб Божиих, виденная в Откровении Иоанном Богословом, запечатана седмью печатями. Седмь фиал гнева Божия, изливаемых на нечестивых, и прочее. Все это седмеричное исчисление относится к настоящему веку, и с окончанием оного должно кончится. Век же будущий в Церкви означается осьмым числом. Шестой псалом надписание имеет такое: псалом Давиду, в конец, в песнех о осмом, — по толкованию, о осмом дне, то есть о всеобщем дне воскресения и грядущего Страшного Суда Божия, которого боясь, пророк молит Бога, во умилении сердца, о оставлении грехов: "Господи, да не яростию Твоею обличиши мене, ниже гневом Твоим накажеши мене..." и далее. Неделя Антипасхи, или святого Фомы, в Цветной Триоди называется неделею о осмом, то есть вечном дне и нескончаемом, который уже не будет прерываться темнотой ночей. "Нощи не будет тамо", то есть в Небесном Иерусалиме, — говорится в Откровении (Откр. 23: 5). Блажен, кто сподобится наслаждаться блаженством блаженного и нескончаемого дня сего, еже буди всем нам получить благостью и милосердием и человеколюбием Единородного сына Божия, Господа нашего Иисуса Христа, Емуже подобает слава и держава, честь и поклонение, со безначальным Его Отцом и Пресвятым благим и Животворящим Духом, ныне и присно и во веки веков. Аминь.

Повторим опять слова смиренного Никиты, что зрения в сновидениях посылаются для пользы душевной, и потому должно дорожить ими тщательному. Кроме сказанного, другая ближайшая польза от означенного видения может быть следующая. Известно, что между покойным протоиереем и находящимся еще в живых архипастырем было некоторое недоразумение. Первый о последнем в некоторых случаях иногда выражался довольно резко перед своими детьми и близкими. Но путаницы и недразумения бывают только между живыми; смерть же обнажает истину, какова она есть. Может быть, по молитвам покойного отца Матвея, всеблагий и премудрый Промысл Божий, устрояющий всегда полезное для рабов Своих, показал в означенном видении обоих молящимися вместе, чтобы об одном уничтожить невыгодное и неполезное для некоторых мнение, а другого совершенно избавить от вины, если бы какая была от неблаговременной ревности. Един Господь знает тайные намерения и тайные причины, по которым человек действует так или иначе; люди же смотрят только на лице, или на внешние действия, не постигая тайных намерений сердечных.

Недоразумения бывают и между святыми. Святитель Кирилл Александрийский от неправильных слухов имел невыгодное мнение о святителе Иоанне Златоусте, и при жизни его, и даже по смерти; но Царица Небесная, чрез особенное видение, уничтожила это недоразумение и примирила их. А между Серапионом, архиепископом Новгородским, и Иосифом, игуменом Волоколамским, было немалое время не только недоразумение, но даже и самое судьбище. Незлобивый и доверчивый Серапион, по вмешательству некоторых лиц, подверг было суду мудрого и дальновидного Иосифа, и вызвал его в Москву к Верховному суду, но Серапион остался виновным. Незадолго только до их смерти упразднилось недоразумение, и водворился между святыми святый мир. Теперь мощи обоих свидетельствуют о их правости и святости.

Не обленимся написать и о третьей душевной пользе. Смиренный Никита говорит, что тщательный может извлекать себе пользу и из самых простых снов, познавая через них расположения и действия своей души и тела. Познав наклонности и недуги свои внутренние, он может, если хочет, употребить и приличные для них врачевства. Склонный к сребролюбию — видит во сне золото, которое он умножает лихвой, или скрывает в тайном месте, или подвергается суду как немилосердый, или истязывает от других. Подверженный сластолюбию и невоздержанию — видит во сне или различные снеди, или предметы соблазняющие. Недугующему гневом и завистью — в сновидениях представляется, будто он гоним или зверьми, или ядовитыми пресмыкающимися, или вообще подвергается каким-то страхованиям и боязни. Если кто любит суетную славу, — то мечтаются ему похвалы и торжественные встречи от людей, начальственные и властительские престолы. Исполненный гордости и кичения — мечтает во сне, будто он разъезжает на великолепных колесницах, и иногда будто на крыльях летает по воздуху, или все трепещут его великой славы. Напротив же, Боголюбивый человек, будучи тщательным в делании добродетельном и праведным в подвигах благочестия (то есть не уклоняясь ни в безмерность, ни в оскудение), и будучи чист душой от пристрастия и привязанности к вещественному и чувственному, зрит в сновидениях исход вещей будущих и откровение вещей страшных, и, пробуждаясь от сна, застает себя всего молящегося со умилением души и тела, так что находит на ланитах своих слезы, а в устах беседу с Богом.

Всеблагий Господь, по неизреченному человеколюбию Своему, да вразумит всех нас и наставит на все полезное и душеполезное и спасительное.

10. Выписка из письма Димитрия Матвеевича Константиновского, полученного 7 июля 1871 года и объяснение сновидения старцем Амвросием

"Как будто нахожусь в своем доме, и стою в прихожей; далее комната, в которой на простенке между окон находится икона в большом размере Бога Саваофа, издающая ослепительный свет, так что из другой комнаты (то есть прихожей) нельзя было смотреть на нее. Затем еще далее комната, в которой находятся протоиерей Матвей Александрович и покойный митрополит Филарет, и эта комната вся наполнена книгами; по стенам, от потолка до пола, книги; на длинных столах грудами книги; и мне непременно нужно пройти в эту комнату, но меня удерживает страх, как пройти через такой поражающий свет. Но необходимость принуждает преодолеть страх, и я, с ужасом закрыв рукой лицо, перехожу первую комнату и, войдя в следующую, вижу протоиерея Матвея Александровича в переднем углу. Он читает книгу. А ближе к двери стоит митрополит, одетый в простую черную рясу; на голове скуфейка; в руках — разгнутая книга, и головой показывает мне, чтобы и я нашел подобную книгу и развернул ее. В то же время митрополит, поворачивая листы своей книги, говорит: "Рим, Троя, Египет, Россия, Библия". Вижу, что и в моей книге крупными словами написано: "Библия".

Тут сделался шум, и я проснулся в большом страхе. Много думал, чтобы все это значило? Мне сон кажется грозным, и лучше бы ничего не видать. Нельзя ли опытных в духовной жизни спросить о значении этого сновидения? Самому мне внутренний голос объясняет сон, но объяснение такое ужасное, что не хотелось бы согласиться с ним".

Объяснение сновидения старцем Амвросием

Кому показано было это замечательное сонное видение, и кто слышал тогда многозначительные слова, тому, по всей вероятности, и внушено было, через Ангела Хранителя, объяснение виденного и слышанного; как и сам он сознается, что ему внутренний голос объяснил значение сна. Впрочем, и мы, как вопрошенные, скажем свое мнение, как о сем думаем.

Видение ослепительного света от иконы Господа Саваофа, и в следующей затем комнате виденное множество книг, и стоящие там с книгами покойные митрополит Филарет и протоиерей Матвей Александрович, и произнесенные одним из них слова: "Рим, Троя, Египет, Россия, Библия", — могут иметь такое значение.

Во-первых, все, касающееся до сотворения мира, судьбы народов и спасения людей, Господь Вседержитель открыл избранным святым мужам, пророкам и апостолам, просветив их светом Своего Божественного познания, а ими все это передано людям и написано в Библии, то есть в книгах Ветхого и Нового Завета.

Во-вторых, множество других, виденных там книг, может означать то, что все, сказанное в Библии прикровенно и неясно, объяснено другими избранными от Бога святыми мужами, пастырями и учителями Единой Соборной Апостольской Православной Церкви.

В-третьих, что митрополит Филарет и протоиерей Матвей Александрович видены были с книгами в руках, может означать, что они, в продолжение своей жизни, поучались о судьбах человечества не из простых книг человеческих (в которых нередко встречаются мнения неправильные, вводящие в заблуждение), а из книг Библейских, и сказанное в Библии прикровенно и неясно толковали не по своему разумению, а как объяснено в книгах мужей Богодухновенных и просвещенных свыше светом Божественного познания; к чему побуждали и видевшего, чтобы и он на все искал объяснение не в простых книгах человеческих, а в книгах святых и богодухновенных отцов Православной Церкви.

В-четвертых, что протоиерей Матвей. Александрович стоял в переднем углу, который обычно признается молитвенным, может означать, что он не только поучался сказанным образом, но и молился о вразумлении свыше.

В-пятых, слова: "Рим, Троя, Египет", — могут иметь следующее значение: Рим, во время Рождества Христова, был столицей вселенной, и с возникновением патриаршества имел первенство чести. Но за властолюбие и уклонение от истины впоследствии подвергся отвержению и унижению.

Древняя Троя и древний Египет замечательны тем, что за гордость и нечестие наказаны: первая — разорением, а второй — различными казнями и, наконец, потоплением фараона с воинством в Чермном море. В христианские же времена в странах, где находилась Троя, основаны были две христианские патриархии — Антиохийская и Константинопольская, которые долгое время процветали, украшая Православную Церковь благочестием и правыми догматами, но впоследствии, по недоведомым судьбам Божиим, подверглись владычеству варваров-магометан, и доселе несут это тяжкое рабство, стесняющее свободу христианского благочестия и правоверия. А в Египте, вместо древнего нечестия, в первые времена христианства такое процветало благочестие, что пустыни его населялись десятками тысяч монашествующих, не говоря уже о численности и множестве благочестивых мирян, от которых они происходили. Но потом, по причине распущенности нравов, и в этой стране последовало такое оскудение в христианском благочестии, что в некоторое время в Александрии патриарх оставался только с одним пресвитером.

В-шестых, после трех знаменательных имен: "Рим, Троя, Египет", упомянуто имя и России, которая в настоящее время хотя и считается государством православным и самостоятельным, но уже элементы иноземного иноверия и неблагочестия проникли и внедрились и у нас, и угрожают тем же, чему подверглись вышесказанные страны. Затем следует слово: "Библия". Другого еще государства не упомянуто. Это может означать, что если и в России, ради презрения заповедей Божиих, и ради ослабления правил и постановлений Православной Церкви, и ради других причин, оскудеет благочестие, тогда уже неминуемо должно последовать конечное исполнение того, что сказано в конце Библии, то есть в Апокалипсисе Иоанна Богослова.

Видевший это сновидение справедливо замечает, что объяснение, которое ему внушает внутренний голос, ужасное. Страшно будет второе пришествие Христово и ужасен последний Суд всего мира; но не без великих ужасов будет перед тем и владычество антихриста, как сказано в Апокалипсисе: "И в тыя дни взыщут человецы смерти, и не обрящут ея: и вожделеют умрети, и убежит от них смерть" (Откр. 9: 6). Придет же антихрист во времена безначалия, как говорит апостол: "держяй... дондеже от среды будет" (2 фес. 2: 7), то есть когда не будет предержащей власти.

В-седьмых, кроме общего значения знаменательного сего сна, для видевшего должно быть тут и значение частное, особенное, собственно для него самого. Вот уже в другой раз в знаменательных снах он видит по смерти вместе двух означенных лиц: митрополита Филарета и протоиерея Матвей Александровича, тогда как, по его мнению, они в жизни своей различно мудрствовали, различно и действовали. Отец протоиерей в словах и действиях держался всегда манеры прямой, обличительной, а иногда даже и резкой. Митрополит же Филарет держался в обращении и действиях манеры мягкой и уклончивой, за что от первого подвергался иногда и явному нареканию; поэтому близкие отца Матвея имели не всегда выгодное мнение о преосвященном Филарете, и никак не думали, чтобы по смерти они были вместе. Но сердцеведец Бог, судящий все по намерениям, а не по одним действиям, судил быть сему иначе, показывая в знаменательных снах обоих вместе, и одинаково заботящихся и по смерти об участи правоверных и о вразумлении близких своих. Не вотще и апостол говорит: "Темже прежде времене ничтоже судите, дондеже приидет Господь, Иже во свете приведет тайныя тмы, и объявит советы сердечныя, и тогда похвала будет комуждо от Бога" (1 Кор. 4: 5). Преподобный Макарий Египетский пишет в беседах своих, что и самая благодать не изменяет двух свойств в характерах человеческих — сурового и мягкого: имеющий суровый и обличительный характер не может быть спокоен тогда, когда будет умалчивать; а имеющий характер мягкий и уклончивый может потерять мир душевный, если будет других резко обличать. С чем согласны и слова апостола (Рим. 14: 5), глаголюща: "кийждо своею мыслит да известуется... ов убо" сице, "ов же" сице. Незадолго до своей смерти Московский митрополит Филарет при случае сказал одному Оптинскому старцу: "Я всегда держался и держусь такого правила: где не предвижу успеха, там не начинаю действовать".

Всеблагий Господь да вразумит всех нас во благое, душеполезное и спасительное, и да помилует по неизреченному Своему человеколюбию.

11. О митрополите Филарете

Пишете мне о покойном Московском святителе словом Писания (Зах.11: 2): "паде кедр" великий, плачевопльствите еси. Воистину так. Зная все хорошо сами о великом сем муже, спрашиваете и моего грешного мнения. Псаломские слова (Пс. 90: 16): "долготою дней исполню его, и явлю ему спасение Мое", исполнившиеся на самом деле на сем великом первосвятителе, ясно показывают, что он жил в помощи Вышняго, и во всю жизнь свою водворялся под кровом Бога

Небесного, охраняемый Ангелами Его на всех путех своих; он наступил "на аспида и василиска", и попрал "льва и змия", постепенно испытывал на себе все писанное в псалме сем; хотя иногда и слышались о нем некоторые противные толки; но, видев как покойный батюшка отец Макарий благоговейно чтил сего святителя, и заочно, я всегда разумел о нем с хорошей стороны, считая его мужем мудрым и премудрым. Нарекания иногда падали на него более из-за других.

Но ведь и Господь не изгнал Иуду из лика апостольского, пока сей добровольно не обнаружил вполне расположение свое душевное, чтобы быть ему уже безответным на Страшном Суде. Думаю, что и вам иногда приходится терпеть нарекания, потворства, тогда как вы не знаете что и делать с человеком, изобретая какие можно средства к исправлению. Но, по пословице, нельзя же такового — "в куль да в воду".

На покойном святителе явно отразилось исполнение слов Исаака Сирина (в славянском переводе аввы Дорофея): "Начальник изливай на всех милость свою и будь спрятан от всех". Покойный митрополит держался такой спрятанности, что келейные его не только не знали его сокровенной жизни, но и не могли видеть, как он умывался: "Принеси воды, и иди". Случалось, что келейный оставался и хотел помочь в этом старцу. Он повторял: "Ведь тебе сказано, иди"! И тот — делать нечего — хоть неохотно, а уходил.

Подробности, какие мы знаем, немного отличаются от известий в "Московских Ведомостях". Московские жители так сетуют о нем доселе, что и выразить невозможно.

12. Не должно увлекаться почитанием святых римской церкви

Превосходительная NN! (Письма No 12-66 к Превосх. N.N., 1876-1886 годы)

Письмо твое от 24 октября получил. Хорошо ты сделала, что не скрыла, а объяснила беспокоящие тебя мысли относительно того, что пожертвование делается тобой вопреки обычных твоих правил. Но так как ты желаешь начать новую жизнь, руководиться более верой и упованием на милость и помощь Божию, а не простыми человеческими расчетами, то

24

это дело первым будет тебе началом, и первым уроком действовать по-новому.

Ты в письме своем выставляешь два факта. Первый, что покойный митрополит Филарет дал одной особе жизнеописание г-жи Шанталь. И мы нередко даем некоторым французскую книгу Николя (Auguste Nicolas), указывая в ней полезные места, а не всю книгу одобряя. В этом смысле, думаю, и митрополит дал означенной особе означенную книгу.

Второй факт, что Екатерину Сиенскую святитель Димитрий Ростовский назвал достоблаженной. Разумеется, назвал он ее достоблаженной по жизни, а не по вере. Но святитель Димитрий Ростовский не скрыл о себе и то, что ему в видении являлась святая великомученица Варвара, и упрекала его, что он молится по-римски. Если же нехорошо молиться по-римски, то нехорошо также хвалить и новых римских святых. И сверх того скажу; если бы ты также умеренно и осторожно относилась о римских святых, как умеренно и осторожно говорили о них святитель Димитрий Ростовский и покойный митрополит Филарет, то было бы хорошо. А то ты в этом переходишь всякую должную меру, утверждая настойчиво свое мнение с рвением и спорливостью, которая, по слову апостольскому, человека делает чуждым апостольского учения и общения с Церквами Божиими. Василий Великий пишет: "Не приносит славы имени Божию тот, кто дивится учению инославных". И еще подумай: если бы католическое учение было право, то Всеблагий Господь не благоволил бы Антонию Римлянину переплыть на камне в православную сторону в Новгород. Наконец, повторю и то, что я говорил тебе лично. Можешь говорить всем, что книга Франциска Сальского повлияла на тебя очень полезно, — и вдаль не простираться, чтобы не отступить от должной истины.

На милость Божию и помощь Его уповай и не ослабевай, веруя достодолжное воздаяние получити!

13. Жертвующий на монастырь спасает души многих

Ты выражаешь свои мнения и свои убеждения касательно пожертвования в известное место. На это скажу тебе, что и я до некоторого времени подобно твоему думал. Но когда пришлось мне входить в более подробное исследование духовных вещей, тогда и нашел, что в духовных делах есть многое и великое различие. Можно сделать полезное в тридесят крат, а лучше в шестьдесят, а во сто крат еще лучше, и полезнее, и спасительнее. Ежели начальник блудниц, как пишется в старческих сказаниях, поставлен выше преподобного Макария Великого за то одно, что он нашел возможность тридесять дев монастырских сохранить от растлевания, заменив их лицами, бывшими у него под командою, то какую, думаешь ты, может получить мзду тот, кто ста девам, собравшимся в обитель для служения Богу, даст возможность не рассеяться по разным местам, или обратиться в мир? Хорошо помочь и погоревшим, но тут одна лишь скорбь, по большей части приносящая пользу людям, для какой причины пожар и попускается от провидения свыше; но стократно выше то, если сохранить, или дать возможность сохраниться многим от явного душевного вреда. Если бы в N не было крайней необходимости, то я никак бы не решился не только тебя, но и никого убеждать так к пожертвованиям.

14. Происхождение монашества; отличие его от мира

Христос посреде нас!
Святой апостол Павел пишет в Послании к Галатам: "Чадца моя, имиже паки болезную, дондеже вообразится Христос в вас" (Гал.4: 19). То же самое чувство объемлет и душу мою касательно тебя и относительно N. Но N. всеблагий Промысл Божий несколько вразумил и обратил на правый путь некоторыми видениями, о которых она мне писала. Да поможет ей Господь оставаться в том положении и расположении духа, к которому она обратилась.
Дай Бог, чтоб и твои недоумения и недоразумения прошли и уяснились светом истины. В последнем письме своем, от 14 декабря, пишешь, что не находишь для себя книг для чтения, пригодного к твоему положению. Говоришь, что все книги толкуют о монашестве, а ты не монахиня, а только живешь при монастыре. На это тебе скажу: Евангельское учение дано обще всем, и все обязаны исполнять оное. Монашество произошло от желания жить в точности по Евангельскому учению, потому

что среди молвы городской, и в заботах житейских, представляется большое неудобство жить в точности по Евангельскому учению, хотя и все обязаны исполнять оное. Монахи от мирян различаются тем, что последним дозволена жизнь в супружестве, а первые избирают жизнь (безбрачную) безсупружную. И ты хотя только живешь при монастыре, а все-таки избрала жизнь безсупружную. Почаще читай Евангелие от Матфея (от начала 5-й главы до конца 10-й), и старайся жить по сказанному там. Тогда и найдешь порядок в своей жизни, и стяжешь успокоение души твоей.

15. Удобства монашеской жизни

Мир тебе и Божие благословение и всякое утверждение в добром. Третьего января кратко я писал тебе, что Евангельское учение нисколько не отличается от монастырской жизни; и в миру живущие имеют одно лишь исключение — относительно супружества. Но о супружных святой Лествичник пишет, что они подобны людям, у которых оковы на руках и на ногах. Хотя и такие могут шествовать путем благочестия, но с неудобством, так как часто претыкаются, и от сего преткновения язвы приемлют. Безсупружная же, и особенно монашеская, жизнь более удобства подает к исполнению Евангельского учения. Для сего она и установлена святыми отцами.

Ты теперь находишься на середине, между миром и монашеством. А средняя мера везде и во всем одобряется, и тебе, как по воспитанию и слабому здоровью, во многом прилична; только старайся жить по Евангельским заповедям Господним, и прежде всего никого ни в чем не судить, чтобы и самой несудимой быть. Теперь ты сама, на самом опыте, видишь, насколько неудобно устраивать новые дела. Ты прежде думала, что только стоит распорядиться и приказать, а теперь на самом деле видишь, что многое приходится поправлять и переправлять, а для этого потребно и немалое время, и немалое терпение, и немалые расходы. Но при сем тебе повторяю, что не раз тебе говорил, что одна спасающаяся душа дороже вещей целого мира, как ломающихся, так и переменяющихся. Мир тебе!

16. Как жить по Евангелию. Необходимость послушания

Чадце духовное! Пишешь, что у тебя в настоящее время господствуют в душе три чувства. Первое чувство — усиливающееся желание хорошей истинно христианской жизни и любви к Богу и частое влечение к внутренней молитве; вследствие чего, конечно, есть любовь и желание внутреннего монашества, наружное же тебе еще недоступно, по разным душевным препятствиям. Находясь в таком положении, держись строже и точнее Евангельского учения, как я писал тебе об этом в прошлом письме. К сказанному прежде прилагаю теперь псаломские слова, от Духа Святаго изреченные через пророка Давида (Пс. 36: 3-7): "Уповай на Господа и твори благостыню: и насели землю, и упасешися в богатстве ея. Насладися Господеви, и даст ти прошения сердца твоего. Открый ко Господу путь твой и уповай на Него, и Той сотворит. И изведет яко свет правду твою и судбу твою яко полудне. Повинися Господеви и умоли Его. Псаломские слова: насели землю, и упасешися в богастве ея", — относительно тебя могут означать, что ты достоянием своим помогла поселиться собравшимся там сестрам, где ты живешь. "Повинися Господеви и умоли его", — означает: всячески старайся жить по Евангельским заповедям Божиим, и часто молись и умоляй Господа, чтобы Он помог тебе в этом. "Насладися Господеви", — означает: не находи ни в чем ином утешения, как в законе Господнем и благоугождении Господу. Не вотще сказано в Писании: "Мир мног любящим закон Твой, и несть им соблазна" (Пс. 118: 165). Главные же и важнейшие заповеди закона Евангельского три: не судите и не судят вам; не осуждайте, да не осуждени будете; отпущайте и отпустятся вам. Если прежде всего будем держаться исполнения этих заповедей, то удобно будет исполнять нам и прочие заповеди. О других твоих двух чувствах толковать теперь нет времени.

О N... своей пишешь, что ей немало повредила жизнь в Г. Я ей уже об этом писал; но она тогда отперлась; не знаю, как теперь она — сознает это, или не сознает. Впрочем, надеемся, что силен Господь сотворить о ней по воле Своей святой. Если сами не смиряемся, то Господь невольно нас смиряет. У Господа Бога средств-то много. Рано и скоро начала рассуждать, тогда как прежде всего требуется покорение и повиновение. За непокорность и непослушание и Адам с Евой изгнаны из рая. Это всем нам должно помнить и не забывать. В псалмах сказано: "да рекут избавленные Господом". А мы еще и не начинали духовного дела как следует, а толковать обо всем дерзаем, оправдывая себя какой-то прямотой; тогда как и о птицах говорится, что прямо и не осмотревшись летают только одни вороны; другие же птицы держат себя осторожно и осмотрительно.

Мудрые и опытно-духовные изрекли, что рассуждение выше всего, а благоразумное молчание лучше всего, а смирение прочнее всего; послушание же, по слову Лествичника, такая добродетель, без которой никто из заплетенных страстями не узрит Господа.

17. Внешнее благоприличие приводит к благому строению помыслов

Очень рад я, что милостью Божией благополучно совершили вы свое путешествие и возвратились в N. Пишешь, что вам в N показалось знойно и пыльно, как и прежде. Но потерпеть зной и вар и другие неудобства имеет немалое духовное значение. А широкий и пространный путь в Евангелии весьма не одобряется, и более всего. А тесный путь и прискорбный весьма ублажается, так как вводит в жизнь вечную.

Сегодня, 23-го июля, после ранней обедни, провожают со звоном из Оптиной нашего Калужского владыку, а я под этот звон диктую тебе письмо сие. Звон церковный обыкновенно называется и благовестом, предвещает благую весть, чтобы христиане правоверующие собирались в храмы Божии и возносили там усердные и смиренные молитвы, исповедая перед Ним свои немощи и согрешения, и прося помилования и прощения, а вместе — ниспослания помощи к исправлению.

Говорить, стоя на церковных службах, или озираться глазами по сторонам, не только неприлично, но и прогневляет Господа невниманием и бесстрашием. Если не можем мы душевно, то, по крайней мере, телесно и видимо да держим себя благоприлично. Телесное и видимое благоприличие может приводить нас к благому устроению внутренних помыслов. Как Господь прежде создал из земли тело человека, а потом уже вдохнул в оное бессмертную душу, так и внешнее обучение и видимое благоприличие предшествует душевному благоустроению; начинается же — с сохранения очей и ушей, и особенно с удержания языка, так как Господь в Евангелии глаголет: "от уст твоих сужду тя", то есть, что мы часто от невнимания говорим то, за что более всего и прежде всего будем судимы. Говорить многое очень легко и удобно, а приносить в этом покаяние весьма неудобно.

Всеблагий Господь, имиже весть судьбами, да вразумит нас, и да наставит на путь хранения Божественных Его заповедей, имиже приобретается жизнь вечная и вечное блаженство, где кому Промысл Божий укажет место, как сказано в псалмах: "На всяком месте владычества Его: благослови, душе моя, Господа" (Пс. 102: 22).

Вот какие мысли пришли мне в голову под архиерейским звоном. Все это я и написал вам, а вы, как говорится, и читайте по субботам, да и в прочие дни сего не забывайте, потому что забвение и памятование благого противоположно: одно вредит, а другое пользует.

18. Различие пожертвований. Искушения. Скорби. Лучше устроить монастырь

Выражаешь ты такое сомнение, что кажется тебе, как бы ты доселе не на месте находишься, приличном для тебя, и что капитал твой могла бы употребить на доброе в другом месте, раздав оный бедным. Помнится мне, что я уже не раз писал тебе об этом, что большая разница — раздать бедным мирским или, на эту сумму, устроить обитель, в которой до пришествия Христова спасаться будут многие. Единовременное добро от постоянно-прибыточного добра большую имеет разницу, как Сам Господь во Святом Евангелии объявляет эти различные степени на тридесят, на шестьдесят и сто. К этому прибавлю еще и то, что ты бедным хотела раздать по своей воле, а употребила на устроение обители промыслительно, по воле Божией и по благословению; а "сеяй о благословении, сказано, о благословении и пожнет". А своя воля и свое разумение от промыслительного указания имеет великое различие.

Также и о первом, кажущемся тебе, что ты находишься не на месте, скажу, что где бы ты ни жила, нигде нельзя прожить без искушений, или через бесов, или через людей, или от собственных привычек, или от неукрощенного еще самолюбия. Не без причины сказано во Святом Евангелии (Мф. 11: 12): "Царствие Небесное нудится, и нуждницы восхищают е; и паки: в терпении вашем стяжите души ваша" (Лк. 21: 19); и: "претерпевши до конца, той спасен будет". А знаю, что в N есть тебе что потерпеть... Будь благоразумна, и старайся понести резкие и неуместные выходки, и получишь пользу душевную и духовную. В таких случаях поминай: "человек неискушен — неискусен"; и паки: "яко злато в горниле искуси их, и яко всеплодие жертвенное прият я". Бесовские же искушения проявляются в разных смущениях и недоумениях; но все должно препобеждать верою и упованием и благой надеждою.

Касательно же N.N. скажу, что она обращается с тобой не поучительно, а снисходительно и приблизительно к немощи человеческой, потому что к другому обращению ты еще неготова, и она старается тебя привлечь к добру любовью и благорасположением, а не способами принуждения и насилия. Да и самые лета твои и другие обстоятельства заставляют обращаться с тобой так, а не иначе. Привлекать любовью и снисхождением прочнее других средств, по сказанному: "любы николиже отпадает". Только это не всем пригодно; а для некоторых, и многих, более пригодны меры строгие, а иначе заленятся, предадутся расслаблению и испортятся.

Не только тебе кажется, что ты не на месте, но и самой N.N. кажется, что и она не на месте. Ей желалось и желается быть в безмолвии, уединении, а Промысл Божий устрояет ей быть начальницей и заботиться об устроении других сестер. Ин суд человеческий и ин суд Божий. Глаголет Господь через пророков: "Елико отстоят востоцы от запад... тако отстоит путь Мой от пути ваших, и помышления ваши от мысли Моея" (Пс. 102: 12; Ис. 55: 9). По человеческому мнению, путь спасения, казалось бы, должен быть путь гладкий, тихий и мирный; а по Евангельскому слову, путь этот прискорбный, тесный и узкий. "Не приидох бо, — глаголет Господь (Мф. 10: 34), — воврещи мир... на землю: но меч", дабы различить боголюбивых от сластолюбивых и смиренномудрых от миролюбивых. Вообще, спасение наше, по слову преподобного Петра Дамаскина, находится между страхом и надеждой, чтобы не иметь самонадеянности и не отчаиваться, а с благой надеждой и упованием на милость и помощь Божию стараться проводить жизнь во исполнении заповедей Божиих. Ты ошибочно ищешь полного и совершенного успокоения душевного на земле, будучи подстрекаема к этому с шуией и противной стороны от искусителей, а вместе с этим и просто помышляешь об этом от неопытности духовной, тогда как такое состояние принадлежит будущей жизни; а "в мире скорбны будете", — сказал Господь апостолам и всем прочим (Ин. 16: 33).

Еще пишешь, что ты не прочь принять монашество, если бы знала, что оно принесет тебе пользу душевную. Теперь еще это неблаговременно; а живи пока как живешь, и приготовляйся к тому, чтобы по времени, когда Бог благословит, можно было с пользой душевной принять и монашество. Монашество, само по себе, имеет великую важность духовную и приносит большую пользу душевную тем, кто приступает к оному с искренним расположением, и проходит оное с простотой и незлобием во смирении. Телесные подвиги и труды требуются только от крепких телом; немощным же более полезно смирение со благодарением. Смирение может заменять труды телесные, которые без смирения не приносят никакой пользы.

Касательно обстоятельств, о которых ты сочла неудобным писать мне, скажу тебе, что если святые апостолы Павел и Варнава спорили и прекословили между собой, как пишется в Деяниях святых апостолов, так что один от другого разлучились, то нет ничего удивительного, если ты подобное увидишь или услышишь в том месте, где ты находишься. Время наше — время борьбы и подвигов; и разногласиям подобает быти, как говорит апостол, да искусни явятся.

19. За жертву — воздаяние от Бога, а не от людей

Пишешь, что не только не было освящения храма, но и не знаете, будет ли теперь, а как бы не осталось до весны, потому что еще иконы не получены из Москвы. Может быть это и просто так сделалось. А думаю аз, грешный, не промыслительно ли это так устроилось, к твоему вразумлению, чтобы ты вперед не думала, — как распорядился кто в чем-либо, так оно и делается. Нет, сестра, не всегда так делается, как распорядишься, а большей частью с пожданием и разными препятствиями, чтобы одни научались терпению и долготерпению, а другие, видя это, не спешили и не дерзали судить и осуждать кого не следует.

Касательно же сомнительных помыслов, повторяю то же,

что и прежде писал. Кто жертвует что-либо Бога ради, тот и получит от Бога воздаяние, а не от людей. Сказано: "Господь праведен и преподобен, "и воздаст комуждо по деянием его", как всеведущий и всемогущий и Судья праведнейший, и на Страшном Суде пред всеми объявит (см. Мф. 25: 40): "Понеже послужисте меньшей братии Моей, Мне послужисте". Против других суждений имей и содержи в памяти Евангельское слово: "Аще дело сие от человек, то разорится; аще ли же от Бога, разориться не может" (см. Деян. 5: 39-40). Сама видишь, что дело общины не разоряется, а, хотя с трудом и разными препятствиями, мало-помалу устрояется, подтверждая святоотеческое слово: "Всякому доброму делу или предшествует, или последует скорбное искушение".

20. Монаху полезно болеть

В письме от 21 ноября пишешь, что у тебя из погреба украли кадку с яблоками. Из этого видно, что N воры — лакомые воры, да и не слабы и не хворы, лазят не только через заборы, но, как мыши, пробираются и сквозь крыши. Впрочем, страшиться вам много не следует. Видимо, ограждает милость Божия и помощь N обители. Эти воры, или другие, в двух местах хлебный амбар провертели, но ничего не успели, и, должно быть, с горя пошли и запели: "Монастырского не трогай, чтобы не послали арестантскою дорогой".

Пишешь, что у вас два бесноватых исцелились: один — от чудотворной иконы Божией Матери, а другой — от ключевой воды на даче. Это явное знамение благоволения Божия к N обители, и может служить началом прославления ее. Только ты не написала на какой даче. Напиши пообстоятельней.

Тебя беспокоит слабое здоровье N, и боишься, как бы она скоро не умерла. Милостив Господь! В монастыре болящие скоро не умирают, а тянутся и тянутся до тех пор, пока болезнь принесет им настоящую пользу. В монастыре полезно быть немного больным, чтобы менее бунтовала плоть, особенно у молодых, и менее пустяки приходили в голову. А то, при полном здоровье, особенно молодым, какая и какая пустошь не приходит в голову. Враг, чтобы выманить их из монастыря, обещает им почти все царство земное, и всякие блага, и всякие удовольствия, и то, чего и написать неудобно. А на самом деле, если послушают, награждает противным. Святитель Димитрий Ростовский пишет, что мир обещает злато, а дарует блато.

21. Надо терпеть. Должно благодушно

Пишешь, что N.N. страдает какими-то нервными головными болями. Испытывал и я, и испытываю иногда эти головные боли, и знаю, что они значат; а на днях и порядочно пожали меня простудные ревматические боли. Теперь, слава Богу, немного лучше, а щека и гнилой зуб и теперь все побаливают. Не вотще сказано в псалмах (Пс. 65: 12): "проидохом сквозе огнь и воду, и извел еси ны в покой". Скорбь и болезнь жгут иногда как огонь; а испарина и пот, после жара в болезни, и слезы от скорби омывают человека как водой. Благодушно и благодарно терпящим все это обещается там покой. Да ведь какой!.. И сказать невозможно; только требуется для этого жить осторожно, и прежде всего жить смиренно, а не тревожно, и поступать как следует, и как должно. В ошибках же каяться и смиряться, но не смущаться. Смущение нигде в числе добродетелей не показано, и никому не приносит пользы, а всегда только вред; хотя и кажется иногда благовидным, но в сущности составляет только душевный бред; а бредят только в болезни, потому и смущение должно отнести к числу душевных болезней и лечить оное смирением и покорностью Промыслу и воле Божией. Господь бо хощет "всем... спастися и в разум истины приити" (1 Тим. 2: 4).

22. Воздержание необходимо. Свобода часто вредит

Пишешь о том, что у вас там делается, например, о чайных претензиях. Старинная пословица: "С кем поживешь, так и прослывешь". Ежели сорокалетняя избалованная N, и притом с неполным здоровьем, чтобы много не отстать от других, пила прошлый пост чай без сахара, то нет ничего удивительного, если молодые деревенские девушки, не привыкшие много к чаю, совсем его и не пили. Правда, что чай в монастыре привыкших к оному немало облегчает, но зато много вредит тем, которые его прежде не пили. Такие так к чаю пристращаются, что и меры в оном не знают. А всем известно, что первозданные Адам и Ева чрез вкус и вкушение были изгнаны из рая. Поэтому всеми святыми отцами и предписывается начинающим благочестие, прежде всего, воздержание вкушения. Чтобы возбранение чаю не так тяжело казалось малодушным, то любящим есть щи возбранено до времени употреблять и щи. По-видимому, вещь малая, или дело маловажное, но в сущности оно очень важно. Через такое испытание, по-видимому, и не совсем уместное, явно доказывается отсечение своей воли и искреннее послушание, свидетельствуемое Евангельским словом Самого Господа: "иже хощет по Мне ити, да отвержется себе и возмет крест свой и по Мне грядет" (Мф. 16: 24). Отвергнуться себя — значит отвергнуть хотения своей воли и своих разумений. Взять крест — значит нести тяжесть послушания, так как Сам Христос был послушлив, до смерти крестной.

Все это пишу, чтобы подтвердить строгое, но мудрое распоряжение Того, от Кого оно произошло. Есть малороссийская пословица: "Про то первый знает". Воздержание и послушание многим принесло пользу, а необузданная свобода иным много повредила, а иных и совсем погубила. А мы ведь решились искать спасения, то и да держимся всего, приводящего к спасению, а отводящего от оного всячески да удаляемся.

Я пил и пью теперь чай, как больной, иногда и не во время, но очень сожалею, что прежде ел и пил без особенной надобности, когда можно было бы и воздержаться, с большей пользой душевной. Может быть, и не был бы так нездоров и болен; а то от чайной испарины не раз простужался. Впрочем, ты N чай пей, только дело духовное разумей; а молодым, и особенно простым, полезно и воздержаться по многим причинам. Первая из этих причин есть та, что предположено было устроить общину на строгих правилах, так как послабление во многих обителях было поводом ко многим непозволительным слабостям.

Я хоть и сам слаб, и слабо живу, но ублажаю твердо и воздержанно и подвижно живущих. И Сам Господь призывает на вечный покой труждающихся и обремененных.

23. Где Бог?

Слава Богу! И Меня Господь сподобил сегодня причаститься Пречистых и Божественных Тайн Христовых. Велико милосердие Сына Божия к нам, грешным! Глаголет бо во Святом Евангелии: "не приидох... призвати праведники, но грешники на покаяние" (Мф. 9: 13). Не для праведных пришел Господь на землю, но для спасения грешных. Сего ради да дерзаем, грешнии, о покаянии; но и да не забываем сказанное Евангельской грешнице: "иди, и... ктому не согрешай" (Ин. 8: 11).

Мне не приходится почти совсем читать книг. Вчера раскрыл книгу святого Димитрия Ростовского и открылось место, где сказано: "Идеже любовь, тамо и Бог; идеже правда, тамо Бог; идеже целомудренное, чистое и непорочное житие, и тамо Бог. Идеже сих несть, и Бог несть тамо". Да помним сие, и да держимся присутствия Божия при нас, всячески удаляясь противного и неугодного Богу. Мир вам и духови вашему. Многогрешный иеросхимонах Амвросий. И мир всем! Живым и умирающим. Живыми и мертвыми обладает Господь.

24. Родители могут посвящать детей Богу

Пишешь, что ты только против невольного монашества, а против произвольного не претендуешь. Невольное монашество не должно быть; а если иногда бывает, то по особенному исключению. Апостол пишет о родителях, что вдаяй браку свою деву добре творит, а не вдаяй лучше творит. Поэтому посвящение Богу детей и родителями не отвергается. Во-вторых, некоторые дети вначале и сами желали поступить в монашество, а потом, разсеявшись, стали пятиться назад, — то неужели Промысл Божий и люди, содействующие к исполнению первого их желания, сколько-нибудь виновны, как и благоразумные родители, всеми способами старающиеся привлечь детей к учению и нехотящих, как сказано о некоторых в псалмах (Пс. 31: 9): "дроздами и уздою челюсти их востягнеши, не приближающихся к Тебе". Думаю, что N от того и больна, что пятится и уклоняется от своего первого желания.

25. Постоянно отрадная жизнь приводит к неотрадным последствиям

Извиняешься, что пишешь не всегда отрадные вести. Пиши, что есть, — отрадное или не отрадное. Впрочем, знай, что постоянно отрадная жизнь приводит к неотрадным весьма последствиям. И в природе видим: не всегда приятная весна и плодородное лето, а бывает и дождливая осень, и холодная снежная зима, и половодье, и разные ветры, и бури, и, сверх того, неурожай и голод, и разные смятения и болезни, и иные многие беды. Все это потребно, чтобы человек научился благоразумию, терпению и смирению. Так как в благополучии, большей частью, он забывается, а в различных скорбях делается более внимательным к своему спасению.

26. Скорби везде. Мир души — в смиренном терпении

Встретив всерадостный праздник Рождества Христова, поздравляю тебя с Новым годом, и сердечно желаю тебе вступить в оный с новыми силами духовными, а вместе и телесными, чтобы иметь возможность, с помощью Божией, провести наступающее новое дело в мирном устроении, по сказанному в псалмах: "Мир мног любящим закон Твой, и несть им соблазна" (Пс. 118: 165). Другого средства для получения мирного устроения душевного, кроме исполнения Евангельских заповедей Божиих, изобрести невозможно. Евангельские же заповеди требуют, во-первых, смиренного терпения и перенесения всех искушений, по сказанному: "в терпении вашем стяжите души ваши" (Лк. 21: 19), и "претерпевши... до конца, той спасен будет" (Мф. 10: 22); чтобы никого не судить и никого не осуждать, а всех оставлять на суд Божий и предоставлять их собственной воле. Так как только один и есть Судия живых и мертвых, пред Которым каждый из нас от своих дел или прославится или постыдится.

Ты и в прежних письмах писала, и в последнем, от 20 декабря, пишешь то же, что согласна бы жить в N, если бы получала духовное удовлетворение. Но оно вполне принадлежит только будущему веку, а на земле предписано нам иметь скорбные испытания, как сказано Самим Господом (Ин. 16: 33): "в мире скорбны будете". Слова эти ясно показывают, что хотя все места целого мира исходи, а бесскорбного положения нигде не обрящешь; везде потребно будет и смирение, и терпение, и неосуждение других. Только этими духовными средствами приобретается мирное устроение души, соразмерно тому, насколько мы будем простираться к смирению и долготерпению и неосуждению других. Ежели дозволявшии, или присвояющии себе право судить, находили недостатки и неправильности в Самом Господе, Источнике всякой истины, называя Его льстецом, самарянином, и хуже того (см. Мф. 27: 63; Ин. 8: 48), то какого заключения не сделают относительно обыкновенных людей. Всего лучше и спасительнее для нас последовать заповеди апостола, глаголющего: "Темже прежде времене ничтоже судите, дондеже приидет Господь, Иже во свете приведет тайная тмы и объявит советы сердечныя; и тогда похвала будет комуждо от Бога" (1 Кор. 4: 5). Я верую и надеюсь, что NN сведет свои концы как следует, и получит мзду от Господа по своему труду; а ты получишь свое мздовоздаяние за свое благотворение, если более не будешь принимать душевредных внушений.

27. Спасение наше между страхом и надеждой

Я уже тебе не раз писал, что пока христианин живет на земле, спасение его, по слову преподобного Петра Дамаскина, находится между страхом и надеждой; а ты все еще ищешь полного удовлетворения на земле, и притом от места и от людей, тогда как Сам Господь глаголет во Евангелии: "в мире скорбны будете". Слова эти ясно показывают, что в каком бы месте христианин ни жил, без какой-либо скорби быть не может. Только одно успокоение в исполнении заповедей Евангельских и апостольских, как сказано в псалмах: "Мир мног любящим закон Твой, и несть им соблазна" (Пс. 118: 165). Если же что-либо или кто-либо нас соблазняет или смущает, то явно показывается, что мы не вполне правильно относимся к закону заповедей Божиих, из которых главная заповедь — никого не судить и не осуждать. Кийждо бо от своих дел прославится или постыдится на Страшном Суде Божием.

Судить других нам и право не дано, да и весьма часто мы судим ошибочно и неправильно.

И еще в Ветхом Завете предписано было внимать себе, и своему спасению, и исправлению собственной своей души. Об этом и следует нам более всего заботиться. Есть два рода благотворения: первое благотворение — собственной своей душе делами благочестия со смирением и неосуждением других, чтобы не подвергнуться тому, чему подвергся фарисей; второе благотворение внешнее, внешними средствами, которые также приносят пользу нашей душе, если не судим и не доверяем своему помыслу, что будто бы средства эти не так употребляются. Полезнее всего благотворить и веровать несомненно, что получим за это от Господа воздаяние, по сказанному у пророка Даниила: "избавление мужу свое ему богатство". И в другом месте: "милостынею и верой очищаются грехи".

28. Нигилисты и цареубийцы суть предтечи антихриста

Не знаю, что вам написать об ужасном настоящем времени и жалком положении дел в России. Есть одно утешение в пророческих словах святого Давида: "Господь разоряет советы языков, отметает же мысли людей, и отметает советы князей. Совет же Господень во век пребывает" (Пс. 32: 10). Господь попустил Александру II умереть мученической кончиной, но силен Он подать помощь свыше Александру III переловить злодеев, зараженных духом антихристовым. Дух антихристов от времен апостольских действует чрез предтечей своих, как пишет апостол: "Тайна бо уже деется беззакония, точию держай ныне дондеже от среды будет" (2 Фес. 2: 7).

Апостольские слова: "держай ныне", относятся к предержащей власти и церковной власти, против которой предтечи антихриста и восстают, чтобы упразднить и уничтожить оную на земли, потому что антихрист, по объяснению толковников Священного Писания, должен прийти во время безначалия на земле. А пока он еще сидит на дне ада, то действует через предтечей своих. Сперва он действовал через разных еретиков, возмущавших Православную Церковь, и особенно через злых ариан, людей образованных и придворных; а потом действовал хитро через образованных масонов; а наконец теперь, через образованных нигилистов, стал действовать нагло и грубо, паче меры. Но "обратится болезнь их на главу" их, по сказанному в Писании (Пс. 7: 17). Не есть ли крайнее безумие трудиться изо всех сил, не щадя своей жизни, для того, чтобы на земле повесили на виселице, а в будущей жизни попасть на дно ада, в тартар, на вечное мучение. Но отчаянная гордость ни на что смотреть не хочет, а желает всем высказать свое безрассудное удальство. Господи, помилуй нас!

Многогрешный иеросхимонах Амвросий

29. Необходимость покаяния. Польза поста

N. вразумиться надо. Что ни думай, что ни толкуй, а смерти не миновать, и суда Божия не избежать, на котором воздастся комуждо по делом его. Поэтому хорошо заблаговременно опомниться и взяться за настоящий разум. Евангельское учение начинается и заканчивается словами: "Покайтеся!" (Мк. 1: 15) "Не приидох бо призвати праведники, но грешники на покаяние... Приидите ко Мне вси труждающиися и обремененнии, и Аз упокою вы: возмите иго Мое на себе и научитеся от Мене, яко кроток есмь и смирен сердцем: и обрящете покой душам вашим" (Мф. 9: 13; 11: 28-29). Призывает Господь труждающихся в борьбе со страстями и обремененных грехами, и обещает успокоить их через искреннее покаяние и истинное смирение.

Пишешь, что ты видишь N во дни Святой Четыредесятницы только в субботу и воскресенье, и ходишь к ней пить мятку; а о чае тамошние сестры и не толкуют в Святую Четыредесятницу. Хотя свободно рассуждающие и думают, что мало различия, пить ли чай, или настой мяты, а на самом деле это имеет немалое значение. Всякое лишение и всякое понуждение ценится пред Богом, по сказанному во Евангелии (Мф. 11: 12): "Царствие Божие нудится, и нуждницы восхищают е". И дерзновенно и самовольно нарушающие правило поста называются врагами креста, имже Бог чрево, и слава в студе их. И в псалмах сказано (Пс. 57: 4): "заблудиша от чрева". Разумеется, — иное дело, если кто нарушает пост по болезни и немощи телесной. А здоровые от поста бывают здоровее и добрее, и, сверх того, долговечнее бывают, хотя на вид и тощими кажутся. При посте и воздержании и плоть не так бунтует, и сон не так одолевает, и пустых мыслей в голову меньше лезет, и охотнее духовные книги читаются и более понимаются.

Если N к светлому празднику оденется хоть в полупарад, я и этому буду очень рад. Не вотще читаем в одной молитве: "Господи, аще хощу, или не хощу, спаси мя". И в псалмах сказано (Пс. 31: 9): "броздами и уздою челюсти их востягнеши, не приближающихся к Тебе".

30. О вражде против властей. Смысл искушений

Слава Богу, что N обстоятельства поправляются. Жаль только безрассудно удалившихся. Впрочем, ежели они без призвания и произволения жили в обители, то хорошего ожидать от них невозможно было. Рано или поздно они должны были забунтовать и произвести возмущение, подобно современным нигилистам, которые не довольствуются тем, что сами не верят ни в Бога, и ни во что святое, но и другим хотят делать зло, и всячески усиливаются произвести общее возмущение возстанием своим против предержащей власти, тогда как в слове Божием сказано (Рим. 13: 1-2): "несть бо власть аще не от Бога, сущыя же власти от Бога учинены суть. Темже противляяйся власти Божию повелению противляется; противляющиися же себе грех приемлют".

Свобода существ разумных всегда испытывалась и доселе испытывается, пока утвердится в добре, потому что без испытания добро твердо не бывает. Всякий христианин чем-либо да испытывается: один бедностью, другой болезнью, третий разными нехорошими помыслами, четвертый каким-либо бедствием, или уничижением, а иной разными недоумениями. И этим испытывается твердость веры, и надежды, и любви Божией, то есть к чему человек более склоняется, к чему более прилепляется, горе ли стремится, или еще пригвожден к земному; чтобы человек-христианин через подобные испытания сам видел, в каком он находится положении и расположении, и невольно смирялся, потому что без смирения все дела наши суетны, как единогласно утверждают богомудрые и богоносные отцы.

41

Передай от меня N благожелательное приветствие, и скажи ей так: "N! Не будь как докучливая муха, которая иногда без толку около летает, а иногда и кусает, и тем и другим надоедает; а будь как мудрая пчела, которая весной усердно дело свое начала, и к осени окончила медовые соты, которые так хороши, как правильно изложенные ноты. Одно сладко, а другое приятно..."

Я сегодня развернул книгу блаженного Диадоха, и открылось место, где сказано: древних христиан мучили; а теперь, милостью Божиею, дарован мир Церкви, и нужно потерпеть мучения хоть через различные болезни, а также и через разные вражеские помыслы, и через уничижение человеческое, и через другие прискорбные обстоятельства, чтобы и на нас исполнилось псаломское слово: "Терпя потерпех Господа и внят ми" (Пс. 39: 2).

31. Человеку дана свобода. Как спастись

Как христианин, в частности, не может избежать и пребыть без искушения и испытаний, так бывает и с монастырскими обителями, не только с новыми, но и со старыми. Человеку дана от Бога свобода и разум и закон откровения; и свобода эта испытывается, как человек ее употребит. Свобода и Ангелов испытывалась, как писал я в N сестрам для прочтения в трапезной. Ежели на небе бывших испытывалась свобода, то кольми паче испытывается свобода и произволение на земле живущих. Преподобный Петр Дамаскин пишет о себе так: я рассматривал положения прежде бывших, и нашел, что во всяком месте и во всяком состоянии были и есть спасающиеся и погибающие; и это происходит от нашего произволения. Если оставим свои хотения и разумения, и потщимся исполнить хотения и разумения Божия, то во всяком месте и во всяком состоянии спасемся. А если будем держаться своих хотений и разумений, то никакое место, никакое состояние нам не поможет. Ева и в раю преступила заповедь Божию, а Иуде злосчастному жизнь при Самом Спасителе не принесла никакой пользы. Везде потребно терпение и понуждение к благочестивой жизни, как читаем во Святом Евангелии.

32. Внушения вражеские благовидны

Пишешь, что видела во сне каких-то двух лиц, сделавших у вас возмущение, которых во сне назвали антихристами. Спрашиваешь, кого тут можно разуметь. Думаю, что вернее тут разуметь двух злых духов, посланных из ада, которые под благовидными предлогами внушали N-у и другому лицу действовать так, как они действовали, обещая из этого выйти большой пользе; а на самом деле вышло зловредное возмущение, как и всегда бывает от благовидных вражеских внушений. Еве обещано было быть богинею, а богиню эту в тот же день изгнали из рая, вместе с Адамом, послушавшим ее злого совета. Всегда так бывает; неразумные советчики и неразумные послушатели вместе изгоняются. Если кто из них захочет покаяться, то вместе с покаянием должен понести и скорби, как наказание за согрешение. Ежели, по слову Писания (Пс. 33: 12; 31: 10), "многи скорби праведным", то кольми паче "многи раны грешному". Потому-то и читаем в слове Божием: многими скорбями подобает нам внити во Царствие Божие. А почему? Это объясняет апостол, говоря так: "скорбь терпение соделовает, терпение же искусство, искусство же упование; упование же не посрамит" (Рим. 5: 3).

33. Промысл Божий. Вера необходима

Тебя борют сомнения, что тебе, может быть, нужно было бы отнестись не в Оптину, а в другое место. А я, напротив, считаю приезд твой в Оптину делом промыслительным. Иначе ты бы N никогда не увидала, и ей у тебя не пришлось бы жить; и может быть, ей пришлось бы много горя натерпеться, тогда как у тебя ей жить отрадно, да еще она служит для тебя и утешением. То же можно думать и о водворении твоем в N. Я сам не только не знал, но и не слыхал об этом месте. А, по Промыслу Божию, пришлось заботиться и хлопотать о N обстоятельствах. Воле Божией противиться не следует, да и невозможно, по сказанному в слове Божием (Деян. 9: 5): "жестоко противу рожну прати". Еще пишешь, что ты вполне не получаешь удовлетворения в том месте, где живешь. На это много причин, а не одна. Святой апостол Павел пишет (2 Кор.

43

5: 7): "верою бо ходим, а не видением". А ты хочешь спасение свое так видеть ясно и удовлетворительно, как на ладони; тогда как, по свидетельству опытных и духовных мужей, спасение христианина во всю жизнь его находится между страхом и надеждой. Ты же все вдруг хочешь знать и видеть ясно, тогда как и человеческого своего знания, относительно грамматики и прочего, не могла и не можешь вдруг передать своей N. А для этого требуется немалое время, особенно когда человек пожелает побольше приобрести научного знания. Потребуются многие годы и много усилия и труда, к тому же и немало издержек. Словом, ты хочешь быть скорохватом. И, подобно апостолу Фоме, хочешь все испытывать осязательно. Хотя Господь и оказал снисхождение святому апостолу Фоме, но с упреком, глаголя ему: "блажени не видевшии и веровавшие" (Ин. 20: 29).

34. Необходимо отсекать свою волю

Богу угоднее и приятнее то, что делается за послушание и по благословению, нежели то, что делается по своей воле и по своему разуму, как Сам Господь чрез апостола говорит: "сеяй о благословении, о благословении и пожнет". И паки в Евангелии глаголет (Ин. 6: 38): не приидох "да творю волю Мою, но волю пославшаго Мя Отца". И "аще кто хощет по Мне ити, да отвержется себе (то есть своих хотений и разумений) и возмет крест свой" (Мф. 16: 24), то есть да решится переносить скорби, случающиеся на пути послушания, и таким образом "да последует Мне" исполнением и других Евангельских заповедей.

Также и о монашестве должно разуметь, что оно есть Таинство, покрывающее прежние грехи, подобно Крещению. Крещаемый прежде Крещения не может чувствовать того, что после получает, то есть силу внутреннюю исполнять заповеди Божии.

Наконец, скажу то, что и прежде говорил и писал тебе, а именно: что ты составила для себя неправильное понятие о духовной жизни, и по этому понятию и своему взгляду на вещи судишь и о других. Ежели люди находили недостатки в Самом Господе нашем Богочеловеке, говоря, что Он ядца и винопийца, друг мытарям и грешникам, то после этого каких мы недостатков не найдем в простом человеке, хотя бы хорошем, и нравственном, и благонамеренном, и искренно заботящемся о своем спасении! К сказанному прибавлю: плохо знающий и вторую часть арифметики, как может судить о высоком в математике, — насколько он силен или недостаточен в этой науке!

35. В посте должна быть мера

Приходит пост Великий, которому прилично более всего благоразумное молчание (не то, чтобы быть аки рыба безгласная, но вещание в меру). Потому что, по слову Василия Великого, всякую вещь украшает мера, то есть соразмерность, которая потребна будет более всего к предлежащему Великому посту.

Пишешь, что и матушка N начала побаиваться сего поста. И у тебя и у меня есть боязнь к оному. А это явно показывает, что крепость телесная уменьшилась у всех нас, разумеется, в равной мере. Кто был постником, тот боится, не надеясь соблюсти поста по-прежнему. А кто хромал и ослабевал в прежних постах, тот боится, что еще более будет ослабевать и изнемогать противу надлежащих правил поста. Я постником никогда не был, ссылаясь на немощь и болезненность телесную, и в оправдание свое придерживаюсь апостольского правила (70-е или около сего), в котором слабым родильницам на Страстной неделе разрешается виноградное вино и елей. Правильно, или неправильно это, только немощь и болезненность телесная мудрена, и мудрено с ней справляться. Не без причины святой Исаак Сирин, первый из великих постников, написал: "Если понудим немощное тело паче силы его, то приходит смущение на смущение. Поэтому, чтобы бесполезно не смущаться, лучше снисходить немощи телесной, сколько потребно будет".

Преподобный Иоанн Дамаскин говорит, что немощному смирение и благодарение полезнее непосильных подвигов телесных. Впрочем, кто прежде мог поститься, тому нелегко вдруг отступить от своего правила. Но и опять повторю, что нужда мудрена. Мы не выше святого Иоанна Златоуста, которого немощь телесная понудила жить в городе, чтобы иметь удобную пищу, хотя и простую, но удобоваримую. К стыду своему должно сознаться: как я никогда не был постником, то и написал вам все сказанное, как бы в свое оправдание. И к сказанному прибавлю Евангельское слово Самого Господа: "могий вместити да вместит" (Мф. 19: 12).

36. Мысли о посте

Очень признателен тебе за многое твое вещание, потому что ты одна пишешь поведания, которые мне нужно знать. Также благодарен тебе за присланную Ченстоховскую икону Божией Матери, которую получить мне было очень приятно; только папское украшение мне не совсем нравится. На живописной иконе венцов нет, а приделаны они как-то несоразмерно. Но икона эта чудотворная, и рассуждать об этом неуместно.

Сегодня суббота первой недели, и я уже два дня сижу простуженный от приходящих.

Не говорю о том, что довольно было усталости, с добавлением головной боли. Но не без причины глаголется: "воздастся комуждо по делом его". Ежели и без большого поста у многих болели головы, то как матушка N провела первую неделю? По-прежнему, или по-новому как? Нужда и немощь мудрены, хоть кого заставят смириться и покориться — снизойти. Есть старинная пословица: "Где бритвы нет, там и шило бреет, нужда законов не имеет". Впрочем, так думаю я только, давнишний немощный и застарелый больной. А вдруг новому немощному трудновато поддаться снисхождению. Впрочем, есть и святоотеческое слово, что мы должны быть не телоубийцами, а страстоубийцами. Но апостол пишет, что "кийждо своею мыслью извествуется".

37. Не место, а произволение спасает

Ты опять пишешь о своем сомнении и недоумении, есть ли воля Божия жить тебе в этом месте, и, может быть, в другом месте ты удобнее бы спасение получила. Нигде не сказано, чтобы спасение наше местом определялось; а напротив, в Святом Евангелии (Мф. 19: 17) прямо и ясно читаем: "аще ли хощеши внити в живот, соблюди заповеди"; где бы кому ни пришлось жить, по сказанному в псалмах: "На всяком месте владычества Его: благослови, душе моя, Господа" (Пс. 102: 22). Спасение может получить христианин на всяком месте, и в миру живя. Но в Евангелии, в другом месте, читаем и следующее (Мф. 19: 21): "аще хощеши совершен быти... продаждь имение... и даждъ нищим", и прочее. Святой Исаак Сирин на основании этих слов пишет: "Можно получить милость Божию малую и милость Божию великую в совершенстве, — которые совершенно посвящают себя Богу, оставляя мир". При этом вникни в слова Господа: "аще... хощеши внити в живот... аще хощеши совершен бытии", и увидишь, что нигде Господь не хочет неволей понуждать человека, а везде представляет благому нашему произволению, и через собственное произволение люди бывают или добры, или злы. Поэтому напрасно будем обвинять, что будто бы живущие с нами и окружающие нас мешают и препятствуют нашему спасению или совершенству духовному. Самуил жил и воспитывался у Илии священника, при развратных его сыновьях, и сохранил себя, и был великим пророком.

А Иуду и трехлетняя жизнь пред лицом Самого Спасителя не сделала лучшим, когда он видел столько чудес, постоянно слышал Евангельскую проповедь, а сделался еще худшим, продал Учителя своего и Избавителя мира за тридесять сребренников, из которых каждый не более русского полтинника. Все это пишу тебе для того, чтобы ты вполне могла убедиться, что неудовлетворительность наша душевная и духовная происходит от нас самих, от нашего неискусства и от неправильно составленного мнения, с которым никак не хотим расстаться. А оно-то и наводит на нас и смущение, и сомнение, и разное недоумение; а все это нас томит, и отягощает, и приводит в безотрадное состояние. Хорошо было бы, если бы мы могли понять простое святоотеческое слово: "аще смиримся, то на всяком месте обрящем покой, не обходя умом многие иные места, на которых может быть с нами то же, если не худшее". Сам не знаю, почему я так распространился об этом предмете, при крайнем недосуге. Видно, так надобно. Много раз писал я тебе об этом, а ты все-таки продолжаешь спрашивать, будет ли для тебя спасительно это место, в котором живешь. Также спрашиваешь, есть ли, или будет ли воля Божия на то, чтобы ты облеклась в монастырское платье. Иное дело принять пострижение в мантию, а одеться в монастырское платье особенной важности не составляет, когда пожелаешь это сделать. Потому что уже не один год живешь в обители, и не думаешь возвратиться в мир; и наконец, ты живешь в этом месте по благословению. А по апостольскому слову (2 Кор. 8: 6): "сеяй о благословении, о благословении и пожнет". Да будет так по воле Божией! Говори: Аминь. И аз, грешный, скажу: Аминь. И прочие да рекут: Аминь, аминь, аминь!

38. Утомление от трудов полезно. Враг всех искушает. Недоразумения попускаются для пользы

На длинное письмо твое, от 13 марта, желаешь получить от меня большущий ответ. Буду отвечать как смогу, как дозволят немощь моя и время, и, наконец, докучливые приезжие, особенно нанимающие извозчиков с возвратом.

Ты пишешь, что будто бы я скрываю себя за словами Писания. Совсем нет. А напротив, я свое мнение основываю на словах Священного Писания, чтобы оно было твердо.

Ты просишь меня написать тебе ответ прямой, нисколько ничего не смягчая, и нисколько ничего не утаивая. На это тебе скажу: когда учат детей разного возраста, то говорят им, сколько они могут понять, и насколько в состоянии принять; и преподающие нисколько не думают о том, чтобы что-нибудь от них утаивать, или как-нибудь смягчать то, что преподают.

Истина одна, но люди приближаются к ней разным образом, как показывают девять Евангельских блаженств.

Когда ты просто говорила о своем житии в монастыре и о том, одеваться ли тебе или не одеваться в монастырское платье, тогда и я тебе говорил об этом просто, как другим, поступающим в монастырь, без каких-либо условий и ограничений. Но как теперь ты в письме, от 13 марта, с одеждой монастырской такие соединила условия, какие обязываются давать постригающиеся и дающие монашеские обеты (и хорошо ты сделала, что так объяснила), теперь и я скажу тебе прямо, что не следует тебе еще одеваться в монастырское платье, и не следует близко, то есть как бы наравне с ними, присоединяться к сестрам, чтобы им своими немощами и привычками не подать повода к расслаблению.

Ты говоришь о себе, что не больна, и в то же время чувствуешь слабость от понуждения к телесным трудам. Ты более желаешь жить жизнью внутренней, для которой более можешь иметь удобства, живя в назначенной ограде, нежели живя в самом обществе сестер.

Впрочем, утомление от внешних трудов не уничижай, не презирай. Утомление это всеми святыми отцами одобряется, не только среди общественной жизни монастырской, но и в уединенной жизни безмолвной. Святой Исаак Сирин прямо говорит, что не дух Божий живет в любящих покой и отрадную жизнь, а дух мира. Ежели мы не можем понести трудовой жизни, по крайней мере, должны смиряться и зазирать себя в этом, а не осуждать то, что одобряется единогласно всеми святыми отцами, так как заповедано преступившему человечеству в поте лица снедать хлеб, питающий тело и душу. Кто склонен более ко внутренней жизни, тому, преимущественно, следует заботиться более всего о том, чтобы всех и все оставлять на суд Божий, а особенно остерегаться двоедушия, чтобы не сбылось на нас слово святого апостола Иакова, брата Божия (Иак. 1: 8): "Муж", или человек, "двоедушен неустроен во всех путех своих". Тебя беспокоит двоедушная мысль, что, может быть, более бы тебе принесло пользы то, если бы ты раздала имущество свое бедным, нежели как теперь в обители тратились деньги твои не так, как бы следовало, а с разными ошибками. Если бы ты жила в миру, то, по мнению твоему, было бы приличнее раздать имущество более бедным мирским. Но так как ты решилась жить в монастыре и в обители, то должна веровать и надеяться, что имущество твое, употребленное на обитель, — где многие души во многие годы будут спасаться, — принесет тебе большую пользу душевную, хотя и казалось бы тебе, что деньги твои тратятся с большими ошибками. В мире все делается с большими ошибками, потому что враг всех искушает, и Бог попущает, чтобы чрез это испытывалось произволение человеческое. Но Бог смотрит не на совершение дел, особенно материальных, а взирает на намерение, с каким кто что-либо делает, — совершит ли он это или не совершит. Ежели апостолу Павлу не единожды, а и дважды возбранил сатана исполнить намерение и желание посетить Солунян, то нет ничего удивительного, что люди благонамеренные хотят что-либо сделать, а по вражескому искушению и по немощи человеческой оказываются разные препятствия, и чрез это выходят разные ошибки. Со стороны можно видеть эти ошибки, а возьмись сам за это дело, то еще более наделаешь ошибок.

Пишешь, что тебя возмущают некоторые недоумения и

недоразумения. На это я тебе скажу. Ты знаешь и видела, что я ежедневно толкую с людьми разного сорта, и пола, и звания, и состояния, и не помню, чтобы я кого-либо видел без недоумения и недоразумения, потому что всех враг искушает и не хочет никого оставить в покое. Преподобный Макарий Египетский пишет, что Господь попускает лукавому врагу искушать христиан, чтобы не предавались нерадению, а старались жить внимательно и осторожно. Во-вторых, чтобы через искушения смирялись и не высокоумствовали, чему, без борения и искушения вражеского, люди легко подвергаются. В-третьих, люди, через искушения, делаются более опытными и искусными, и более твердыми. А прежде всего попускает Господь искушения, чтобы отделить Боголюбивых от миролюбивых, сластолюбивых от воздержных и целомудренных, смиренномудренных от горделивых и самолюбивых, как сказано в Евангелии (Мф. 10: 34): "не приидох воврещи мир... на землю... но меч".

P.S. Если буду иметь досуг, то о недоумениях и недоразумениях еще что-нибудь напишу. А теперь пока скажу тебе: святой Иоанн Лествичник говорит, что враг общежительным монахам восхваляет уединенное жительство, а уединенно живущим хвалит общежитие, и таким образом путает тех и других.

39. Свои взгляды надо проверять законом Божиим

По твоему желанию недавно послал я тебе большущее несвязное письмо. Несвязное потому, что мне мешали писать его как следует. В том письме писал, и теперь повторяю, что без мысленной борьбы, и без недоумений и недоразумений ни в каком месте пробыть нельзя. Вполне удовлетворительное состояние может быть получено только в будущей жизни правоверующими и кающимися и смиряющимися. А на земле, по слову преподобного Петра Дамаскина, спасение совершается между страхом и надеждой. Поэтому святой Иоанн Лествичник советует, глаголя: "аще и на всю лествицу добродетелей взыдеши, о оставлении грехов молися".

Всеблагий Господь да даст нам разум о всем потребном к нашему спасению.

Я заметил в тебе одну немалую ошибку. Ты о многом, не скажу о всем, рассуждаешь, сообразуясь со своим телесным состоянием, и со многими усвоенными привычками и усвоенным взглядом на вещи, и по этому соображению готова писать новые правила для всех; тогда как правильное мнение и здравое христианское рассуждение требует, чтобы мы не только поступки свои, но и самые мысли и мнения поверяли по правилам закона православного, и по правилам и постановлениям святоотеческим, и, прежде всего, по заповедям Божиим. И что окажется в нас несогласное с заповедями Божиими и правилами святоотеческими, в том должно приносить покаяние и смиряться пред Богом и людьми, а не придумывать новые правила в свое оправдание.

40. Ответ на сожаление о деньгах, употребленных на устройство монастыря

Недавно писал тебе, но забыл поздравить со днем твоего Ангела. Теперь поздравляю, и милости Божией тебе от всего сердца желаю, и всякого блага от Господа, и мира и тишины и благодушия, и веры и упования, и прежде всех сих смирения и послушания заповедям Божиим, от которых, то есть от послушания и смирения, рождается истинное рассуждение. А истинное рассуждение, по свидетельству всех святых отцов, выше всех добродетелей.

А такого рассуждения у нас с тобой, кажется, не достает. В последнем письме своем пишешь, что ты менее жалеешь о сумме, которую не надеешься получить с князя N, а более жалеешь о тех деньгах, которые истрачены на обитель с некоторыми ошибками. Я достоверно знаю от сестер N, что твои и сестер его деньги пошли большей частью на уплату долгов, наделанных кутежами пасынков его... Теперь сравни сама кутежи пасынков с некоторыми N ошибками, что извинительнее? По моему мнению, простительнее и извинительнее N ошибки, так как ими воспользовались бедные плотники, бедные каменщики, и вообще бедные труженики. И сверх того, в обители, построенной с ошибками, будут спасаться девы, и вообще лица женского пола, желающие уневестить души свои Христу, хотя, по немощи человеческой, живут, и будут тут жить с некоторыми ошибками. Святой апостол Павел пишет (1 Кор. 1: 29): "не похвалится всяка плоть пред Богом". И в Ветхом Писании сказано (3 Цар. 8: 46): "несть человека иже (поживет) и не согрешит". Наконец, часто повторяется многими и русская пословица: "ошибка в фальшь не ставится".

Вот, в день Ангела твоего каких вещей я тебе написал.

Будем молить святую чудотворицу, да за молитвами ея Всеблагий Господь подаст нам правое разумение и рассуждение истинное. А пока не стяжем сего, должны веровать и иметь послушание, ведущее ко смирению. А послушание и смирение — без труда спасение. Еже буди нам получити неизреченным милосердием Господа нашего Иисуса Христа, по молитвам Пречистый Его Матери, Единыя Заступницы нашея, и по молитвам святых, молящихся о нас.

Народ меня осаждает и не дает опомниться.

41. Терпение скорбей спасительно

Главное средство ко спасению — претерпевание многоразличных скорбей, кому какие пригодны, по сказанному в Деяниях апостольских (Деян. 14: 22): "многими скорбьми подобает нам внити во Царствие Небесное..." Полечиться не мешает, и различные скорби и неудобства переносить следует.

Одно другому не препятствует. Докторское лечение телу помогает, а претерпевание многоразличных скорбей и неудобств приносит пользу душевную. Хотящему спастись должно помнить и не забывать апостольскую заповедь (Гал. 6: 2): "Друг друга тяготы носите, и тако исполните закон Христов". Много других заповедей, но ни при одной такого добавления нет, то есть: "тако исполните закон Христов". Великое значение имеет заповедь эта, и прежде других должно заботиться об исполнении оной.

На твой вопрос, можно ли тебе тратить все остальные твои деньги, не рассуждая?.. Можно тратить; только не спеша, и с рассмотрением необходимых потребностей. Впрочем, ты совсем без денег никогда не останешься, потому что имеешь ежегодные получения. Только в случае недостатка средств не сможешь благотворить так, как благотворишь теперь.

Но Всеблагий и Всемогущий Господь никого не оставляет без помощи. Силен указать других благотворителей, как теперь, так и в случае твоей смерти. Поэтому с верой и благой надеждой, как себя, так и других, предадим Всеблагому Промыслу Божию. Он печется о всех нас.

42. Спасение от нас зависит, но нужен руководитель

И недосужно мне, и теплота в нашей стороне непомерная, и многолюдство неперестающее. Все это мешает, и не дает возможности отвечать на все твои вопросы. Поэтому скажу тебе только несколько слов на главные твои и постоянные недоумения, что ты доселе не получаешь полного удовлетворения в духовной жизни, приписывая вину тому другим, а не себе самой, тогда как в Евангелии (Лк. 17: 21) сказано: "Царствие Божие внутрь" нас. Пророк Самуил воспитывался и жил между развратными детьми Илия священника, и нисколько не повредился душевно, и через это сподобился дара пророческого, и был пророком великим; и когда уже сам слышал глас Божий, не усомнился вопросить священника Илия, что ему отвечать на этот глас. А Иуда Искариотский при Самом Господе пребывал три года, слышал проповедь Спасителя, и видел многоразличные чудеса и исцеления, творимые Спасителем; но, несмотря на все это, не только не исправился ни во внешней, ни во внутренней жизни, но еще сделался предателем своего Учителя. Примеры эти ясно показывают, что главное дело нашего исправления и спасения зависит от нас самих; а со стороны в этом бывает только вспомоществование, хотя и немалое, потому что в каждом деле и в каждом искусстве потребно показание. А без показания простолюдин лаптя не сплетет, девушка чулка не свяжет. Кольми паче монастырская и монашеская жизнь требует показания и указания и наставления, а со стороны учащихся требует несомненного приятия и повиновения, по Евангельскому слову: "вся... елика аще рекут вам блюсти... творите; по делом же их не творите". Эти Евангельские слова ясно показывают, что не следует разбирать жития и дела наставников, а только наставления их принимать, если они согласны со словом Божиим, и не противны оному. А за дела свои каждый сам отвечает перед Богом, — и наставник, и повинующийся.

Еще пишешь ты, что не видишь в себе доселе улучшения, а

как жила в миру, так и теперь живешь. А я удивляюсь, как ты доселе не видишь, что ты стала хуже, и не видишь потому, что собственное исправление более приписываешь другим, а не себе. Великие же древние подвижники и все святые, внимательно проходившие духовную жизнь, считали себя хуже всей твари, потому что истязывали исправления духовного от самих себя, а не чрез других, и, видя море заповедей Божиих, и собственное скудное исправление, и нарушение во многом или словом, или делом, или помышлением, смирялись, и считали себя хуже всей твари, и таким смирением восполняли свое недостаточество и неисправление. Некто из святых говорит: "Смирение едино сильно поставлять нас пред Богом; а все дела без смирения бесполезны".

Господи, якоже веси, помози нам смириться.

43. Польза болезней

От бывших жаров мы сделались аки рыбы безгласные. Письма твои перечитывать недосужно; а собирался тебе писать, и не знаю, о чем писать. От бывших жаров чувствовал себя я нехорошо. А на днях вдруг показалась у нас неожиданно холодноватая погода, и опять чувствую себя нехорошо. Здоровому все здорово; а больному — ни то, ни другое нехорошо. Невольно вспомнишь покойного нашего архимандрита отца Моисея, который говаривал: "Вот уж ожидаем нова небесе и новы земли, в нихже правда живет, и будет все хорошо. А тут нам, грешным, надо потерпеть, что придется". (И заканчивал свою речь приятной улыбкой. Да и пословица есть: "И не хочешь, да хохочешь".)

Пишешь, что Н. и Е. лечатся кумысом. Сердечно желаю, чтобы лечение это им помогло. Но скажу, что когда дело пойдет вниз, не помогает и кумыс. Впрочем, не помогает только, в телесном отношении, неудавшееся лечение, а для души оно приносит большую пользу, — во-первых, смиряет человека, а во-вторых, напоминает о будущей жизни и о переходе в оную. Сколько ни живи, а умирать неизбежно; равно и отдавать отчет за свою жизнь, по апостольскому слову: "Вси бо предстанем судищу Христову... и кийждо... свою мзду приимет по своему труду" (Рим. 14: 10; 1 Кор. 3: 8). И болезнь переносить составляет немалый труд. Не без причины согрешающие предаются во измождение плоти, да дух спасется в день Господа нашего Иисуса Христа, когда принесут искреннее раскаяние в своих согрешениях.

Вот наступает Успенский пост, и ожидается множество приезжих; а я и теперь не успеваю управляться с народом. Остается лишь одно, — надеяться на исполнение слова Писания (2 Кор. 12: 9), что "сила" Божия "совершается в немощи" человеческой.

Передай от меня благожелательное приветствие о Господе М. Сердечно желаю ей всего благого и хорошего, здорового и терпеливого, мирного и благодушного, словом, — всего полезного, душеполезного и спасительного. И тебе желаю того же, и прочим сестрам. Да исполняется над всеми Евангельское слово Христово: "идеже бо еста два или трие собрани во имя Мое, ту есмь посреде их" (Мф. 18: 20). А вас собралось — "о имени Христове" — не две и не три, а немалое множество. Правда, что в большой семье бывает не без урода; но делать нечего, и это следует потерпеть. А иначе, когда все будут хороши, и возгордиться можно. Гордость же одна заменяет все пороки, как и одно смирение спасает человека. Волей-неволей будем смиряться, чтобы, подобно Евангельскому мытарю, получить прощение грехов и милость Божию.

44. Об искушениях диавола и о Промысле Божием

Возмогай о Господе, и в державе крепости Его! Елико возможно, сопротивляйся искушению вражескому, которого, кажется, ты и не признаешь, и все приписываешь одной внешней обстановке. Это видно было из прежних твоих писем, а еще более — из последнего твоего письма, полученного мною 27 июля вечером. (Утром же к тебе было письмо послано) Ежели враг сильно искушал Антониев Великих и Филимонов великоподвижников, и искушал так, что новоначальным и неудобно было слышать об этом, как же тебя одну он будто бы оставляет без всякого искушения?.. В Евангелии читаем, как Господь говорил апостолу Петру, что сатана просит, дабы сеял вас, яко пшеницу. А когда пшеницу просевают в решете, то бросают из края в край, или вертят кругом, так что пшеница сама уже кружится в решете несколько времени. Если бы врагу допущено было искушать всех по его желанию, то он всех бы перекружил. Но Премудрый и Всеблагий Господь попущает врагу искушать каждого только по мере сил, а не выше сил. Врагу же удобно искушать тебя, во-первых, потому, что ты не хочешь признавать его искушения, а во-вторых, находит он удобство и в твоем взгляде на вещи. Ты имеешь более расположения благотворить бедным, а Промысл Божий указал тебе иное дело — благотворить женской обители, вновь устраивающейся. Вот ты и путаешься в этом, не жалея о тех тысячах, которые пошли на уплату долгов, наделанных кутежами NN, а жалея о тех деньгах, которые пошли на бедных рабочих, трудившихся в обители.

В свое оправдание говоришь, что распоряжения были с ошибками. Положим, так... Но ведь деньги пошли же в пользу трудившихся бедных. Еще помысл тебя смущает, зачем устраивается высокое и роскошное здание. Но ведь теперь время такое, что настоятелям не позволяют делать древние шалаши. Посмотри на самое себя. При всем твоем желании и усердии не можешь жить, как жили древние, а во многом делаешь себе снисхождение, по требованию новых твоих привычек. Не ты одна, а и многие умом и помышлением предполагают многое, да на самом-то деле это не сбывается. Наконец, ты сомневаешься и в том, что будто бы о тебе и Промысла Божия нет, а так, ты заехала в N сама не знаешь как. В Евангелии сказано, что ни одна птица не падает без воли Отца Небесного. Как же ты, разумное создание Божие, имеющее бессмертную душу, искупленное кровью Единородного Сына Божия, просвещенное Святым Крещением, наученное закону Божию, предопределенное к вечной небесной славе, — оставлена будто бы Промыслом Божиим на произвол? Так думать — великая несообразность. Оставь эту неправильную мысль, и крепко держись за псаломское слово (Пс. 102: 22): "на всяком месте владычества Его: благослови, душе моя, Господа". Потому что "по всей земли судьбы Его".

Сомнение же и неверие утверждается в тебе более потому, что ты не хочешь сознавать, что оно происходит от извращенных внушений исконного нашего врага, который старается все представить в превратном виде. Адаму и Еве запрещено было от Бога вкушать от древа познания добра и зла, как сказано: "в он же аще день вкусите, смертью умрете". А враг, напротив, представил им, что они будут аки боги, если вкусят от этого древа, ведяще доброе и лукавое. Так и всякое дело старается он извращать. Апостол пишет (2Кор. 8:6): "сеяй о благословении, о благословении и пожнет". А тебе представляется, что если бы ты по своей воле раздала имение бедным, то больше бы получила пользы; и если бы жила в другом месте, то имела бы меньше смущений. Поверь, где бы ты ни жила, враг не оставил бы тебя без разных смущений и искушений, тем более, что ты не хочешь признавать его искушений и злых внушений и извращений. Говори сама себе, что ты за ошибки в обители не отвечаешь, равно и за то, что здание построено просторно и высоко. Апостол пишет (Рим. 14: 5): "Кийждо своею мыслию за известуется", ов сице, и ов сице.

Еще пишешь, что стала приходить тебе боязнь, как бы не пришлось тебе жить в бедности. В крайней бедности тебе жить никогда не придется, тем более, что ты стала чувствовать нездоровье и стала предполагать в себе какую-то болезнь, которой ты более десяти лет боишься; но не означила, что это за болезнь. Повторяю, что бедность тебе испытывать не придется; разве только много благотворить не сможешь.

Наконец, беспокоишься и о том, что ты не можешь подвижно жить, как другие. Святой Иоанн Дамаскин в слове о страстях пишет, что подвижничество потребно для тех, кто имеет тело здоровое и крепкое. А для немощных телом более потребно смирение и благодарение. Благодарить Бога должно за то, что немощами смиряет нас, чтобы смирившихся помиловать и спасти, по сказанному в псалмах: "смирихся, и спасе мя Господь". Еже буди всем нам получити неизреченным человеколюбием и милосердием Единородного Сына Божия, Господа нашего Иисуса Христа. Аминь.

P.S. Письмо это писано урывками среди великого недосуга и при немощи телесной.

45. Как жить, чтобы спастись

В последнем письме пишешь, что не всегда я на вопрос отвечаю тебе, и что ты не в том смысле передавала некоторые обстоятельства, в каком я пишу тебе.

Правда, что твои длинные письма во второй раз мне не приходится перечитывать, и потому некоторые вещи забывал я. Но, ведь, я знаю главный смысл твоих обстоятельств и твоего настроения, и в письмах своих всегда имел одну цель — разубедить тебя в неправильном твоем понятии о монашеской и вообще о духовной жизни, которое ты составила себе, еще живя в миру. Может быть, тебе случалось слышать не раз, что, по-видимому, и правильная теория не всегда сходится с практической деятельностью. Собственный опыт, повторяемый по опытам прежде бывших духовных лиц, есть хороший наставник, когда при этом поверяем жизнь свою и по Евангельскому и по апостольскому и по святоотеческому учению. Ты положила для себя и для своей жизни какое-то странное основание: "я желала так, я думала так, я предполагала так". Не одна ты, а и многие желают хорошей духовной жизни в самой простой форме; но только немногие и редкие на самом деле исполняют благое свое желание, — именно те, которые твердо держатся слов Священного Писания, что "многими скорбьми подобает нам внити во Царствие" Небесное (Деян. 14: 22), и, призывая помощь Божию, стараются безропотно переносить постигающие их скорби и болезни и разные неудобства, содержа всегда в памяти слова Самого Господа: "аще ли хощеши внити в живот, соблюди заповеди" (Мф. 19: 17).

А главные заповеди Господни: "не судите, и не судят вам; не осуждайте, да не осуждени будете; отпущайте, и отпустят вам".

Кроме этого, желающие спастись всегда должны содержать в памяти слова преподобного Петра Дамаскина, что спасение совершается между страхом и надеждой. А желать видеть свое спасение ясно как на ладони, — желание и мнение ошибочное. Ежели в видимой природе постоянная бывает перемена, — то тихо, то ветрено и бурно, то ясная погода, то дождливое время, а иногда неожиданный мороз или град, и подобное тому, то кольми паче в духовной жизни бывают прелоги и неожиданные изменения. Преподобный Исаак Сирин пишет, что любовь христианина к Богу на всякий час испытывается разными переменами, приятными и неприятными, отрадными и скорбными. А желать всегда пребывать в неизменном состоянии есть путь волков, то есть мысленных, которые таковых благовидными предлогами и доводят до погибели, от чего да избавит нас Всеблагий Господь.

Жить в простой хижине и не смиряться — к хорошему не приведет. Немощному душой и телом полезнее жить в удобной келье и смиряться, зазирая и укоряя себя за удобство и просторную келью. Суровую жизнь могут проходить редкие и только крепкие телом, которые без вреда могут переносить и холод, и голод, и сырость, и долулежание. А по слову преподобного Иоанна Дамаскина, немощным телом полезнее смирение и благодарение, нежели телесные труды и подвиги, к которым они неспособны.

На тебя нехорошо влияют резкие слова таких лиц, которые, по твоему мнению, говорить бы должны иначе. Святой Иоанн Лествичник пишет, что Господь промыслительно иногда оставляет и в духовных людях некоторые недостатки, чтобы чрез это приводить их к смирению.

Если хочешь поставить себя на твердой стези спасения, то прежде всего постарайся внимать только себе одной, а всех других предоставь Промыслу Божию и их собственной воле, и не заботься никому делать назидание. Не напрасно сказано: "кийждо от своих дел или прославится, или постыдится". Так будет полезнее и спасительнее и, сверх того, покойнее.

46. Должно полагаться на Волю Божию

В прежних письмах ты не это говорила, что боишься болезни вообще; а в последнем письме прямо сказала, что боишься болезни рака в груди. И всякая болезнь тяжела, кольми паче болезнь рака; но делать нечего, покориться этому следует. Бог лучше нас знает, кому какая пригодна болезнь для очищения страстей и согрешений. Не напрасно святой Ефрем пишет: "Боли болезнь болезненне, да мимотечеши суетных болезней болезни".

Сама знаешь, что болезнь эта большей частью происходит от тревожного состояния души, но по немощи и давней привычке не можешь удержаться от таких мыслей. Сама явно видишь, что враг под благовидными предлогами искушает тебя такими помышлениями, но под теми же предлогами не можешь не увлекаться этими мыслями, и по характеру твоему, и по особенному взгляду на вещи.

Заметив и познав это искушение вражие, чаще молись Господу Богу, чтобы устроил о тебе полезное и спасительное, по воле Своей святой, и простил бы тебе невольные ошибки, если действительно это ошибки. Ты не выше Ефрема Сирина, который зазрел Василия Великого, что он был пышно одет, идя на служение в церковь, но скоро был обличен и вразумлен. Молись и ты с верой и смирением Господу Богу, чтобы Он, за молитвами сих угодников Своих, и тебя вразумил и успокоил. И, кроме того, убеждай и вразумляй себя тем, что некоторые и дурно истратили свой капитал, но не жалеют об оном так, как ты сожалеешь и возмущаешься; тогда как твой капитал совсем не так истрачен.

Иное дело о подвижнической жизни думать и рассуждать, и иное — самой жизнью это испытывать. Один наш сосед, барин, в прошлую Святую Четыредесятницу захотел себя наказать за слабую прежнюю жизнь строгим постом. Приказал для себя толочь семя, и ел эту толчонку с квасом и черным хлебом, и такой непостепенной и необычной суровостью так испортил свой желудок, что доктора в продолжении целого лета не могли его исправить.

Ты всегда помышляла о том, чтобы жить тебе в тесненькой келье и во многом лишении; но на самом деле ты не могла бы так жить, потому что и в большом твоем доме едва нашелся уголок для помещения больной старушки. По немощи нашей, телесной и душевной, полезнее нам смиряться и покоряться тому, как дело идет по обстоятельствам, нас окружающим.

47. Не следует жалеть о пожертвованных деньгах на монастырь

Как-то твое здоровье? Следует и мне, и тебе предаться воле Божией. Силен Господь устроить о нас полезное, и особенно пропитать, по сказанному в Писании (Пс. 54: 23): "Возверзи на Господа печаль твою, и Той тя препитает". Также о больших домах и о высоких комнатах раздумывать много не следует, — дождутся своих жильцов, по сказанному в старчестве: "Место свято пусто не будет". И в Писании говорится, что дело, только по воле человеческой устрояемое, разоряется; устрояемое же по воле Божией разориться не может, и особенно устрояемое в таком месте, где многие души могут спасаться. А спасение одной души дороже всех вещей мира, по сказанному в Евангелии (Мф. 16: 26): "аще мир весь" приобрящеши, "душу же свою" отщетишь... "кая... польза?" Тот же смысл имеет, — если человек и все вещи свои соблюл до смерти сохранно и нерасточимо, душе же своей причинил вред, кая польза? Но ты скажешь, я не жалею вещей, но только меня беспокоит, что они не так употреблены. Но, может быть, это тебе только так кажется, в самой же вещи не так. И сверх того, ты за это употребление нисколько не отвечаешь. В одном из житий Киево-Печерских угодников сказано: "Ежели кто об украденных у него деньгах не жалеет, то это вменится ему более произвольной милостыни". Кольми паче тебе жалеть не следует, что так или иначе употреблено дарованное тобой или у тебя взятое; а иначе уменьшишь духовную пользу своего жертвования.

48. Надо внимать себе, а не чужие дела разбирать

Касательно одеяния в новоначальную одежду, помолившись Богу и осмотревшись, можно решиться, — не век же жить в монастыре в неопределенном положении. Только, при решимости облещись в сию одежду, должно решиться и на то, чтобы стараться делом исполнять совет святого Иоанна Лествичника, который говорит: "Послушник не рассуждает ни о благих, ни о мнимых злых", то есть не толкует: так-то нехорошо, а вот так-то было бы лучше. А более всего внимает собственному своему спасению, ради которого решился жить в монастыре, веруя несомненно повторяемым словам Святой Церкви: "Кийждо от своих дел или прославится или постыдится"; начальные — от своих дел, а подначальные — от своих. Кому что поручено, за то тот и отвечает. Также подвергает себя ответу и тот, кто вмешивается не в свое дело, кроме того, оставляя при этом исполнение и собственного дела. Сам Господь глаголет во Евангелии: "куплю дейте, дондеже приду" (Лк. 19: 13). А купцы, как сама ты видала, во время ярмарки каждый торгует в своей лавке. А если во время торговли будет ходить купец по чужим лавкам, то повредит своей торговле и получит большой убыток. Разумеешь ли, еже глаголю тебе?

То есть советую тебе более не внимать благовидным, но душевредным помыслам вражеским, которые внушают смотреть за чужой торговлей, ходя по чужим лавкам. Прочнее и основательнее беречь собственную свою торговлю духовную, и ей только внимать.

49. Враг хитро и лукаво всех искушает

В первый день Нового года привелось первое письмо писать к тебе первой. И пришла мнепервая мысль, чтобы ты всегда первая стремилась к смирению и к примирению, где потребно будет, а простого человеческого первенства не искала, потому что ищущие сего первенства, по свидетельству апостольскому, страдают чревоболением, якоже оный первый "во острове" (Деян. 28: 7-8).

Ты не раз выражалась в письмах, что желаешь быть истинной христианкой. А об истинных христианах апостол пишет, что они разграбление имений своих с радостью прияша. Мы же, немощные, по крайней мере не должны много скорбеть о несовершенном получении, и особенно не заботиться о том, так ли, или не так употреблялась жертвуемая нами сумма. Теперь нам кажется не так, а может быть, после окажется, что сделанное будет очень пригодно. Ты уже сама опытом испытала, что желание твое жить потеснее на самом деле не оправдывается. Я тебе много раз писал, что враг не всегда старается искушать людей грубыми вещами, а более всего смущает людей благовидными предлогами и благовидными объяснениями. Жаль мне, что затерялась смешная карикатура, присланная мне Л. настоятелем. В каком-то журнале было напечатано: старый барин подает милостыню пьющему отставному чиновнику, с приговором: "Смотри, не пропей!" А тот отвечает: "Уж это не ваше дело. Я своей собственностью могу распорядиться, как хочу".

Опять повторю, как враг хитро и лукаво всех искушает. N. всегда стремилась к монашеской жизни, и желала быть истинной монахиней. А лукавый враг и тут нашел повод искушать ее, и навести мрак душевный, толкуя, что при настоятельстве нельзя быть истинной монахиней, потому что нельзя будто бы исполнять всего того, что предписывается исполнять монахине. Смотри, какой лукавый коварник! Толкует, что будто бы настоятельство мешает монашеству, когда много примеров доказывают противное. Ведь и настоятельствование — дело монашеское.

50. Всякого человека своя совесть, а не чужая, осуждает или оправдывает

Мы как рабы безгласные. До третьей недели поста никак не удосужились написать тебе, хотя и много раз собирался писать; то немощен, то устал, то недосужно было, то неожиданные посетители помешали. Вот так время и проходило. Не раз собирался я написать общее письмо сестрам N, да все не удавалось. Недосуг увеличился и оттого, что пожелали устроить придел во имя святителя Амвросия и благоверного князя Александра Невского. Устроить как-нибудь будет нехорошо; а устроить хорошо, — будет стоить немалых расходов. А кроме того, из старого неудобно устраивать новое хорошее. Вот архитектор приходит, и толкует так и сяк, а через это отнимает у меня время; а затем приходит рядчик и подрядчик. Вот тут и сбывается старинная поговорка: "Толкуй больной с подлекарем". Кроме же всего этого и пищеварительные органы ослабели, и требуют разного угождения, да еще безвременно, и не по должному порядку. Вот тут думай, и рассуждай, и пригадывай, как и что. Не без причины повторяется пословица: "У кого что болит, о том он и говорит".

О твоем обычном продолжающемся мудрствовании теперь говорить не буду. А пожалуй скажу одно, что нельзя верить тому, как и что толкуют неопытные. Всякого своя совесть, а не чужая, оправдывает и осуждает. Имеем апостольскую заповедь, глаголющую: "Темже прежде времене ничпгоже судите, дондеже приидет Господь, Иже во свете приведет тайная тмы, и объявит советы сердечныя; и тогда похвала будет комуждо от Бога" (1 Кор. 4: 5), а не от людей, и не по суду людей.

Хотя теперь и Четыредесятница, но не хочется упустить случая написать вам докучливую сказку, которую мы недавно прочитали, в одной книге напечатанную: жили были журавль да овца, накосили они себе стожок сенца; не начать ли басню опять с конца. Басня эта очень похожа на мое положение. Всякий день начинай опять с конца выслушивать докучливую сказку.

51. Без скорби не спасешься

У нас стоит прекраснейшая погода. Все пользуются открытым воздухом. Аз же, грешный, по грехам моим сижу все взаперти, как в темнице. Не напрасно в Писании сказано (Мф. 25: 40): "воздаст комуждо по деянием его", или в сей жизни, или в будущей. Праведен суд Божий. Хотя читаем во многих местах Писания, что Господь благ, преблаг, щедр и многомилостив, но милосердие Свое растворяет и правдой, и правосудием.

Господь помиловал разбойника на кресте, осознавшего

свою вину и исповедавшего благость и праведность Господа; но разбойнику этому пришлось потерпеть, кроме крестных страданий, и то, что пришли и перебили ему голени, и он на одних руках висел три часа в ужасном томлении и мучении. Поэтому никто да не помышляет, что благоразумный разбойник легко наследовал рай. Правда, что получил это скоро, но не без великого страдания, и томления, и мучения. Немного таких людей, которые терпят скорби и гонения за одну благочестивую жизнь, по сказанному от апостола (2 Тим. 3: 12): "вси... хотящии благочестно жити... гоними будут". Все же остальные терпят скорби и болезни для очищения прежних грехов, или для смирения горделивого мудрования и для получения спасения.

Прошу у всех вас молитв святых о моей худости и неисправности, как заповедует святой апостол Иаков: "молитеся друг за друга, яко да изцелеете" (Иак. 5: 16).

52. Мир душевный зависит не от места, а от нас самих

Описываешь продолжение, по твоим словам, неопределившегося твоего положения. Не определяется же оно от нашего душевного расположения. Дело спасения нашего требует на всяком месте, где бы человек ни жил, исполнения заповедей Божиих и покорности воле Божией. Этим только приобретается мир душевный, а не иным чем, как сказано в псалмах (Пс. 118: 165): "Мир мног любящим закон Твой, и несть им соблазна". А ты ищешь мира внутреннего, и успокоения душевного от внешних обстоятельств. Все кажется тебе, что ты не на том месте живешь, не с теми людьми водворилась, что сама не так распорядилась, и что другие будто бы не так действовали. В Священном Писании сказано (Пс. 102: 22): "на всяком месте владычествие Его", то есть Божие; и что для Бога дороже всех вещей целого мира спасение одной христианской души. Как бы вещи употреблены ни были, лишь бы с благим намерением, Бог приемлет в благое; и часто из ошибок человеческих устраивает полезное. Преподобный Антоний Великий сказал: "О мимошедшей вещи не раскайся", то есть понапрасну не жалей о том, что сделано так или иначе, только вперед старайся употреблять вещи должным образом.

Пишешь, что ты начала выдавать деньги на потребности по твоему соображению. Например, на покупку... половинную часть; и вперед можешь действовать, соображаясь с твоей возможностью, только старайся не беспокоиться — откроются или не откроются источники сокровенных средств.

Испытания скудостью потребных посылаются и для обителей, равно как и для частных христианских подвижников, как это видно из жития многих святых отцов. Из твоих суждений и рассуждений ясно показывается, что ты желаешь видеть, как на ладоне своей, свое спасение. Но такое ясное видение может приводить человека или к гордости, или к разленению; а неполезное и не дается людям, равно как и безвременное, то есть преждевременное ведение о смерти своей. Преподобный Петр Дамаскин пишет, что спасение человека находится между страхом и надеждой, чтобы он не отчаивался и паче меры не обнадеживался. Ежели святым людям повелевает преподобный Давид, глаголя (Пс. 33: 10): "Бойтеся Господа, вси святии Его", то кольми паче людям грешным и неисправным потребно и полезно иметь всегда страх Божий, страшась нарушать заповеди Божии, и прежде всего относительно суждения и осуждения, которое жизнь христианина обращает в лицемерие, по сказанному в Евангелии (Мф. 7: 5): "Лицемере, изми первее бервно из очесе твоего". Хотя и кажется нам, что мы делаем это по ревности, но такая ревность называется ревностью не по разуму, и ревностью буиею. Не без причины апостол возражает, глаголя (Рим. 14: 4): "Ты кто еси судяй чуждему рабу? Своему бо Господеви стоит или падает... силен бо есть Бог поставити" его. Кольми паче суждение неуместно относительно предметов средних, как, например, относительно построек, малы ли они, или велики. Впоследствии видно будет, что они окажутся очень пригодными, хотя теперь и кажутся нам неблаговременными. Взгляды разные бывают и у родных братьев святых. Помнится мне, что Преподобного Сергия упрекал брат его за более пространную ограду, говоря: "Что ты расширяешься?" Оставим и мы подобное дело на суд Божий, и таким образом можем не тревожиться бесполезно. Посылаю тебе один ответный пункт, продиктованный отцом А., который перед праздником Покрова Божией Матери выехал в Д. монастырь на настоятельство; а другие пункты от постоянной молвы с народом вышли из головы моей, а остался в памяти один только главный пункт Священного Писания (1 Кор. 4: 20), что "Царство Божие... не в словеси... но в силе", то есть во исполнении повелеваемого, с сим прибавлением: "егда сотворите вся повеленная вам, глаголите, яко раби неключими есмы: яко, еже должни бехом сотворити, сотворихом" (Лк. 17: 10).

Ответные пункты на некоторые религиозные недоумения, которыми враг рода человеческого, ненавистник всякого добра и мира, под благовидными предлогами смущает некоторых.

1. Сам Господь во Святом Евангелии (Мф. 11: 29-30) прямо и ясно говорит: "Возмите иго Мое на себе и научитеся от Мене, яко кроток есмь и смирен сердцем: и обрящете покой душам вашим". Слова эти показывают, во-первых, что несение ига Христова, прежде всего, заключается в кротости и смирении. Во-вторых, наставление и назидание для собственной жизни должно брать более с примера Христа Спасителя, нежели с примера людей, в которых невозможно обретать полного совершенства, по немощи человеческой. И потому, под благовидным предлогом, не должно смущаться тем, что некоторые не подают нам назидательного примера так, как бы мы желали. 2. При этом может быть ошибка и в том, что мнение и намерения людей различны, — один думает и рассуждает так, а другой иначе. Потому и религиозные взгляды на вещи неодинаковы. Сердца же человеческие знает только один Бог. Поэтому и говорится: "ин суд Божий, и ин человеческий". Не без причины Господь ключи Царствия Небесного вручил апостолу Петру, а ключи ада и смерти удержал у Себя. Святитель Димитрий Ростовский объясняет эту причину так: "Чтобы и великие святые, по несовершенству человеческому, не посылали во ад таких людей, которые по сокровенному добру, ведомому одному Богу, достойны наследия Царствия Небесного". В-третьих, слова Спасителя показывают, что беспокойство наше и смущение происходят не от других, а от нас самих, по недостатку в нас кротости и смирения.

53. Телесные болезни и скорби душевные служат для очищения души и тела

Ты в последнем письме писала о неуместном вашем разглагольствовании с матушкой N о телесных болезнях и о душевных скорбях от обид и поношений и порицаний и, по-видимому, от незаслуженных укоризн.

То и другое потребно для очищения человека-христианина.

Болезни телесные потребны для очищения плоти, а болезни душевные, через обиды и поношения, потребны для очищения души. Но Господь, не разделяя одно от другого, во Святом Евангелии глаголет: "в терпении вашем стяжите души ваши"; и: "претерпевши же до конца, той спасен будет", в пояснение чего Исаак Сирин добавляет: "Самооправдание в Евангельском законе не означено, прямее сказать — не допускается; и если кто ударит тебя в десную твою ланиту, обрати ему и другую. Слова о десной ланите показывают, что не следует оправдываться и тогда, когда казалось бы человеку, что он прав. Но такое разумение всякий должен относить к себе самому, а не другим. Иначе внидет в другую сеть вражию и запутается. А для нас потребнее всего и полезнее свобода духовная, то есть ни под каким предлогом не запутываться в сетях вражиих.

Приветствую о Господе матушку N и всех ее чад.

В нашу обитель приехал на покой Томский архиерей Петр.

54. О видениях и псалме 90-м: "Живый в помощи Вышняго..."

Жаль NN. Как пишешь, обстоятельства его нехороши. Но не ложно слово Священного Писания, что каждый из нас нередко, под благовидными предлогами, связует себя пленицами своих прегрешений.

Впрочем, благость Божия скорбными обстоятельствами приводит нас к полезному, и душеполезному, и спасительному. Дивны дела Господни!

Матушка N велела тебе написать бывшее наяву видение одной сестре. В прошлом году в нашей стране были два подобных случая, но оба оказались ложными. Одну такую ясновидицу из N общины отвезли домой к родным, опасаясь, чтобы не сделала чего над собою. Более подробно о сем буду писать самой матушке.

Тебе желательно знать, как праздновались именины 7 декабря. Дня за три приходил ко мне отец игумен, и мы решили не праздновать именины по-прежнему. Впрочем, служба церковная была по-прежнему. Было бдение, и отец игумен служил обедню в скиту. Вдруг, неожиданно, к обедне приходит преосвященный Петр и два архимандрита, из коих один — наш благочинный, и два настоятеля. И весь этот священный собор после обедни зашли ко мне с поздравлением. Я принял их в своей келье сперва стоя, а потом и сидя на кровати, по обычному. Гостям было немного тесновато, так что отцу игумену не приходилось где и сесть почетно; приставили задом стул к столу и отец игумен сидел, некоторым образом, как бы почетно. Подан был чай. Преосвященный Петр очень просто держал себя в обращении, и за чаем интересно рассказывал о житии и бытии на Американских островах, как тамошние простодушные алеуты живут, и какую претерпевают скудость и лишения. Особенно интересен был его рассказ, как там небольшие рыбы, но проворные и увертливые, у которых в два ряда зубы, сражаются с китом и одолевают его. Рыбы эти по-тамошнему называются касатками. Когда кит заплывает в какой-либо залив, где неудобно ему показывать свою силу, тут увертливые касатки начинают угрызать его с боков и отскакивать от него прочь; а если бы спереди, то он бы их проглотил, а сзади — хвостом вдребезги разбил. Как ни бьется этот великан, но от постоянных угрызений и истечения крови наконец ослабевает. И море прибивает его к берегу, и делается он пищей голодных алеутов.

В 21-й главе, о которой пишешь, осуждаются разные суеверия и особенно ворожба и призывание ворожей. Они, при произношении непонятных для них самих слов, примешивают и чтение псалмов, а иногда и крестное знамение. Но многие примеры показывают, что чтение с верой псалма 90-го: "Живый в помощи..." ограждает читающих от многих опасностей, и если кто ради забвения, с верой на помощь Божию, носит на себе написанный этот псалом, в этом нет ничего противного. У одного офицера была на шее икона Святителя Николая, завернутая в бумажку с написанным этим псалмом; пуля пробила платье, дошла до бумажки, но ни иконы, ни бумажки не повредила.

55. Не одним внешним украшением храмов, но, прежде всего, добродетелями украшается христианин

Пишешь, что N. во время поста находится в церковном затворе, а я, и в пост, и не в пост, постоянно нахожусь на людском соборе, и сборе, и чужих дел на разборе.

Пишешь и ты, что мое положение исключительное. А в заведениях исключают неспособных. Вот, видно, и меня, как неспособного к уединению, судьба исключила и вринула в молву людскую. Хотя и сказано Господом в Евангелии (Мф. 9: 13): "милости хощу, а не жертвы", но к тому прибавлено: "сие творите и онаго не оставляйте"; онаго — то есть попечения о собственной душе, о собственном спасении.

На днях привезли в Оптину колокол, в 500 пудов, но еще звона мы не слыхали; лежит еще на земле, и только приспособляют, как его повесить. Теперь Оптина, по псаломскому слову, будет хвалить Бога в кимвалех доброгласных.

Но этого недостаточно. Другое псаломское слово от лица Божия гласит: "жертва хвалы прославит Мя, и тамо путь, имже явлю ему спасение". Эта молитвенная и церковно-песненная хвала достоверней кимвальной. Но и тут еще не все.

Господь напоминает нам о главном основании, глаголя (Мф. 11: 29-30; Ин. 14: 23; Лк. 6: 37; Мф. 5: 44): "научитеся от Мене, яко кроток есмь и смирен сердцем: и обрящете покой душам вашим", и: "аще кто любит Мя, заповеди Мои соблюдет", сии: "не судите, и не судят вам... не осуждайте, да не осуждени будете: отпущайте, и отпустят вам... любите враги вашя... добро творите ненавидящим вас... благословите кленущия вы... и молитеся за творящих вам напасть и изгонящия вы". Творяй сия не подвижется во век, якоже пророк Давид духом изрек. Аминь.

56. Праздники должно праздновать духовным обновлением

Недавно праздновали православные христиане праздник Благовещения Божией Матери. Пела ли ты с церковью: "Благовествуй, земле, радость велию, хвалите, небеса, Божию славу"; Бог человеком бысть, да богом человека соделает. Вот наступает Седмица Страданий вочеловечшагося Сына Божия и Бога, а затем и праздник тридневного Его Воскресения. А мы все-таки не воскресаем душой, не желая оставить умертвения нашего, производимого нашими немощами и страстями. За это и упрекает нас Господь, глаголя чрез пророка Давида (Пс. 81: 6): "Аз рех: бози есте, и сынове Вышняго вси: вы же яко человецы умираете, и яко един от князей падаете".

Посылаю тебе общее праздничное поздравление. В этом поздравлении означены не все, а главные немощи человеческие, и против оных выставлены четыре врачебных средства, а пятое врачевство упущено. Против этого полезно тебе употреблять и пятое врачевство, именно самоукорение, то есть во всяком неприятном, скорбном случае или обстоятельстве должно возлагать вину на себя, а не на других, — что мы не умели поступить как следует, и от этого вышла такая неприятность и такая скорбь, которой достойны мы попущением Божиим за наше нерадение, за наше возношение и за грехи наши, прежние и новые. Это пятое врачевство внеси в списываемые тобой экземпляры общего праздничного поздравления.

В последнем письме твоем коснулась ты немного неудовлетворительного твоего положения и расположения.

57. Евангелие требует от нас покаяния, а не умствований

В последнем письме твоем пишешь, что ваш NN мудренее тебя. Его беспокоят религиозные вопросы, подобные сему: виноват ли Иуда, потому что послужил орудием. В таком случае будут или были бы невиноваты все распинатели Христовы, потому что и они послужили орудием. Но ведь Иуду орудием предательства избрал сатана, заметив в нем сильную страсть сребролюбия. Христом же Спасителем он вчинен был в число избранных двенадцати апостолов, и наравне с ними он наделен был всеми благодатными дарованиями, три года был наставляем Спасителем на всякую истину, а на Тайной вечери и прямо был обличен, что "един от вас предаст Мя" (Мф. 26: 21). Но Иуда и тогда не оставил злого своего намерения. Как же после всего этого он не виноват? Кроме этого, многие святые утверждают, что и Иуда получил бы прощение, если бы решился принести покаяние подобно верховному апостолу Петру, трижды отрекшемуся Христа, но через покаяние получившему не только прощение своего греха, но и прежнее апостольское достоинство. Впрочем, по слову Иоанна Лествичника, бедственно есть испытывать непостижимые судьбы Божии, и кто на это дерзает, в том обличается недостаток смирения и противное свойство, то есть горделивость. Евангелие тем начинает и оканчивается: покайтеся! А мы ленимся приносить покаяние, и, вместо этого, беремся исследовать то, что выше нас, и что от нас совсем не требуется.

58. Спасение во многом совете, а не со многими. Келья всему научит

Знакомая твоя А., живущая в N и относящаяся к отцу А., вызывает тебя в К., чтобы видеться с ней и посоветоваться с отцом А.

Авва Дорофей пишет, что "спасение — во многом совете", но не со многими. Потому что в Священном Писании сказано: "друзи твои да будут мнози, советницы же один от тысящ". Поэтому нахожу неполезной для тебя поездку в К., кроме сказанной причины, и потому, что находишься в тревожном состоянии. Вода, когда находится в мутном состоянии, для очищения своего требует того, чтобы дать ей спокойно постоять и отстояться; тогда чистую воду сливают, а тину выбрасывают. Еще в Ветхом Писании сказано: "аще дух владеющаго взыдет на тя, места твоего не остави". Есть и простая поговорка: "На одном месте и камень обрастает". И в старчестве сказано: "Сиди в келье твоей, и та всему тебя научит". Положим, что А. вызывает тебя под благовидным предлогом — принести тебе пользу душевную, но враг наш душевный и искуситель чрез это ухищряет тебе сделать вред душевный. Святой апостол предостерегает нас, глаголя: "не неразумеваем ухищрений его", то есть вражиих, которые скрываются под благовидными предлогами, как волки в овчих кожах. Поэтому лучше сидеть дома и искать пользы душевной внутри себя приличными духовными средствами, так как сказано, что "Царствие Божие внутрь вас" (Лк. 17: 21). А совне, от людей, получаем пользу лишь тогда, когда не осуждаем их.

Как думаю, так и написал тебе; а ты, как любомудрствующая, придержись полезнейшего.

59. Изъяснение слов: "Аще дух владеющаго взыдет на тя, места твоего не остави"

Твой вопрос: что значат слова: "Аще дух владеющаго взыдет на тя, места твоего не остави?"

Слово "владеющаго" относится к искусителю, врагу нашему душевному, который чрез то, что человек прислушал заповедь Божию и послушал злое внушение врага, сделался князем мира и князем владеющим чрез послушание человеческое. Он, как Адама с Евой прельстил под благовидным предлогом, так и теперь тем же способом прельщает многих; если не возможет кого обольстить собственными внушениями, то старается смутить человека и ввести в искушение через друзей и знакомых, под благовидными предлогами. Помни это, и старайся не забывать; также помни и сказанное в старчестве: "Сиди в келье твоей, и келья твоя тебя всему научит". Это тебе тем более прилично, что заботишься о внутреннем монашестве, так как ко внешнему не совсем способна по слабому телосложению и нежному воспитанию. И Господь более взирает на сердце, нежели на лицо, или внешнее делание человека, хотя от здоровых телесно и это требуется. Впрочем, и слабым здоровьем, но понуждающимся, по Евангельскому слову, и внешнее делание большую приносит пользу, если безропотно проходит оное. Смиряться же потребно и полезно и необходимо всем, как крепким, так и особенно слабосильным. Смирение может заменять внешние труды. А без смирения и большие подвиги не могут приносить пользы.

60. Всячески избегай того, что нарушает мир душевный

Среди всех тревог и придирок К., и другого прочего, умудряйся направляться к внутреннему христианству, и старайся отражать все противные помышления молитвенным призыванием имени и помощи Божией. Я много раз тебе писал: как бы ни казались благовидны и достоверны приходящие помышления, но если они приводят в смущение, это явный признак, что они с противной стороны и, по Евангельскому слову, называются волками в овчих кожах.

Правильные помышления и рассуждения успокаивают душу, а не возмущают; только при этом всегда должно стараться дела и поступки других предоставлять суду Божию и собственной воле человека, памятуя апостольское слово (Рим. 14: 12): "кийждо сам о себе слово воздаст Богу". Есть и духовная ревность не по разуму; такой ревности всячески следует избегать, потому что такую ревность святой Исаак Сирин относит к великому недугу душевному.

Не вотще сказано в псалмах (Пс. 33: 15): "Взыщи мира, и пожени и"; то есть всячески избегай того, что нарушает мир твой душевный, как бы ни казалось это благовидно. Бог судит человека не просто по делам, но по намерению дел; а намерение это только Ему Единому известно. Ежели мы в чем-либо немоществуем, то должны в этом принести искреннее покаяние, и смиряться, и никого не осуждать, и никому не досаждать.

61. Объяснение слов юродивого о ворожбе и внутреннем христианстве

Письмо твое и послание юродивого получил и читал. Правду блаженный сей написал, что "не нужно ворожиться, а лучше на волю Божию положиться". К ворожеям ходят люди двоедушные, которые не надеются на милость и помощь Божию, а ищут помощи человеческой, или надеются более на какие-либо расчеты человеческие, а не на Бога и Его всесильную помощь и вездесущий Промысл. "Кто яму копал, тот вместе с ворами в тюрьму попал". Предсказание верное. Эта тюрьма и научит нас настоящему уму-разуму и невольно смирит; а когда смиримся, тогда и вознесет нас. У Господа Бога милости много, хочет всем спастись и в разум истины прийти.

О себе же самой пишешь, что ты постоянно более желаешь достигнуть внутреннего христианства. И держись этого, памятуя всегда Евангельское слово: "Царствие Божие внутрь нас"; и паки: "аще внутренняя стклляницы будут чисты, тогда и внешняя будут чисты". Очищается же внутреннее наше исполнением заповедей Божиих, и терпением, и смирением, и искренним раскаянием, чего ежедневно требуем, или требуется от нас.

62. Как относиться к покраже

В последнем письме пишешь, что к прежним скорбям прибавилось у тебя новое горе. Неизвестно, как пропала безымянная акция.

Чтобы избежать греха, вернее и лучше ни на кого не думать; а полагать, что это испытание и искушение послано тебе за какой-нибудь грех. Подобные искушения посылаются за непристойные мысли о ближних. В утешение свое помышляй, что пропавшая сумма вменится тебе выше милостыни и благотворения. Когда человек делает какое-либо благотворение или милость, то невольно незаметно окрадется тщеславием; при пропаже же какой-либо суммы тщеславию места нисколько нет; отстраняется оно скорбным неприятным чувством.

Ты недавно мне писала, что стала находить толк в скорбях. И в этом случае старайся отыскивать толк настоящий, что Промысл Божий разными случаями приводит нас к полезному и спасительному. Предавайся воле Божией, и успокоишься.

63. Об открытии злодейского умысла

Письмо твое я получил, в котором объясняешь, что в N составлялся против тебя злодейский замысел, чтобы ограбить тебя; но Промыслу Божию угодно было благовременно открыть этот замысел. И оправдывается старинная мудрая поговорка: "Меньшая беда избавляет от большей беды". За понесенную тобой скорбь, по причине известной пропажи, благодать Божия мановением Своим внушила и сибирному человеку открыть злодейский замысел. Хотя злодеи многим у тебя и не попользовались бы, но могли бы тебя страшно напугать. Но Всеблагий Господь благовременно предотвратил эту скорбь, по Евангельскому слову: и "влас главы" вашей не "отпадает" без воли Отца Небесного (Деян. 27: 34).

В письме своем объясняешь, что ты писала губернатору о злодейском замысле.

Об этом замысле объяснил вам NN, находящийся теперь в остроге.

Помози ему, Господи, великодушно перенести эту скорбь, и

с пользой душевной. В сороковых годах умер один наблюдатель разных человеческих обстоятельств, следивший в жизни своей за разными скорбными случаями. По смерти его остались написанными 33 пункта, но в памяти моей остался только один пункт, очень замечательный. "Как ни тяжел крест, который человек несет, но дерево, из которого он сделан, выросло на почве его сердца".

Помози, Господи, каждому из нас понести свой крест, составившийся из того, что произрастило наше сердце.

64. О мощах

В одном из писем ты упоминала, что у вас с NN было разглагольствие о мощах и о некоторых телах грешных, по смерти нерастлевающихся. Действительно, теперь на Афоне нет мощей, как говорят, по следующему обстоятельству.

Один благочестивый старец жил там в безмолвии и уединении, и ученика своего всегда поучал держаться безмолвной и уединенной жизни. По кончине старца через год, по обычаю Афонскому, разрыли могилу и нашли главу старца, источающую благовонное и целительное миро. Многие стали ходить на поклонение этой главе, и мазались целебным миром, и тем нарушали безмолвие ученика. Поэтому он с упреком сказал почившему старцу: "Отче! Ты при жизни своей всегда поучал меня безмолвию и уединению, а по смерти своей нарушаешь это".

После этих слов благовонное и целебное миро иссякло, и осталась одна простая кость, и люди перестали ходить на поклонение. И говорят, что после этого находили в могилах одни кости желтые, или белые, или черные, по которым и различали состояние почивших душ; или находили нерастлевшие тела темные.

О таких всем братством молились в продолжении трех лет, ежегодно разрывая могилу, и прося местных архиереев читать разрешительную молитву. Некоторые тела, и по прошествии трех лет, остаются нерастлевающимися. Так их и оставляют.

Причину этому домышляют такую: грехи против Бога Бог прощает по молитвам других, особенно по молитвам церковным и за поминовение на Безкровной Жертве, или за милостыню, подаваемую за сих умерших; а грехи против ближнего — обиду и неправду — Бог не прощает, если обидевший и неправдовавший вовремя не удовлетворит обиженного, или не примирится испрошением прощения. (В монашестве подобные случаи могут быть за самочиние и преслушание отеческих повелений и заповедей, за нераскаянность и утаивание грехов.) В сороковых годах, или прежде, в Бессарабии турками сделано было разграбление. Русское правительство от Турецкого потребовало удовлетворения; ограбленным велено было показать свою обиду. Кто показывал несправедливо и прибавлял свой убыток вдвое или втрое, тех тела по смерти оказались нерастлевшимися и темными.

В России же много мощей святых: Преподобного Сергия Радонежского, святителей Митрофана Воронежского, Тихона Задонского, Димитрия Ростовского и многих других, которые о святости своей свидетельствуют чудесами.

Бывают и грешные тела нерастлевающимися. В одном монастыре случайно открыли тело одного иеродиакона, нерастлевшееся и темное. Местный архиерей в это время ездил по епархии. Владыку попросили прочитать разрешительную молитву над сим телом. Но, и по разрешительной молитве, тело осталось в одинаковом положении. Владыка спросил, кто он был, и что за причина такого положения. В ответ услышал, что он был единственный сын бедной вдовы и против воли матери пошел в монастырь; а мать, по причине бедности, всегда на него роптала, и кто-то проговорил, что мать его и до сих пор жива. Владыка приказал отыскать мать. Привели девяностолетнюю старуху, согбенную. Владыка, указывая на положение ее сына, сказал, чтобы она простила его. Но старуха, отворачиваясь, не соглашалась, повторяя: "Я столько горя перетерпела через него!" Владыка продолжал убеждать старуху, и наконец сказал: "Если не простишь, то и сама будешь связана". Убежденная старуха, как бы нехотя, сказала: "Ну, Бог его простит!" Темное тело тотчас рассыпалось в прах.

Вот на ваше разглагольствие в ответ мое скудоумное разглагольствие. Пишу это среди великого недосуга, и растираясь простым спиртом, потому что каждое утро встаю с трудом и изнеможением, чувствуя охлаждение.

65. О мощах

В последнем письме опять пишешь о мощах. Во исполнение слов Господних (Быт. 3: 19): "земля еси, и в землю отъидеши", и в мощах предается тлению часть некая: или пальцы какой-либо руки или ноги, или что иное. Недавно в Зосимовской пустыни заметили, что гроб основателя обители находится в воде, потому что место сырое. Высекли из целого кряжа гроб, и сделали новый деревянный гроб, и во время переложения увидели, что все тело старца цело, а ступни ног предались тлению. Вот и равноапостольного князя Владимира осталась нетленной только глава, а из всего тела — одни кости. При конце мира, по трубному гласу Архангела, тело душевное изменится и претворится в тело духовное.

66. Об условиях христианского совершенства

Ты все спрашиваешь, как тебе давать деньги обители. Определенно отвечать на это мудрено; а давай на потребности монастырские по надобности, соображаясь с остальным своим капиталом. Второй твой вопрос — недоумение: где оканчивать тебе свою жизнь. Вернее всего там, где ты употребила свой капитал и считаешься благотворительницей обители. Знаю, что тебе толкуют о N. Но ведь я стар, и последние доживаю дни, а у матери N, кажется, и второй был паралич, и она теперь из кельи не выходит; редко бывает в церкви, и то сидя. Ежели мы оба умрем, при том ты останешься в N? Думаю, что тогда N уйдет, но и с ней вы надолго не поладите; обе — охотницы толковать и спорить и настаивать на своем мнении.

Третий твой вопрос, как тебе достигнуть внутреннего христианского совершенства, так как твое старание об этом идет безуспешно. Ежели желаешь, чтобы дело это у тебя шло с успехом, то требуется: первое условие — оставить всех с делами их на Промысл и суд Божий, на собственную их волю, пусть действуют как знают, как хотят и как разумеют. Апостол Павел пишет: "кийждо известуется своей мыслию, он сице, а он сице", то есть один рассуждает так, а другой так, и каждый действует по своему намерению. А Един Судия живых и мертвых, ведая намерения каждого, воздаст комуждо не по делам, а по намерению дел. Прибавление к сказанному условию то, чтобы всегда помнить, что мы живем в монастыре для собственного исправления, а не для исправления других. Второе условие — заботиться о смиренном и искреннем покаянии, и не так поверхностно приносить покаяние, как привыкли мы в миру, от ложного стыда и самолюбия. На чужие грехи и недостатки мы зорко смотрим, а на свои немощи душевные и случающиеся прегрешения смотрим как бы сквозь тусклое стекло. Чтобы научиться смиренному искреннему раскаянию, должно внимательно читать, кроме других книг, книги Ефрема Сирина, где и увидим, что прежде всего нужно оставить ревность не по разуму, которую святой Исаак Сирин называет ревностью буиею, и которая под благовидными предлогами более всего вредит в духовной жизни.

Пока довольно с тебя.

16 июля архиерей был в N, и, найдя мать N в крайне слабом положении, сам предложил ей принять схиму; и нашему отцу архимандриту благословил совершить пострижение, которое и совершено 25 июля. Новая схимница хотя и очень слаба, и с трудом может пройти по келье, а все-таки думает, что скоро не умрет; говорит, что ей нужно поболеть. Но для обители второстепенное управление не совсем полезно.

Многогрешный иеросхимонах Амвросий

67. Неправильное понимании учения о Святой Троице и об ангелах

Вы пишите, что, сознательно веря в бытие Бога, вы доходите почти до убеждения, что представление Его в трех Лицах и разделение Небесных Сил на чины есть ничто иное, как идеал государства.

Такое понятие ваше весьма неверно и далеко отстоит от истины, особенно по причине какого-то смешения Божества с тварями, от Него созданными. Иное есть Единый Бог в трех Лицах, и иное — девять чинов Ангельских Небесных, от Него созданных, и наконец, совсем иное — государства земные и человеческие. Триединый Бог невидим и непостижим для твари, даже для Ангелов; кольми паче для человеков. Отчасти же ведом по откровению, сперва через пророков, вещавших Духом Святым, а потом через Единородного Сына Божия вочеловечшагося, как говорит святой евангелист Иоанн Богослов (Ин. 1: 18): "Бога никтоже виде нигдеже: Единородный Сын, сый в лоне Отчи, Той исповеда". Как Единый Бог есть в трех Лицах, тому малое подобие видим в трисолнечном свете. Иное есть самое солнце, рождающийся от него свет, и иное — исходящие от солнца лучи. Все это — одного существа и нераздельно, и с тем вместе тройственно. Второе подобие видим в душе человека. Иное есть ум в человеке, и иное есть внутреннее слово, от ума рождающееся, которое передается другому, и в то же время остается внутрь нас; и иное есть дух, оживляющий человека и ведущий тайны его, по сказанному (1 Кор. 2: 11): "Кто бо весть от человек, яже в человеце, точию дух человека, живущий в нем; Такожде и Божия никтоже весть, точию Дух Божий". Все это составляет одно разумное существо человека, и вместе с тем есть тройственно. О Боге Едином и вместе Триедином твари, особенно люди, могут делать только такое заключение. Все видимое — от Невидимого. Все вещественное — от Невещественного. Все, имеющее начало, от Безначального. Все, имеющее конец, от Бесконечного. Все временное — от Вечного. Все, имеющее предел, от Беспредельного. Все измеримое — от Неизмеримого. Все постижимое — от Непостижимого. Некоторые из святых отцов любомудрствуют, что сперва были созданы десять чинов Ангельских, в знамение Единого и Триединого Бога, потому что единица и троица, помноженная сама на себя составляет десятицу. Но десятый чин пал; осталось только девять чинов Ангельских, по подобию которых существует на земле не идеальное какое-либо государство человеческое, а единая истинная Вселенская Церковь, основанная Сыном Божиим, Господом нашим Иисусом Христом, и искупленная дражайшею Его Божественной Кровью, как о сем говорит апостол: "един Господь, едина вера" (Еф. 4: 5), то есть как Един Истинный Бог, так на земле единая истинная вера. Другие же вероисповедания, как бы себя ни величали, основаны на примеси ложных понятий человеческих. Таинства, видимо совершаемые на земле в Церкви Христовой, через которые благочестивые христиане соединяются с Богом, носят образ Таинств невидимых, Небесных.

Что же касается до государств человеческих, то они нисколько не относятся ни к иерархии небесной, ни даже к земной, потому что Единая Истинная Церковь не ограничивается никаким государством, а существует по всей вселенной, имея членами своими истинно верующих и истинно благочестивых христиан. Для Бога все равно, в каком бы человек государстве ни жил, только был бы истинно верующий и благочестивый христианин. Един благоугождаяй Богу паче тысяч нечестивых, как говорит святой Златоуст. Правда и неоспоримо, что не только Богу приятно, но и всем благочестивым, если целое государство будет процветать благочестием и истинными понятиями о вере. Но что же делать, когда пришло такое время, что многие заботятся о суетном, оставляя единое на потребу. Родительнице вашей, мирно и благочестиво скончавшейся, молитвенно желаю упокоения в Царстве Небесном. Вам же сердечно желаю дарования от Господа — подражать ее вере и благочестию.

68. Ответы осуждающему Православную Церковь

Письмо ваше, от 25 февраля, я получил, но по болезненности моей и крайнему недосугу вскорости не мог вам отвечать. Пишете о старшем своем брате, что он хороший человек, и хороший был христианин, но теперь от современных столкновений поколебался относительно учения Православной Церкви; и просите меня, грешного, написать ему что-либо для убеждения его в. истине. Если бы брат ваш сам мне написал об этом, тогда бы можно было ему отвечать. Но как сам он мне не пишет, то не в порядке вещей и мне писать к нему о чем-либо. Пожалуй, вам могу написать несколько слов о неправильных мнениях брата вашего. А вы уже сами распорядитесь, как знаете.

1. Брат ваш пишет вам, что "евангелистам принадлежат очень немногие догматы".

Главных догматов Православной Церкви только два: догмат о Святой Троице и догмат о воплощении Сына Божия. Об этих догматах говорит все Евангелие. А кратко и ясно изложено о сем в предисловии каждой псалтири. Книга эта имеется везде, не только в сельских церквах, но и в частных православных домах. Сами это прочтите, и брату можете указать.

2. Брат ваш пишет: "Догматы — это положения, ясно формулированные. Догматы выработались Вселенскими Соборами".

Догмат есть не положение человеческое, ясно сформулированное, а истина Божественная о Боге, истина, которую люди, сами по себе, никак не могли бы постигнуть, если бы она не открыта была Самим Богом. Истину можно исследовать, истину можно познавать, истину можно утверждать. А истину полагать нельзя. Да так люди добрые и не говорят.

3. Брат ваш утверждает: "От догматов до духа христианского, как до звезды небесной, далеко".

Неправда. Когда воплотившийся Сын Божий ученикам Своим апостолам открыл догмат о Святой Троице, сказав: "Шедше убо научите вся языки, крестяще их во имя Отца и Сына и Святаго Духа", то тут же с сим догматом соединил нераздельно и учение о духе христианском, говоря: и "учаще их блюсти вся, елика заповедах вам" (Мф. 28: 19-20). Всем здраво рассуждающим известно, что дух христианский и вместе дух Христов заключается в соблюдении заповедей Христовых. А брат ваш измыслил какой-то иной дух христианский. Да как же это может быть дух христианский без Христа, и без соблюдения учения Христова? Это какой-то дух самоизмышленный и, так сказать, самодельный, и никак не достоин называться христианским именем, потому что думает любить всех безразлично, как христиан, так равно и турок и язычников. Христос же Господь в учении Своем положил в этом различие, говоря во Евангелии (Мф. 18: 17): "аще кто Церковь преслушает, буди тебе якоже язычник и мытарь". Да и Сам Всеблагий Господь праведных любит, а грешных только милует. И истинные христиане, подражая Господу, так же поступают: оказывая милость и снисхождение всем безразлично, являют полную любовь только правоверующим.

4. Брат ваш говорит: "Ересь есть уклонение от мнения большинства".

Неправда. Ересь есть уклонение от истины Божественной, а не от мнения большинства. Не большинству Господь поручил истину, сказав: "Не бойся, малое стадо: яко благоизволи Отец ваш дати вам Царство" (Лк. 12: 32). Римская Церковь численностью в несколько крат превосходит Церковь Православную, но, уклонившись от истины, она уклонилась в ересь. "Ересь" происходит от греческого слова (oripeiv) — выбираю. Истинная Церковь принимает все Писание, как Ветхое, так и Новое, во всем его объеме и полноте. Например, в одном месте Святого Евангелия Господь говорит: "Егда же приидет Утешитель, Егоже Аз послю вам от Отца, Дух истины, Иже от Отца исходит, Той свидетельствует о Мне" (Ин. 15: 26).

81

А в другом месте Евангелия сказано, что Господь, даруя святым апостолам власть отпущать грехи, "дуну и глагола им: приимите Дух Свят: Имже отпустите грехи, отпустятся им: и имже держите, держатся" (Ин. 20: 22-23). Православная Церковь, принимая оба эти места, исповедует, что Дух Святый исходит от Отца, и преподается верным через Сына. Римская же Церковь, оставив втуне первое место Евангелия и слова Самого Господа, и основавшись только на втором месте, утверждает, что Дух Святый исходит и от Сына, и через это в догмате о Святой Троице вводит два начала. Каковая несообразность обличается и чрез подобие солнца. От солнца рождается свет и исходят лучи. Никто не утверждает, что лучи исходят и от света солнечного, а только без света солнечного лучи не сияют. Также и Арий произвел злую ересь из двух мест Евангельских, оставив втуне главное. У евангелиста Иоанна Господь, говоря о Своем равенстве с Отцом по Божеству, сказал: "Аз и Отец едино есма" (Ин. 10: 30). В другом же месте, говоря, что Он по человечеству менее Отца, сказал: "Отец Мой болий Мене есть" (Ин. 14: 28). Арий, избрав для утверждения своего мнения второе место, и отвергнув первое, произвел зловредную ересь. Так и все еретики поступали, утверждая свое ложное вероучение местами Священного Писания по выбору: истинное же вероучение утверждается полнотой всего Священного Писания.

5. Брат ваш приписывает ненависть и вражду истинным пастырям Церкви, собиравшимся на Вселенских Соборах.

Это несправедливо. Если была при этом ненависть и вражда, то только от противной стороны еретичествующих. Истинные же пастыри собирались на Соборы из любви к ближнему, и для умиротворения истинных христиан, волнуемых смутами и ложным учением еретичествующих; во-вторых, для исследования и утверждения истины, по заповеди Самого Господа: "Испытайте Писаний, яко вы мните в них имети живот вечный: и та суть свидетельствующая о Мне" (Ин. 5: 39). В-третьих, пастыри Церкви собирались, по временам, на Соборы для защищения истины и по обязанности своей, так как Господь наемниками называет тех пастырей, которые, видя еретиков, как волков терзающих стало Христово, не отгоняют их, а уклоняются от крепкого защищения своего стада.

6. Брат ваш говорит: "Я считаю совершенно возможным человека, признающего все решительно догматы веры и вместе с тем очень далекого от духа христианства".

Правда, что иногда, к сожалению, так бывает. Только такие люди, если захотят исправить свою жизнь, очень удобно обретают путь спасения. Кто же имеет неправильные, сбивчивые и ложные понятия о вере и истине христианской, тому неудобно обрести спасение, когда бы и захотел. Кольми паче невозможно ему иметь духа христианского и духа Христова.

Из всех слов брата вашего видно, что он попал в секту индеферентистов, которые учат: веруй как хочешь, а только имей любовь к ближнему. Индеферентисты думают утверждать свое мнение на учении Иоанна Богослова. Но в его Посланиях сказано, что кроме Духа Христова есть дух лестчий и дух антихристов. Потому святой Иоанн и предостерегает, чтобы не веровать всякому духу, но испытывать "духи, аще от Бога суть" (1 Ин. 4: 1).

7. Вы пишете, что брат ваш окончил курс в Петербургском университете. Если бы кто стал уверять брата вашего, что не нужно учиться ни в гимназии, ни в университете, а только имей любовь к ближнему и получишь хорошую должность в Окружном суде или даже в Судебной палате, поверил ли бы брат ваш этому? Подобно должно рассуждать и о том, что невозможно иметь духа Христова тому, кто не имеет правильного и истинного ведения догматов веры христианской.

По недосугу и по слабому здоровью более писать не имею возможности. А вкратце скажу: если брат ваш искренний и добросовестный человек, как вы пишете, то пусть с верой помолится Господу нашему Иисусу Христу, чтобы вразумил его в истине, и после пусть прочтет, также с верой, "Православное исповедание" Петра Могилы. (Книга эта есть в Задонской книжной лавке, а если не найдется, то я вам могу выслать). Как Всеблагий Господь устроит о брате вашем, так пусть и да будет. Хочет бо Господь всем спастися и в разум истины приити.

Настоящий Светлый Праздник Воскресения Христова желаю вам встретить в радости и утешении духовном.

69. О таинстве елеосвящения

При немощи моей, среди обычного недосуга, понуждаюсь отвечать на письмо ваше. Вы просите меня помолиться за скорбящую мать и за болящего сына ее, составляющего главную опору семейства, и с тем вместе утешить их в общей скорби их. Хотя я недостоин и грешен, но не могу от сего отказываться, по заповеди апостола, который говорит: "Молитеся друг за друга, яко да изцелеете". В утешение же им могу предложить совет святого апостола Иакова, который говорит так: "Болит ли кто в вас; да призовет пресвитеры церковныя, и да молитву сотворят над ним, помазавше его елеем во имя Господне: и молитва веры спасет болящаго, и воздвигнет его Господь: и аще грехи сотворил есть, отпустятся ему" (Иак. 5: 16, 14). Неизвестно, почему в России укоренилось такое мнение, будто бы к Таинству Елеосвящения тогда только нужно прибегать, когда в человеке не остается надежды к продолжению жизни. Напротив, в Греции и здоровые люди принимают Таинство Елеосвящения в Великий Четверток, по тамошнему обычаю, и делают это ради неизвестности смерти. Да и вышесказанные слова апостола показывают совсем противное укоренившемуся неправильному мнению в России, так как ясно в них говорится: "молитва веры спасет болящаго, и воздвигнет его Господь: и аще грехи сотворил есть, отпустятся ему" (Иак. 5: 15). Сила Таинства Елеосвящения состоит в том, что им прощаются, в особенности, грехи забвенные, по немощи человеческой, а по прощении грехов даруется и здравие телесное, аще воля Божия будет на сие. Будем молиться Господу, да исцелит Он прежде души наши, а с сим и да дарует благопотребное здравие, как будет угодно Его святой воле.

70. О почитании святых мощей

Православная Церковь издревле руководствовалась, во-первых, Божественным Писанием, письменно переданными правилами Соборными и отеческими, и писаниями святых отцов, а во-вторых, также преданием церковным, написанным. Святой апостол Павел пишет к Коринфянам: "Хвалю же вы, братие, яко вся моя помните, и якоже предах вам, предания держите" (1 Кор. 11: 2). И в другом месте он же увещевает Солунян: "Братие, стойте и держите предания, имже научитеся или словом, или посланием нашим" (2 Фес. 2: 15). А святитель Василий Великий в 91-м правиле говорит: "Если решимся отвергать неписанные обычаи (Православной Христианской Церкви), как бы не имеющие великой силы, то неприметно повредим Евангелию в главных предметах, или даже сократим благовестие в единое имя без самой вещи". К таким неписанным преданиям Христианской Церкви всегда принадлежал обычай почитать не только честные останки и мощи святых угодников Божиих, но и самые вещи, им принадлежавшие. Например, не без причины установила Церковь празднование поклонения честным веригам святого апостола Петра (16 января). Явно, что через эти вериги были какие-либо чудеса и исцеления. Христиане первенствующей Церкви также свято чтили головные повязки святого апостола Павла, орошенные потом апостольских его трудов, так как чрез них получали исцеление от болезней и от злых духов (Деян. 19: 12). Если христиане так почитали вещи, принадлежавшие святым угодникам Божиим, то понятно, по каким причинам они почитали телесные их останки или мощи, и почему составился обычай (утвержденный VII Вселенским Собором и другими Поместными) строить храмы не иначе, как над мощами святых мучеников, так как в первые века христианство распространялось и утверждалось преимущественно через проповеди мучеников и их страдания. Но из этого не следует заключать, чтобы целокупные мощи преподобных не имели равносильной важности: подвижническая жизнь преподобных есть продолжительное, ежедневное, добровольное мученичество. А что целокупные нетленные мощи известны только в России, это несправедливо. С IV века и доныне Греческая Церковь хвалится целокупными мощами угодника Божия святого Спиридона Тримифунтского, которые не только нетленны, но в продолжение XV веков сохранили мягкость. Николай Васильевич Гоголь, будучи в Оптиной пустыни, передавал издателю жития и писем затворника Задонского Георгия (отцу Порфирию Григорову), что он сам видел мощи святого Спиридона и был свидетелем чуда от оных. При нем мощи обносились около города, как это ежегодно совершается 12 декабря, с большим торжеством. Все, бывшие тут, прикладывались к мощам, а один английский путешественник не хотел оказать им должного почтения, говоря, что спина угодника будто бы была прорезана и тело набальзамировано; потом, однако, решился подойти, и мощи сами обратились к нему спиной. Англичанин в ужасе пал на землю перед святыней. Этому были свидетелями многие зрители, в том числе и Гоголь, на которого сильно подействовал этот случай.

Кроме мощей святого Спиридона, в греческих Синаксарях упоминается о многих других нетленных мощах, например, Иоанна Поливотского (4 декабря), царя Иоанна Ватаци (4 ноября), преподобной Феоклиты (3 и 21 августа), прославленной множеством чудес, и других.

Учение Православной Церкви о почитании святых мощей

85

хорошо изложено и объяснено в 1-й части "Камня Веры" Стефана Яворского, который, между прочим, приводит причины почитания святых мощей, именно: во-первых, свидетельство VII Вселенского Никейского Собора, который (не в правилах, а в третьем действии своем), называет мощи святых источниками исцелений, имиже Бог многа благодеяния человеком творит, а во-вторых, свидетельство святого Кирилла Иерусалимского, который в 18-м оглашении своем пишет так: "Не душа точию святых почитания достойна есть: но и в телесех их усопших есть сила некая и могутство. Лежащ бо во гробе Елисеовом мертвец, мертваго же пророческаго тела прикоснувыйся, оживе".

71. Ревность о благочестии должна быть разумна

При последнем прощании вы два раза оградили себя крестным знамением, в первый раз — со словами: "Богомудро, целомудро, преподобно и праведно"; а во-второй раз — со словами: "поюще, вопиюще, взывающе и глаголюще". По краткости времени, и по чувствуемой тогда мной слабости телесной, я не мог ничего сказать вам вопреки. Теперь же объясняю, что крестное знамение должно на себе полагать или с именем Святыя Троицы, произнося: "Во имя Отца, и Сына, и Святаго Духа"; или с именем Единого от Троицы, нас ради вочеловечшагося и волею распеншагося, произнося: "Господи Иисусе Христе, Сыне Божий, помилуй мя грешнаго". Вышесказанные же слова, по значению своему, вовсе не идут к крестному знамению. Хотя при словах: "поюще, вопиюще, взывающе и глаголюще", произносимых иереем при совершении Евхаристии, диакон творит звездицею крестное знамение, но там это имеет свое особенное значение. Слова же "Богомудро, целомудро, преподобно и праведно", имея значение только духовно-нравственное, никак не могут заменять ни имени Святой Троицы, ни имени Господа Иисуса. "Именем Иисуса поражай мысленные ратники, — говорит святой Лествичник, — ибо нет крепчайшего против них оружия, ни на небеси, ни на земли". Лучше советую вам слова: "Богомудро, целомудро, преподобно и праведно", — приложить к четырем главным духовно-нравственным добродетелям, к совершению которых, по слову смиренного Никиты Стифата (сотница первая, гл. 12, в славянском "Добротолюбии"), должны быть направлены четыре начальнейшие силы ума человеческого, — разум, остроумие, постизание и твердомыслие. Добродетели эти: мудрость, целомудрие, мужество и правда, которыми человек должен ограждаться, чтобы отразить и победить три главные страсти: сластолюбие, славолюбие и сребролюбие. При отражении каждой из сих трех страстей потребно иметь и богомудрый разум, и великое твердомыслие. То и другое требовалось, да еще в какой степени, целомудренному Иосифу, чтобы избежать сетей прелестницы, непрестанных и опасных! И опять, сколько потребно было мудрости духовной и вместе великого твердомыслия трем преподобным Вавилонским отрокам, чтобы, презрев славу человеческую и гордость житейскую, сохранить свое преподобие, живя при дворе языческого царя, не употреблять, во-первых, мясной пищи, а питаться семенами, вопреки строжайшему приказанию царя, и, во-вторых, не поклониться златому идолу при народном собрании всего царства, хотя и предлежало им быть ввергнутыми в огненную печь, седмократно разжженную. Наконец, праведному Иову сколько потребно было постизания, твердомыслия и вместе богомудрого разума, чтобы среди великого счастья и славы не пристраститься ни к чему земному, и опять, среди великих бедствий, в крайней нищете и несказанной болезни, не только не пороптать, но даже нисколько не погрешить ни словом, ни мыслью, а всегда быть способным благословлять Господа, даже и тогда, когда лицемерные друзья его и огорченная жена его, самое сильное и самое искусительное оружие диавола, побуждали к противному.

К сказанному прибавлю, что мудрости свойственно иметь не только остромыслие, но и дальновидность, и предусмотрительность, и вместе искусство как поступить. Двое из замечательных покойных Оптинских старцев часто говаривали: один — "Искусство половина святости"; а другой, при чьих-либо ошибках от неуместной ревности, всегда произносил: "Свят да не искусен", потому что неискусство, при неуместной ревности, часто может производить бестолковую путаницу не менее самого греха.

Вот, я вам выставил великие примеры, хоть для малого подражания, как жить богомудро, целомудро, преподобно и праведно.

72. О различии нечистот внешних и духовных

3 декабря. Получил письмо ваше из В. Пишете, что вам в мысли сравнения представился осел, везущий навоз с хутора в усадьбу. Сравнение это не совсем сходно с настоящим смыслом и значением самого дела. Навоз животных и простой человеческий способствует удобрению земли, потому его и возят на усадьбу и на поля. Напротив же, навоз грехов человеческих не только не полезен, но и вреден, и заразителен для нив душевных и усадеб сердечных, и потому его вон вывозят, как из усадеб, так и с полей, очищая оные, на такие места, с которых бы, во время духовного половодья, мог быть снесен этот греховный навоз в море милосердия и забвения Божия, как сказано одним пророком, что если человек искренно покается и не обратится вспять, то Господь не воспомянет грехов его И другой от святых говорит: грехи всякого, искренно раскаявшегося и не возвращающегося вспять, пред очами Божиими, подобны горсти песка, брошенной в море (см. Мих. 7: 19).

Вам более нравится, ежели кто участок своей земли, ради удобрения, делит на три поля, а не на семь полей. Также и для очищения нив душевных удобнее делить оные на три поля, начиная сперва очищать часть поля сугубого славолюбия, то есть искания человеческой славы и похвалы, или превозношения и презрения других, и, наконец, третье поле, сугубого сребролюбия, то есть любоимения и любостяжания. Когда эти три поля очистятся, то с ними незаметно отсекутся и другие страсти, от них происходящие, то есть гнев и памятозлобие, печаль земная, зависть, ненависть, охлаждение и леность относительно молитвы и дел благочестия. Впрочем, кто делит участок земли сердечной для очищения оного от греховной примеси и на семь частей, то есть на семь страстей или смертных грехов, и тот неплохо поступает, лишь бы только занимался этим очищением как следует.

Но обратимся опять к возницам навозным и к хозяевам этого неудобного товара. Чтобы дело очищения нив душевных шло как следует, для сего требуется быть внимательным, как хозяевам, так и возницам. Первые должны внимательно осмотреть неудобный свой запас и искренно объявить оный возницам; а сии должны внимательно рассмотреть и искренно объявить, как и куда свезти этот запас, чтобы он не остался незахваченным и неснесенным в море милосердия Божия во время духовного половодья.

До зде образное толкование. Но объяснение простое и прямое действительнее и полезнее, которого и следует держаться, особенно вам, по вашему душевному настроению. Бог есть существо простое; и жизнь духовная должна быть простая. Образность в Православной Церкви допускается только в церковных обрядах и в семи Таинствах, потому они и называются Таинствами. Все же прочее имеет прямое и ясное значение. Поэтому и нужно избегать образности и иносказательности, особенно в исправлении нравственного своего устроения.

73. Достоинство молитвы определяется ее концом

У блаженного Каллиста патриарха в главе 14-й сказано: "Аще хощеши уразумети, како подобает молитися, взирай на конец внимания, или молитвы, и не прельщайся. Сея бо конец, возлюбленне, умиление есть всегдашнее, сокрушение сердца, любы ко ближнему. Сопротивное же явственно есть: помысл похоти, шептание клеветы, ненависть ко ближнему, и елика сим подобна ("Добротолюбие", часть 2).

А у смиренного Никиты, во Второй сотнице, в главе 21-й, сказано следующее: "На очищаемыя ныне души обыче некако дух похоти и ярости находити. Киим образом; да плоды истрясет Духа Святаго тяготеюща в них. А зане и радость свободы разлияние некое делает в таковых душах, вся на пользу устрояющая премудрость к себе присно хотящи своима дарований влещи их мысль, и пребывати тем в смиренномудрии непоколебимым, да не многою свободою и богатством дарований на инех вознесутся, или возмнятся своею силою и разумом великую стяжати сию палату мира: дает сим место духовом нападати на ня в сопряжении ея: да страхом уязвляеми падения, в своем стоят хранении блаженнаго смиренномудрия, и да уразумевше, яко плоти и крови привязани суть, взыщут естественне своего стражбища, в нем же безвредны могут сохранитися силою духа" ("Добротолюбие", часть 4-я).

Главы сия полезно содержать в памяти.

74. В чем сила заповеди о посте

Очень рад, что служащие у вас стали почитать середу и пятницу, не нарушая правила Церкви о посте. Примеры немцев и других иностранцев ввели в заблуждение русских православных не уважать поста, уверяя, что в пище мало греха, или совсем нет греха. Если бы это было справедливо, то Адам и Ева не были бы изгнаны из рая за вкушение плода от запрещенного древа, а древо это было смоковница. Но сила греха состояла не в плоде древа, а в запрещении и преслушании. Так и теперь грех не в пище, а в запрещении и преслушании правил Церкви. Господь же во Святом Евангелии глаголет: аще кто "Церковь преслушает, буди тебе якоже язычник и мытарь" (Мф. 18: 17). Будет ли тому хорошо на Страшном Суде, кто явится там в числе язычников? Русскому православному человеку вернее и лучше рассуждать и действовать не по-немецки и не по иностранным обычаям, а согласно с правилами Православной Церкви. Апостол пишет (Еф. 4: 5): "Един Господь, едина вера"; то есть, как истинный Бог один, так и истинное вероисповедание одно, начешееся от Иерусалима, а не от Рима. Православная Церковь во всей вселенной едина — в Иерусалиме, в Антиохии, в Александрии, в Греции и в России.

75. Смысл и необходимость поста

Письмо твое от 1 октября получил, в котором пишешь, что на основании слов Самого Спасителя — не то оскверняет человека, что входит в уста, а что выходит из уст, — дала себе твердое намерение очиститься прежде от внутренних пороков, а потом заняться воздержанием в пище; теперь же пока, кроме Успенского и Великого поста, других не соблюдать.

Но слова Спасителя, приведенные тобой, вовсе не к тому сказаны, чтобы они могли служить основанием к нарушению постов. Прочитай-ка сначала 7-ю главу Евангелия от Марка, где сказаны эти слова, и увидишь, по какому случаю они сказаны. Некоторые фарисеи и книжники укоряли Господа за то, что ученики Его ели хлеб не омовенными руками. Тогда Господь, в обличение их неправильного понятия о чистоте человеческой, и сказал (Мк. 7: 15): "ничтоже... внеуду человека входимо в онь, еже может осквернити его; но исходящая от него, та суть сквернящая человека", то есть как бы так сказал Господь: как бы ни бывали нечисты твои руки, но если ты, не омыв их, будешь браться ими за хлеб и есть, то это не может осквернить тебя. Пища же скоромная вовсе не есть скверна. Она не оскверняет, а утучняет тело человека. А святой апостол Павел говорит (2 Кор. 4: 16): "аще и внешний наш человек тлеет, обаче внутренний обновляется по вся дни". Внешним человеком он назвал тело, а внутренним — душу. Если, говорит, внешний наш человек, то есть тело, тлеет, истлевает, угнетается и истончевается постом и другими подвигами, то внутренний обновляется. И наоборот, если тело питается и утолстевается, то душа истлевает, или приходит в забвение Бога и высокого своего назначения, как и пророк сказал: "уты, утолсте, разшире: и остави Бога сотворшаго его" (Втор. 32: 15). О необходимости соблюдения постов мы можем видеть и в Евангелии, и во-первых, из примера Самого Господа, постившегося сорок дней в пустыне, хотя Он был Бог и не имел нужды в этом. Во-вторых, на вопрос учеников Своих, почему не могли изгнать беса от человека, Господь отвечал (Мф. 17: 20): "за неверствие ваше", а потом прибавил: "сей род ничимже может изыти, токмо молитвою и постом" (Мк. 9: 29). Кроме того, есть в Евангелии указание и на то, что мы должны соблюдать пост в среду и пятницу. Во 2-й главе Евангелия от Марка, когда спросили Господа, почто ученицы Иоанновы и фарисейстии постятся, а Твои ученицы не постятся, Он отвечал (Мф. 9: 15): "еда могут сынове брачный плакаты, елыко время с нымы есть жених; Прыыдут же дне, егда отъымется от них жених, ы тогда постятся в тыя дни". Женихом здесь Господь назвал Себя, а сынами брачными — Своих учеников, а в лице их и всех верующих. Отнят же жених у сынов брачных в среду и пяток, то есть в среду Господь предан был на распятие, а в пятницу распят. Поэтому Святая Церковь и установила освящать сии дни постом.

Итак, если, по милости Божией, у тебя проявилось благожелание очиститься от внутренних пороков, то да будет тебе известно, что сей род ничимже может изыти, как только усердной молитвой и постом, впрочем, постом благоразумным. А то у нас тут был один пример неблагоразумного поста. Один помещик, проводивший жизнь в неге, захотел вдруг соблюсти суровый пост: велел себе во весь Великий пост толочь семя конопляное и ел его с квасом, и от такого крутого перехода от неги к посту так испортил свой желудок, что доктора в продолжение целого года не могли поправить его.

76. Как приобретается смирение

Из писем твоих видно, что ты предаешься подозрительности, так что говоришь, что убедить тебя никто не может. Это нехорошо. Пожалуй, скажешь, и не нужно, чтобы кто разубеждал тебя в этом. Это значит, что ты уж очень уверена в непогрешимости своих воззрений и умозаключений. А эта черта нехорошая, это признак великой гордости.

Всегда ты просишь, чтобы Господь даровал тебе смирение. Но ведь оно даром Господом не дается. Господь готов помогать человеку в приобретении смирения, как и во всем добром; но нужно, чтобы и сам человек заботился о себе. Сказано у святых отцов: "дай кровь и приими дух". Это значит — потрудись до пролития крови, и получишь духовное дарование. А ты дарований духовных ищешь и просишь, а кровь тебе проливать жаль, то есть все хочется тебе, чтобы тебя никто не трогал, не беспокоил. Да при спокойной жизни как же можно приобрести смирение? Ведь смирение состоит в том, когда человек видит себя худшим всех, не только людей, но и бессловесных животных, и даже самых духов злобы. И вот, когда люди тревожат тебя, ты видишь, что не терпишь сего и гневаешься на людей, то и поневоле будешь себя считать плохой. Или, например, осуждать: будешь подозревать других, опять поневоле будешь считать себя плохой. Если при этом будешь о плохоте своей и неисправности сожалеть и укорять себя в неисправности, и искренно каяться в этом пред Богом и духовным отцом, то вот ты уже и на пути смирения. Одно тут нам кажется нехорошо, что это и больно, и беспокойно, и неприятно. Это правда; зато для души полезно. Да еще скажу тебе, что нам кажется, — и для души-то бесполезно. Все это с тобой так и бывает, потому что ты не понимаешь духовной жизни. Ведь и Господь путь в Царствие Небесное назвал узким путем. А если бы никто тебя не трогал, и ты оставалась бы в покое, как же бы ты могла сознать свою худость? Как могла бы увидеть свои пороки? Никак не могла бы счесть себя плохой, а скорее стала бы считать себя праведницей, и, может быть, дошла бы до того, что и с ума бы сошла, как и было много подобных примеров даже на наших глазах. Ты скорбишь, что, по твоему замечанию, все тебя стараются унизить. Если стараются унизить, значит, хотят смирить тебя; а ты и сама просишь у Бога смирения. Зачем же после этого скорбеть на людей?.. Ты жалуешься на несправедливости людей, окружающих тебя, по отношению к тебе. Но если ты добиваешься того, чтобы царствовать со Христом Господом, то посмотри на Него, как Он поступал с окружающими Его врагами: Иудой, Анной, Каиафой, книжниками и фарисеями, требовавшими Его смерти. Кажется, Он никому не жаловался, что враги Его несправедливо поступают с Ним, а во всех ужасных скорбях, наносимых Ему врагами Его, Он видел единственно волю Отца Своего Небесного, которой и решился следовать, и следовал до последнего Своего издыхания, несмотря на то, что орудиями исполнения воли Отца Его были самые пребеззаконные люди. Он видел, что они действовали слепо, в неведении, и потому не ненавидел их, а молился: "Отче, отпусти им: не видят бо что творят" (Лк. 23: 34).

Не входи в рассмотрение поступков людей, не суди, не говори, зачем так, для чего это? Лучше говори себе: "А мне какое до них дело? Не мне за них отвечать на Страшном Суде Божием". Отвлекай всячески мысль свою от пересуд дел людских, а молись с усердием ко Господу, чтобы Он Сам тебе помог в этом, потому что без помощи Божией мы ничего доброго не можем сделать, как и Сам Господь сказал (Ин. 15: 5): "без Мене не можете творити ничесоже". Подозрительности берегись как огня, потому что враг рода человеческого тем и уловляет людей в свою сеть, что все старается представить в извращенном виде: белое — черным и черное — белым, как поступил он с прародителями Адамом и Евой в раю.

77. О пользе издания писем отца Макария

Слава и благодарение Всеблагому Господу, приведшему к окончанию напечатание драгоценных писем блаженного нашего отца. Пользовал он многих при жизни своей, а теперь будет пользовать непрестанно, кажется, и множайших, письменными своими наставлениями. Покойный батюшка отец Макарий, по смирению своему, лично многое не высказывал, щадя немощь нашу; в письмах же своих он обнажает истину прямо, а часто не обинуясь, как и об апостоле

Павле говорится, что пришествие его смиренно, а послания грозны.

Вам же, Н.П., предлежит от людей общая благодарность, а от Бога ожидание милости и воздаяние за искреннее и усердное участие в издании таких душеполезных книг, в которых всякий, произволяющий благое, найдет назидание и утешение в скорби и прямое руководство в духовной жизни.

78. Цель православных при исполнении заповедей Божиих. Жизнь около монастыря. Угадчица. Не следует носить крест с мощами на себе

Письмо ваше, от 1 октября, получил, из которого видно, что вы очень пропитаны иностранными языками: многие обороты речи у вас сбиваются на иностранный строй. Да и в таблицу записывать грехи переняли вы, должно быть, у гернгутеров-немцев и американцев. Да у них цель этих табличек совсем другая — видеть свое исправление, питая свое самомнение и возношение, и величаясь мнимой святостью. Цель же православных, при исполнении заповедей Божиих, совсем иная: видеть свои недостатки, познавать свою немощь, и через то достигать смирения, без которого все другие добродетели не помогут христианину. Смирение же, и при неисправности человека, очень ему помогает, как это показывает Сам Господь в Евангелии через притчу о фарисее и мытаре. И в другом месте, убеждая нас ко смирению, Господь сказал (Лк. 17: 10): "егда сотворите вся поведенная вам, глаголите, яко раби неключими есмы: яко, еже должни бехом сотворити, сотворихом". Когда так должно смиряться исполняющим заповеди Божии, то кольми паче потребно и необходимо нарушающим заповеди Божии. Итак, советую вам оставить выставленную в письме табличку, и записывать просто те грехи, которым по немощи будете подвергаться; тогда и не увидите белых и пустых клеток, которые, бросаясь в глаза, будут побуждать к зловредному самомнению, да и не всегда справедливо. Например, у вас клетка о сребролюбии вся чистая, а между тем в письме есть два места, в которых говорится, что вас смущает ложь прислуги и рабочих и бросающееся вам в глаза их намерение обманывать вас, и будто

94

бы от среды окружающих вас вы невольно увлекаетесь и раздражаетесь гневом. Хотя иногда и случается вам чувствовать тишину, но этой тишине нельзя еще верить, по сличению и сравнению с другими случаями. Лучше просто без клеток сознаться, что мы еще очень неисправны, и должны исправлять испорченное дело смирением и посильным покаянием, сознаваясь искренно, что раздражение наше гневом происходит из внутренней нашей среды, а не из внешней.

Пишете, что давнее желание ваше устроить монастырь в своем имении почти совсем охладело. А если бы узнали, какие неприятные последствия случились с одной смоленской госпожой, начавшей устроять монастырь в своем имении, то и до конца бы это желание ослабело. Она не успела еще порядком распорядиться в начинающейся общине, набрав к себе до 30 сестер, как вдруг назначают ей начальницу из другого монастыря, из простого звания. Она теперь и не знает что делать. Средства ее истощены; собранные сестры начинают кое-куда расходиться, и Бог весть, чем все это кончится.

Еще пишете, что вас потревожило удаление в монастырь соседки вашей Н., и вследствие этой тревоги у вас родилось желание поселиться и жить вблизи О. девичьего монастыря. Положение живущих близ монастырей бывает не только неполезно, но часто и вредно. Находясь вне монастыря и смотря на ошибки подвизающихся, они вместо духовной пользы навыкают только осуждать других, а за осуждение других человек и сам не избегает осуждения, если не позаботится во время покаяться. Чтобы не жить в самом монастыре и подвизаться наряду с другими, вы в извет представляете слабость вашего желудка. Но ведь неприлично есть мясное и живущим близ монастыря; все же остальное из пищи можно употреблять, находясь и в монастыре; а сверх того, тут та польза, что человек, находясь в борьбе вместе с другими, ясно может видеть свои недостатки, и потому уже не может судить других, видя перед собой много лучших себя. Думаю, что вам случалось видеть, хоть мимоходом, конский бег: все туда приезжают с самонадеянностью, что их конь опередит других; но самое дело многим показывает совсем другое, а некоторых и постыждает. Ежели вы не хотите прежде времени обеспокоить свою матушку видимым изменением жизни, то советую вам пока продолжать жить в том же внешнем виде, стараясь внутренно подражать девам, только мудрым, а не буиим. По времени же да будет с нами то, что Господь покажет нам из обстоятельств и нашего внутреннего настроения духа. Молитесь часто словами святого пророка Давида: Скажи мне, Господи, путь, в онь же пойду. Верую, что по времени Господь укажет вам путь... Трудами и хлопотами по хозяйству не отягощайтесь; только старайтесь действовать разумно, не увлекаясь пристрастными заботами и вообще зловредным. Сами вы пишете, что занятия внешним трудом приносят вам пользу, удаляя вас от порока.

К угадчице вперед не советую вам ходить, чтобы вам не подвергнуть себя шестилетней епитимий и отлучению от приобщения Святых Тайн, как сказано в правилах "Кормчей". В житиях святых нигде не видно, чтобы они гадали на чем-либо, и угадывали разные покражи и поджоги. Из жития преподобного Никиты (31 января) видно, что это делается по искушению противной силы, со своими зловредными расчетами. Прочтите это житие в Четьи-Минеи.

Спрашиваете, можно ли вам носить на себе крест с мощами? Можно, только во время переезда на другое место, когда бывает это вам нужно. В другое же время иметь их в образной комнате. Сами сознаете, что для этого требуется чистота жизни.

Передайте от меня приветствие о Господе и искреннее благожелание М.К.: так ли? Отечество и фамилию ее забыл. Поступком Н. да не смущается, а пусть подумает о себе, посмотрит на себя, подождет, помолится Богу, попросит Божией помощи, да устроит о ней полезное имиже весть судьбами. Силен Господь сотворить с нами милость.

Письмо, сверх ожидания, вышло довольно длинно. Потому я и пропустил много почт, что нельзя было отвечать на него кратко, хоть и не раз сбирался... Здоровье мое среднее. Чувствую слабость, а все-таки толкую, по возможности, с приходящими, хотя иногда не без труда.

79. О шалопутах

Возвращаю присланную тобой книгу, в которой находится статья о шалопутах. Эта новая еретическая секта составилась из двух прежних старых сект, давно существовавших, особенно в Тамбовской губернии, — секты хлыстов или скопцов, которых ссылали в Сибирь за скопчество, и секты молоканов или субботников, называвших себя духовными. Субботниками их называли потому, что они более веровали Ветхому Завету, и собирались вечерами по субботам, под воскресные дни, петь свои песнопения. Молоканами же их называли потому, что они, вопреки постановлению Православной Церкви, в среду и пяток нарушали пост, беднейшие из них — хотя бы одним молоком. В другие же дни ели что придется. Духовенство притесняло их за то, что они уклонялись от хождения в церковь; а правительство притесняло их за то, что дети их не хотели служить в военной службе, — всегда убегали из полка и укрывались, если не в домах своих родных, то в домах своих сектантов в ином месте.

В секте хлыстов всегда бывало много денег, потому что у них не оставалось наследников, и все богатство поступало в кассу секты, под надзором главного их лица. До сих пор в нашей стороне жива старушка, которая в юности была православная, и теперь, в старости, православная; а в продолжение тридцати лет блуждала по разным раскольничьим и другим сектам. Она рассказывает, что сама видела в городе Моршанске, Тамбовской губернии, в доме главного сектанта хлыстов Платицына в подвале котлы золота. И однажды при ней напали на Платицына полицейские чиновники. Он насыпал им в карманы золота, и они отправились.

Враг рода человеческого, по своим гибельным расчетам, из двух этих сект составил одну, отделив самые грубые стороны, например, у хлыстов — скопчество и плясание и кружение, и оставив только наружную благовидность с затаенным лицемерием и лукавством, как например, одна из мнимо искренних шалопуток развратила священника с женой, и тайно выкрала у него из дома все, что он собирал в продолжение 10 лет.

Наружная благовидность шалопутов привлекает многих неопытных, особенно простолюдинов. Не всякий знает апостольское запрещение: "Еретика человека по первем и втором наказании отрицайся, ведый, яко развратися таковый, и согрешает, и есть самоосужден" (Тит. 3: 10-11).

Слово "ересь", "еретик" происходит от греческого слова — ocipeiv — выбираю. Истинные христиане, составляющие Единую Соборную Церковь Христову, принимают все Писание вполне, как Новое, так и Ветхозаветное, только кроме ветхозаветных обрядов. А еретики разного рода только по выбору принимают некоторые места Писания, которые им нравятся, как например, шалопуты основывают свою жизнь на одном только месте Евангельского изречения: "блажени милостивый: яко тии помиловани будут" (Мф. 5: 7). А что

Господь сказал апостолам, а в лице их и преемникам их — епископам и пресвитерам: "Слушаяй вас, Мене слушает: и отметаяйся вас, Мене отметается: отметаяйся же Мене, отметается Пославшаго Мя" (Лк. 10: 16), — это оставляют втуне, и на эти слова Христовы не обращают никакого внимания, как и на другие слова Христовы: "аще кто и Церковь преслушает, буди тебе якоже язычник и мытарь" (Мф. 18: 17). Единая Святая Соборная Церковь уподобляется кораблю; а разные еретики, как и шалопуты, думают переплыть житейское море без корабля, и на лодках, но горько обманываются. В недавнее время один, как видно, из главных членов шалопутских, неизвестно как разбогатевший, построил богадельню (а помещаются в ней более не церковные) в городе Сухиничи, Калужской губернии, и вскоре после этого умирал страшной смертью: четыре дня драл себе руками лицо и волосы, и призывал бесов, чтобы скорее взяли его душу. Четыре человека не могли удержать его рук, чтобы он не терзал самого себя, и неизвестно, как скончался. Господь явно через это показал многим, чтобы не увлекались наружной благовидностью и прибыльной жизнью.

Шалопуты много надеются на безрассудный пост, и некоторые из них крайне изнуряют себя, и этим изнурением тщеславно хвастаются, восприемля мзду свою.

Нет времени описывать безрассудность шалопутов. Апостол утвердительно говорит, что всякий еретик есть самоосужден, то есть сам себя обрек на вечное осуждение через гордость свою и непокорность Святой и Истинной Соборной Церкви, как Сам Господь говорит, что аще кто преслушает Церковь, буди тебе якоже язычник и мытарь.

К шалопутам прилично относятся апостольские слова к Колоссянам (Кол. 2: 18): "Никтоже вас да прельщает изволенным ему смиренномудрием" (низкими поклонами и крайним изнурением от поста) "и службою Ангелов" (то есть получением книг из ангельского общества по чугунке), "яже не уведе учя, без ума дмяся от ума плоти своея"; как тот гордый шалопут, кричавший священнику: "Я — посланник от Господа; ты меня слушай, а не я тебя должен слушать".

Кроме шалопутского заблуждения и погибели их самих, шалопуты опасны и вредны для всей России. Если шалопуты умножатся, и будет война, то солдаты из шалопутов разбегутся, и через это произведут смятение в полках. По этой причине и правительство должно преследовать заблуждение шалопутов, тем более должно быть на страже духовенство, которое к тому обязывается и самым своим призванием.

Шалопуты живут — несколько дворов за одной задней оградой, чтобы удобнее укрывать своих беглых, и самим укрываться, когда их преследуют на ночных собраниях. Шалопуты показывают только одну благовидную наружность; а на самом деле народ лукавый и злой. И название им дано самое приличное: "шалопуты" — люди шальные и шальной путь избравшие. Ежели шальные собаки опасны и вредны, то шальные люди еще опаснее и вреднее. Не напрасно апостол говорит, что князь тмы и "власти воздушныя... ныне действует в сынех противления" (Еф. 2: 2). А этот князь чему хорошему научить может покоряющихся ему? Разве только душевредному и душепагубному.

Многогрешный иеросхимонах Амвросий

80. Об испытании юных прежде принятия их в монастырь

Не имел я удовольствия лично видеть вас, а знаю давно особу вашу через общих наших духовных детей и питаю к вам в душе моей и благое памятование и уважение. Вы отнеслись ко мне с просьбой о принятии в нашу обитель юного сына московского купца Л-а.

Хотя это дело зависит и не от меня, а от настоятеля Оптинской пустыни игумена отца Исаакия, но так как С. Л-у только 17-й год, а в такие лета наш отец игумен не соглашается никого принимать, потому что юные скоро забывают цель вступления своего в монастырь, которое требует и твердого постоянства, и трезвенного внимания, и даже понуждения по немощи человеческой, то в настоящее время предлагаю мой скудоумный совет, чтобы С. пожил еще года полтора в родительском доме, пребывая в тех занятиях и упражнениях, которые вы описывали, то есть занимаясь и домашними делами, и благовременным хождением в церковь, равно и чтением духовных книг, в особенности же книги аввы Дорофея и "Лествицы". Такое пребывание нисколько не повредит душе его, а между тем он в это время может укрепиться еще телом, ибо жизнь монастырская, церковные службы и другие труды требуют и возможной крепости телесной. Пусть, говорю, еще поживет он в доме родителей, по сказанному выше, а затем воля Божия да будет о нем. Господь бо "хощет... всем... спастися и в разум истины приити" (1 Тим. 2: 4).

Испрашивая молитвенного вашего памятования перед престолом Божиим о мне, многонедужном и многогрешном, имею честь пребыть с искренним к особе вашей почтением и уважением.

81. О подкинутом младенце

Письмо ваше, от 11 июля, получил. Нисколько не смущайтесь тем, что к вашему дому подкинули младенца мужского пола, и не отклоняйте от себя христианского дела — оказать этому ребенку возможную с вашей стороны помощь и содействие, сперва в простом воспитании, а если Господь Бог продлит его жизнь и вашу, то и в христианском наставлении, чтобы самим получить за это милость от Господа.

В Священном Писании сказано, что блажен, иже имать семя в Сионе, то есть блажен тот, кто будет иметь в вечной торжествующей Церкви Христовой хоть единое чадо духовное.

Вы пишете, что можете дать этому ребенку воспитание в добром бездетном семействе, помогая как ему, так и тем, которые будут его воспитывать. Хорошо сделаете, если поступите так. А если будет удобно сделать, то не мешало бы и нанять для него кормилицу. Впрочем, это я говорю на всякий случай: если будет возможно, и если будет удобно это сделать.

Пишете также, что можете его усыновить себе. Формальности этой не советую вам делать, а прежде всего постарайтесь дать ему христианское воспитание, а при этом и образование, не высокое и блестящее, а потребное к делу, чтобы ему быть практическим человеком, могущим добывать себе насущный хлеб. А во-вторых, можете его обеспечить соразмерным денежным капиталом, положив этот капитал в какой-нибудь банк, с таким условием, что если этот ребенок доживет до совершеннолетия, тогда может получить этот капитал. Если же он умрет прежде совершеннолетия, в таком случае местное общество, или местное начальство, должно разделить этот капитал вдовам и сиротам, по усмотрению. Проценты же с капитала могут получаться на его воспитание, то есть теми, у кого он будет воспитываться. Недвижимого же наследия не советую вам оставлять для этого ребенка, чтобы не вышло из этого какой-нибудь неполезной путаницы.

82. О прогрессе внешнем и нравственном

В письме своем, от 18 января, передали вы мне следующий вопрос от вашего сына:

"По Евангелию, общество людей перед концом мира представляется в самом ужасном виде. Этим отвергается возможность постоянного совершенствования человеческого. Можно ли после этого трудиться на благо человечества, будучи уверенным, что никакие средства не в состоянии, в окончательном результате, перед концом мира достигнуть возможного нравственного совершенства человечества?"

В письме же от 24 марта передали вы этот же вопрос несколько иначе:

"Обязанность христианина — делать добро и стараться, чтобы это добро торжествовало над злом. При конце мира, в Евангелии говорится, зло восторжествует над добром. Каким же образом можно стараться о победе добра над злом, зная, что старания эти не увенчаются успехом, и что зло в конце восторжествует?"

Скажите вашему сыну: зло уже побеждено, побеждено не старанием и силами человеческими, а Самим Господом и Спасителем нашим, Сыном Божиим Иисусом Христом, Который ради сего и снисшел с неба на землю, воплотился, пострадал человечеством, и крестными Своими страданиями и Воскресением сокрушил силу зла и злоначальника-диавола, владычествовавшего над родом человеческим, освободил нас от диавольского и греховного рабства, как Сам сказал: "Се, даю вам власть наступати на змию и на скорпию и на всю силу вражию" (Лк. 10: 19). Теперь всем верующим христианам дается в Таинстве Крещения сила попирать зло и творить добро, при посредстве исполнения Евангельских заповедей, и никто уже не бывает одержим злом насильно, кроме одних нерадящих о хранении Божиих заповедей, и преимущественно тех, кто добровольно предается грехам. Хотеть же своими силами побеждать зло, — которое уже побеждено пришествием Спасителя, — показывает непонимание христианских Таинств Православной Церкви, и обнаруживает признак горделивой самонадеянности человеческой, которая хочет все делать своими силами, не обращаясь к помощи Божией, тогда как Сам Господь ясно говорит: "без Мене не можете творити ничесоже" (Ин. 15: 5).

Вы пишете: в Евангелии говорится, что при конце мира зло восторжествует над добром. В Евангелии этого нигде не сказано, а говорится только, что в последнее время умалится вера (см. Лк. 18: 8), и "за умножение беззакония изсякнет любы многих" (Мф. 24: 12). А святой апостол Павел говорит, что перед вторым пришествием Спасителя явится "человек беззакония, сын погибели, противник и превозносяйся паче всякаго глаголемаго Бога" (2 Фес. 2: 3-8), то есть антихрист. Но тут же сказано, что "Господь Иисус убиет его духом уст Своих, и упразднит явлением пришествия Своего". Где же тут торжество зла над добром? И вообще всякое торжество зла над добром бывает только мнимое, временное.

С другой стороны, несправедливо и то, будто человечество на земле постоянно совершенствуется. Прогресс, или улучшение, есть только во внешних человеческих делах, в удобствах жизни. Например, мы пользуемся железными дорогами и телеграфами, которых прежде не было; выкапывается каменный уголь, который скрывался в недрах земных, и прочее. В христианско-нравственном же отношении всеобщего прогресса нет. Во все времена были люди, которые достигали высокого нравственного христианского совершенства, руководствуясь истинной верой Христовой и следуя истинному христианскому учению, согласному с откровением Божественным, какое Бог в Церкви Своей являл через мужей Богодухновенных, пророков и апостолов. Такие люди будут и во время антихристово, которое их ради и сократится, по сказанному: "избранных же ради прекратятся дние оны" (Мф. 24: 22). И опять: во все времена были люди, которые предавались различным порокам и беззакониям, или впадали в различные ереси и заблуждения, увлекаясь лжеименным разумом (см. 1 Тим. 6: 20), и умствуя по земным началам, вопреки предостережениям святого апостола Павла, который говорит: "Братие, блюдитеся, да никтоже вас будет прельщая философиею и тщетною лестию, по преданию человеческому, по стихиам мира, а не по Христе" (Кол. 2: 8).

Советую вам купить недавно вышедшую книгу: "Жизнь Григория Богослова", составленную архимандритом Агапитом. Сами прочтите ее, и дайте прочитать вашему сыну. Тогда увидите, каковы были ученые в IV веке по Рождестве Христовом. Сравните их с учеными настоящего времени.

Тогдашние ученые, такие как Василий Великий и Григорий Богослов, несмотря на то, что были людьми высокого учения и высокой нравственности, по христианскому смирению презирали земную славу и земные удовольствия, и стремились к одним духовным вечным благам. А нынешние ученые следуют ли их примеру? Не большая ли часть из них преклоняется к земной славе, к земным наслаждениям, и к приобретению благ временных, растворяя все это горделивым сознанием своего недостойного достоинства! После этого, есть ли хоть малейшие признаки всеобщего нравственного совершенствования на земле?

Нравственное совершенство на земле (несовершенное) достигается не всем человечеством в совокупности, а каждым верующим в частности, по мере исполнения заповедей Божиих и по мере смирения. Конечное же и совершенное совершенство достигается на небе, в будущей бесконечной жизни, к которой кратковременная земная жизнь человеческая служит лишь приготовлением, подобно тому, как годы, проведенные юношей в учебном заведении, служат приготовлением к будущей его практической деятельности. Если бы назначение человечества ограничивалось земным его существованием, если бы для человека все кончалось на земле, то почему же "земля... и яже на ней дела сгорят", как говорит святой апостол Петр? (2 Пет. 3: 10). Он же присовокупляет: "Нова же небесе и новы земли по обетованию Его чаем, в нихже правда живет" (2 Пет. 3: 13). Без будущей блаженной бесконечной жизни земное наше пребывание было бы неполезно и непонятно.

Желание трудиться на благо человечества — весьма благовидное, но поставлено не на своем месте. Царственный пророк святой Давид говорит: сперва "уклонися от зла", а потом уже "сотвори благо" (Пс. 33: 15). У нынешних же людей дело выходит навыворот. Все хотят, на словах, трудиться на благо ближним, и нисколько, или весьма мало, заботятся о том, что наперед нужно самим уклониться от зла, а потом уже заботиться о пользе ближних. Широкие затеи молодого поколения о великой деятельности на пользу всего человечества похожи на то, как если бы кто, не окончив курса в гимназии, много мечтал о себе, что он мог бы быть профессором и великим наставником в университете. Но, с другой стороны, думать, что если мы не можем двинуть вперед всего человечества, то вовсе не стоит трудиться, — это опять другая крайность.

Каждый христианин обязан по силам своим и сообразно своему положению трудиться на пользу других, но с тем, чтобы все это было во время и в порядке, как выше сказано, и чтобы успех наших трудов представлять Богу и Его святой воле.

В первом письме своем вы упоминаете о книгах "Самопомощь", "Самодеятельность". Я этих книг еще не видал, и что в них содержится, не знаю. Старинные люди говаривали: "Без Бога не до порога". И Сам Господь в Евангелии глаголет:

"Без Мене не можете творити ничесоже" (Ин. 15: 5). А новые мудрецы, как видно из заглавия этих книг, рассуждают теперь иначе. Но известно, что самоделковые вещи выходят самой дешевой цены, с общим укором: "Самодельщина, топорной работы". Впрочем, скажу вам, как можно понять в христианском смысле самопомощь и самодеятельность. Прочтите сами, и пусть сын ваш прочтет со вниманием в Евангелии от Матфея от начала 5-й главы до конца 10-й; и потом, пусть он постарается и в жизни своей исполнять содержащиеся в этих главах Евангельские заповеди. Через такую христианскую самодеятельность он сам себе окажет великую помощь в нравственном и христианском отношении.

В заключение скажу: посоветуйте вашему сыну, чтобы он не смешивал внешних человеческих дел с духовно-нравственными. В первых, как то — во внешних изобретениях, отчасти в науках, — пусть находит прогресс. А в христианско-нравственном отношении, повторяю, всеобщего прогресса в человечестве нет. Впрочем, и во многих науках, или отраслях знания, незаметно прогресса. Не думаю, чтобы нынешние ученые так хорошо знали и понимали, например мифологию, и вообще классическую древность, как их знали и понимали Василий Великий и Григорий Богослов.

83. Родителям, скорбящим о кончине сына

Слышу о великом горе вашем — о неожиданной кончине сына вашего М.Н., — и весьма сожалею о вас. Есть совет святой, — приходить в дом плачущих. Но так как я немощен и слаб, и не могу вас по этой причине навестить лично, то решился, хотя заочно, побеседовать с вами через письмо, чтобы утолить, сколько возможно, великую печаль вашу.

По немощи человеческой невозможно не скорбеть родителям, которые лишились единственного сына так преждевременно, в таких летах, в таком цветущем возрасте; нельзя, говорю, по всем этим причинам, не скорбеть, не сетовать, не печалиться родителям, так неожиданно потерявшим единственное свое чадо. Но ведь мы не язычники, которые не имеют никакой надежды касательно будущей жизни, а христиане, имеющие отрадное утешение и за гробом, касательно получения будущего блаженства вечного.

Этой отрадной мыслью должно вам умерять скорбь вашу,

утолять великую печаль вашу, что вы хотя на время и лишились сына своего, но опять в будущей жизни можете видеть его, можете соединиться с ним так, что никогда уже не будете расставаться с ним. Только должно принять приличные к тому меры: 1) поминать душу М. на Безкровной Жертве, на чтении Псалтири, и в домашних ваших молитвах; 2) о душе его творить и посильную милостыню. Все это полезно будет не только покойному сыну вашему М., но и вам самим. Хотя смерть его принесла вам великую скорбь и огорчение, но эта скорбь еще более может утвердить вас в христианской жизни, в христианском благотворении, в христианском настроении духа. Что Господь творит с нами, бывает не только благо, но и добро зело.

Правда, все мы желаем получить спасение и наследовать Царствие Небесное, но часто забываем, что "многими скорбями подобает нам внити во Царствие Божие" (Деян. 14: 22), и потому нередко ищем счастья земного и отрады временной в заботах житейских и в привязанности к мирским вещам.

Потому Всеблагий Господь всепремудрым Своим Промыслом и разрешает узел сей, наводя неожиданные лишения и неожиданную скорбь, чтобы мы осмотрелись и обратили душевный взор свой к приобретению благ не временных, а вечных, которые прочны и никогда неизменяемы. И делает это Господь с нами по безмерной любви Своей к человекам, как говорит апостол: "егоже бо любит Господь, наказует, биет же всякого сына, егоже приемлет" (Притч.3:12). Аще ли без наказания есте, прелюбодейчищи убо есте, а не сынове. Велика вам послана скорбь, но утешайте себя тем, что через эту скорбь вы включены в число сынов Божиих, по безмерной любви Божией к вам.

Поэтому храните великое сие достоинство христианское, покоряясь воле Божией не только безропотно, но и со благодарением. Вы хотели только утешаться сыном вашим в этой жизни временно; Господь же устроил так, чтобы вы утешались им в будущей жизни вечно, в бесконечные веки.

Наконец, вы можете иметь отрадные чувства и в том, что у покойного М. вашего остались дети, которых вы можете воспитывать и утешаться ими, как детьми. Они будут для вас вместе и внуки, и близкие дети. Всеми мерами старайтесь утолять скорбь вашу, чтобы она не переходила пределов христианских; и Всеблагий Господь явит вам милость Свою, и пошлет вам утешение духовное.

Кто знает, каков бы был ваш М., если бы продлилась жизнь

его. Теперь же вполне можете быть уверены, что он навсегда останется хорош. Призывая на вас мир и благословение Божие, остаюсь с искренним благожеланием.

84. О разборчивом чтении духовных книг. О христианском воспитании детей. О страхе трудного рождения детей

Простите, что по слабости здоровья не мог отвечать на ваше письмо тотчас же, хотя и очень желал того, будучи убеждаем вами именем общего нашего отца, покойного батюшки отца Макария. Молитва его да покроет нас обоих, и за его духовное ходатайство да вразумит нас Господь на все душеполезное и спасительное.

Читая духовные книги без указания, вы опасаетесь, как бы вам не впасть в какие-либо неправильные мысли и неправильные мнения. Опасение ваше весьма основательно. Поэтому, если не хотите пострадать от такого бедствия душевного, не читайте без разбора всякие новые сочинения, хотя бы и духовного содержания, но таких сочинителей, которые не подтвердили своего учения святостью жизни; а читайте творения таких отцов, которые признаны Православной Церковью за твердо известные и, без сомнения, назидательные и душеспасительные. Чтобы не потерять твердое Православие, возьмите в руководство себе и детям своим книгу "Православное Исповедание" Петра Могилы. Рассмотрите ее со внимание и со тщанием, и написанное там содержите в памяти твердо, чтобы и самим хорошо знать дело своего спасения, и знать, что нужно сказать и указать детям в приличное время. Второй книгой, в этом роде, да будет "Летопись" (или 4-я часть творений) святителя Димитрия Ростовского. После нее и прочие части его творений читайте не только для руководства относительно правых мнений и разумений, но и для руководства в самой жизни, чтобы знать и уметь, как когда должно поступить чисто по-христиански, согласно православным постановлениям. Для этой же цели читайте книгу аввы Дорофея, которую по справедливости называют зеркалом души. Зеркало это покажет каждому не только его действия, но и самые движения сердечные. В посты и особенно во дни говения прилично и полезно читать творения Ефрема Сирина (в русском переводе), выбирая главы о покаянии. Остальное в его творениях можно читать во всякое время; не мешает также повторять главы о покаянии.

Вас тяготит забота, как дать детям вашим христианское воспитание, и выражаете эту заботу так: "Всякий день на опыте вижу, что не имею достаточно твердости к исполнению долга по совести, и чувствую себя весьма неспособною сложить душу человека по образу и по подобию Божественного учения". Последняя мысль выражена очень сильно и относится более к содействию и к помощи Божией; а для вас довольно будет и того, если вы позаботитесь воспитать детей своих в страхе Божием, внушить им православное понятие, и благонамеренными наставлениями оградить их от понятий, чуждых Православной Церкви. Что вы благое посеете в душах своих детей в их юности, то может после прозябнуть в сердцах их, когда они придут в зрелое мужество, после горьких школьных и современных испытаний, которыми нередко обламываются ветви благого домашнего христианского воспитания. Веками утвержденный опыт показывает, что крестное знамение имеет великую силу на все действия человека, во все продолжение его жизни. Поэтому необходимо позаботиться вкоренить в детях обычай почаще ограждать себя крестным знамением, и особенно перед приятием пищи и пития, ложась спать и вставая, перед выездом, перед выходом куда-либо, и чтобы дети полагали крестное знамение не небрежно или по-модному, а с точностью, начиная с чела до персей, и на оба плеча, чтобы крест выходил правильный. Если вам самим неудобно будет почему-либо хорошо заняться, чтобы не забывали о крестном знамении, не мешает, кроме других воспитательниц, если возможно, иметь для сего хорошую русскую няню; другие няни пусть занимаются по другим частям, а православная няня — по православной части и, особенно, крестным знамением; с нее этот предмет и спрашивать. Как можно и насколько можно приспособить это к настоящему делу по обстоятельствам, постарайтесь; совершенно же сего из виду упускать не должно. Ограждение себя крестным знамением многих спасало от великих бед и опасностей.

Чтобы более утвердиться в православных понятиях, советовал бы я вам прочитать со вниманием и со тщанием все творения нового угодника Божия святителя Тихона Задонского. Слог их хотя и тяжел, но вы при чтении старайтесь обращать внимание ваше более на мысли и на предлагаемые христианские правила. Чтение творений двух русских светил, святителей Димитрия Ростовского и Тихона Задонского, многое вам разъяснит и много вас утвердит. К этому прибавьте и слова апостола Павла: "В научения странна и различна не прилагайтеся: добро бо благодатию утверждати сердца, а не брашны, от нижже не прияша пользы ходившии в них" (Евр. 13: 9). И другом месте: "аще мы, или Ангел с небесе благовестит вам паче, еже благовестихом вам, анафема да будет" (Гал.1: 8). Крепко держитесь за это свидетельство, и не соглашайтесь принимать никаких новых учений, как бы благовидны они ни были, подражая хорошо знающему все признаки и приметы чистого серебра, который скоро примечает примесь всякой лигатуры, и нечистое серебро отвергает. Подобно и вы отвергайте всякое учение, где заметите хоть мало лигатуры различных человеческих мнений, которые взимаются "на разум Божий" (2 Кор. 10: 5). Утвердившись в православном учении, сперва читайте все духовные журналы, с означенным разбором, и изберите потом, который более придется по духу вашему.

Пишите: "Желала бы я, чтобы мы избегли с мужем того пагубного разногласия в деле воспитания, которое почти во всех супружествах вижу я". Да, вещь эта действительно премудреная! Но спорить об этом при детях (вы и сами заметили) не полезно. Поэтому, в случае разногласия, лучше или уклоняйтесь и уходите, или показывайте, как будто не вслушались; но никак не спорьте о своих разных взглядах при детях. Совет об этом и рассуждение должны быть наедине, и как можно похладнокровнее, — чтобы было действительнее. Впрочем, если вы успеете насадить в сердцах детей ваших страх Божий, тогда на них разные человеческие причуды не могут так зловредно действовать.

В заключение вашего письма пишете, что вас заботит время трудного рождения: и заботит, и страшит так, что эта преобладающая мысль мешает вам пользоваться всяким благом жизни, и поэтому желаете иметь какую-либо молитву себе в подкрепление. Есть православное предание, что в этих случаях прибегают к Божией Матери, по названию иконы, Феодоровской. Выымените, или напишите себе эту икону, празднование которой бывает дважды в год: 14 марта и 16 августа. Если пожелаете, то можете накануне этих дней вечером совершать домашнее бдение, а в самый день — молебствие с Акафистом Божией Матери. По усердию, можете совершать это и в другое время, как пожелается. Можете ежедневно и сами молиться Царице Небесной, читая Ей не менее 12 раз в день: "Богородице Дево, радуйся", хоть с поясными поклонами. Столько же раз читать и кондак Ей: "Не имамы иныя помощи, не имамы иныя надежды, разве Тебе, Владычице. Ты нам помози, на Тебе надеемся и Тобою хвалимся: Твои бо есмы раби: да не постыдимся".

Вот, что мог, по моей немощи и по моему скудоумию, написал вам усердно. Всеблагий же Господь и Преблагословенная Его Матерь да устроит о вас и о вашем семействе все полезное и душеспасительное! Призываю на вас мир и благословение Божие.

85. Расслабление, отчаяние, молитва

По совету N вы отнеслись письменно к моей худости, объясняя свое положение, но неясно. Не зная хорошо ваших обстоятельств и настроения душевного, буду отвечать вам, сколько могу понимать из письма вашего.

Вы пишете, "тяжело я страдаю душевным и телесным расслаблением, которое меня отчуждает от всех радостей и связей мирских, и даже от дел долга. Нет для меня надежды в будущности. Одна лишь усиленная молитва к Богу поддерживает меня, при содействии молитв блаженного старца отца Серафима Саровского, к которому я имею глубокую привязанность душевную. Но иногда мои страдания доходили до такой степени, что я совершенно отчаивалась. Открываю вам свое малодушие: нет сил больше терпеть".

Содержание письма вашего показывает двоякое в вас расположение. Слова, что лишь усиленная молитва к Богу поддерживает вас, показывают, что вы усердная христианка. Другими же словами, — что немощь душевная и телесная отчуждает вас от всех радостей и связей мирских, и прочего, — обнаруживается привязанность к миру. Но вы сами из Евангельского учения должны знать, что "никтоже может двема господинома работати: либо единого возлюбит, а другого возненавидит: или единого держится, о друзем же нерадити начнет. Не можете Богу работати и мамоне" (Мф. 6: 24). Итак, должно избирать: или искать удовольствий мирских и радостей земных, или только искать утешения и радости от Господа в свое время, наперед позаботившись о жизни христианской и житии по Его святым и животворным заповедям. Но для мира потребны люди здоровые. Вы же объяснили, что немоществуете телесно. К тому же радости земные скоропреходящи, и утешения мирские не всегда надежны и верны, а по большей части обманчивы. Святитель Димитрий Ростовский говорит: "Лживый мир обещает утехи, а подает нам скорби, и беды, и несчастия; обещает злато, а подает блато", и прочее. Поэтому, основательнее и надежнее искать утешений и радости только о Господе, особливо кто не обилует здоровьем телесным и мужеством душевным. Господь говорит в Евангелии (Мф. 11: 29-30): "научитеся от Мене, яко кроток есмь и смирен сердцем: и обрящете покой душам вашим". И если возьметесь за это подражание, понуждаясь оставлять всякие самолюбивые претензии по обычаям и приличиям мира, то несомненно можете вступить в ту христианскую стезю, которая ведет к мирному и спокойному состоянию души. Если понудитесь, по Евангельскому учению, смиряться, то мало-помалу, с помощью Божией, будут отступать от вас нетерпеливость и малодушие. Как вы имеете большую веру к блаженному старцу отцу Серафиму, то прибегайте ко Господу, чтобы, за его молитвы, явил вам Свою милость. Также прибегайте к общей всех нас Заступнице, Пресвятой Деве Богородице, моляся Ей молитвою, всегда воспеваемой Церковью: "немощствует тело, немощствует и душа моя, к Тебе прибегаю, Благодатней, Надеждо ненадежных, Ты ми помози".

Если имеете время, то я советовал бы вам читать и весь этот канон Божией Матери, поемый верными во всякой скорби душевной, который начинается так: "Многими содержимь напастьми..."; а если возымеете усердие, то по 6-й песни можете прилагать Акафист: "Всех Скорбящих Радосте". Но думаю, что главное в наших обстоятельствах, внешних и внутренних, есть то, чтобы внимательно и точно рассмотреть свою жизнь, начиная с тех лет, как вы стали себя помнить; а чтобы вернее и безошибочнее это сделать, советую вам со вниманием прочитать "Православное Исповедание" Петра Могилы, а также и книгу аввы Дорофея, которую, по справедливости, называют зеркалом души. Когда же свою жизнь основательно рассмотрите, то потребно будет вам отыскать духовника поопытнее, которому бы вы могли с верой исповедать все, что нужно исповедать, и который доволен бы был вам подать приличное врачевство духовное.

Вот, что я мог по своему скудоумию сказать вам, то и написал, как понимаю и как разумею. Всеблагий Господь, хотяй всем спастися и в разум истины приити, да вразумит вас, якоже весть, и да просветит сердце ваше ко всему душеполезному и спасительному, за молитвы Пречистыя Своея Матери, непостыдныя нашея Надежды, и за моление блаженного старца отца Серафима, которого память вы так глубоко чтите.

Забыл было вам сказать об отчаянии, которое святой Иоанн Лествичник почитает хуже всякого грехе. Во всяком грехе человек может покаяться, имея твердое намерение вперед на то же не возвращаться, и таким образом получить прощение и милость от Господа. А отчаявшийся — что может сделать, и что получить? Поистине отчаяние хуже всяких зол. Положим, что человек иногда много и очень страдает, но мало таких людей, которые страдают по примеру праведного Иова. Большая часть страдающих из нас подвергается страданиям, как следствиям или неправильных мыслей и мнений, или ошибочных действий. Но есть для страждущих и утешительное слово апостола: "Егоже бо любит Господь, наказует: биет же всякого сына, егоже приемлет" (Евр.12:6).

Еще вы говорите, — "нет для меня надежды в будущности". Не знаю, к чему вы относите слово это. Если к земной жизни, то не только для вас, но и ни для кого будущность непрочна. Слово будущность, в собственность смысле, относится к будущей жизни, вечной, нескончаемой. Кто позаботится об этой будущности, для того она будет прочная, никогда неизменяемая. Там и для вас, и для других христиан есть целый рай со всеми чистыми наслаждениями и много других блаженных обителей у Отца Небесного. Кто хочет земную устроить будущность, тому потребна и крепость телесная, и многие другие способности, пригодные к мирским делам. Но для будущности вечной, которую уготовил и уготовляет Всеблагий Господь Своим рабам, того не требуется. Апостол говорит: "худородная мира... избра Бог, и не сущая, да сущая упразднит" (1 Кор. 1: 28), то есть что не годится для мира, Господь избирает для Себя, и не требует великих способностей, а говорит Своим неспособным: только терпите свою неспособность, а не малодушествуйте, уповая на милость и благость Божию. "В терпении вашем стяжите души ваши, — глаголет Он в Святом Евангелии (Лк. 21: 19), и означил целый ряд блаженных обителей для неспособных для мира. Первая обитель — нищих духом, то есть смиряющихся перед Богом и перед людьми ради своей неспособности. Вторая блаженная обитель — плачущих о грехах своих. Третья обитель — кротких, подавляющих в себе самолюбивые претензии и удерживающих себя от гнева на других, оставляя всякие причины и поводы. Затем следуют и прочие блаженные обители, которые и вам самим небезызвестны. Выбирайте себе любую, и к ней уготовляйте себя должным образом. На земле, в мирском состоянии, один хочет служить в армии, другой — в гвардии, третий — на гражданской службе; сообразно сему всякий так себя и уготовляет. Образцы земные в некоторых случаях служат образцами для Небесного. Всеблагий Господь да вразумит нас на все полезное!

Призывая на вас мир и благословение Божие, остаюсь с искренним благожеланием.

86. Ответ больному диакону о причинах его болезни

Письмо ваше, от 30 сентября, получил. Пишете о себе так: "Уже более двух лет болею неизвестною болезнью, которой и врачи не могут понять. Болезнь такая, что более обладает мною страх, в особенности при совершении Божественной литургии, и также постоянная тоска, и задумчивость, и боль сердечная".

Хотя заочно неудобно разрешать такого рода недоумения и болезни, но, судя по тоске и страху, которые с вами бывают, думаю, что началом и первой причиной болезни вашей были детские грехи, которые, должно быть, вы не умели или стыдились исповедать вовремя, как должно; а это следовало вам сделать, особенно перед посвящением вас во диакона. Второй причиной может быть то, что вы не всегда хранили свою совесть при совмещении диаконского служения и супружеской жизни, так как от лица, посвященного на это служение, требуется особенное хранение совести, чему нередко препятствует или излишнее употребление горячих напитков, или невоздержание относительно раздражительности и гнева. Каждая из этих немощей и одна имеет силу приносить великий вред душевный, кольми паче могут вредить, если совмещаются в одно время. Такое же положение и состояние бывает, когда человек, несмотря на свои немощи и неисправности, не смиряется, а возносится и уничижает других.

В болезни вашей думаю, прежде всего, нужно вам позаботиться о том, чтобы избавиться от отягощающей вас тоски и страха. А этого можете достигнуть, во-первых, если найдете в вашей стороне для себя такого духовника, перед которым бы вы могли, с полной верой и с совершенной искренностью, смиренно исповедовать все, тяготящее совесть вашу, начиная с шести лет и до сего дня; а во-вторых, — если твердо решитесь не возвращаться к таким поступкам, которые причиняют страх и тоску, как Сам Господь сказал во Евангелии грешнице: иди и... ктому не согрешай (Ин. 8: 11). Если так поступите и вперед твердо решитесь хранить себя и свою совесть, то можно надеяться, что не только избавитесь от отягощающей вас тоски и страха, но и в самой телесной болезни, милостью и помощью Божией, можете получить такое облегчение, какое будет вам полезно, по изволению Всеблагого Господа, вся ведущего, вся могущего и о спасении всех промышляющего.

87. О терпении скорбей

Получил от вас два письмеца отчаянных. Пишете мне: "Я погибла, потому что лошадей украли на хуторе". Опомнитесь, что вы говорите? Что у вас украли лошадей, это не есть какой-либо грех смертный, за который надо погибать; и сверх того, вы не могли бы взять лошадей с собою на тот свет. Туда пойдут с нами одни лишь наши дела, — или добрые, или злые. Если не имеем добродетелей, то постараемся, по крайней мере, избавиться от грехов покаянием и терпением находящих скорбей, которые посылаются Промыслом Божиим к очищению души нашей от грехов и пороков и всякой неключимой примеси. Знаю, что у вас много скорбей и домашних неприятностей; но говорите себе и вразумляйте себя тем, что во аде хуже и томительнее, и безотраднее; и оттуда уже нет надежды избавиться. А если человек терпит скорби с покорностью воле Божией, исповедаясь во грехах своих, то через это избавляется от тяготы вечных мучений. Поэтому лучше потерпим здесь неприятности, как бы они тяжки ни были, возверзая печаль свою на Господа, и молясь Ему со смирением, да избавит нас от малодушия и отчаяния, которые хуже всяких грехов. В домашних неустройствах устраивайтесь как-нибудь.

Враги душевные никому и нигде не дают покоя, особенно если отыщут в нас слабую сторону и запнут каким-либо желанием неудобоисполнимым, которое человек, по своей настойчивости, ставит иногда выше наслаждений рая.

88. Советы против табакокурения

(Петербургский житель, Алексей Степанович Майоров, чрезмерно пристрастившись к курению табака, чувствовал от этого вред для своего здоровья. Когда советы петербургских его друзей против этой страсти оказались безуспешными, тогда он письменно обратился к старцу Амвросию, прося заочно у него совета, как бы отстать от этой страсти. В ответ на эту просьбу старец прислал Майорову письмо, от 12 октября 1888 года, в котором написано было следующее.)

Пишете, что вы не можете оставить табак курить.

Невозможное от человек возможно при помощи Божией; только стоит твердо решиться оставить, сознавая от него вред для души и тела, так как табак расслабляет душу, умножает и усиливает страсти, омрачает разум и разрушает телесное здоровье медленной смертью. Раздражительность и тоска — это следствия болезненности души от табакокурения.

Советую вам употребить против этой страсти духовное врачевство: подробно исповедайтесь во всех грехах, с семи лет и за всю жизнь, и причаститесь Святых Таин, и читайте ежедневно, стоя, Евангелие, по главе или более; а когда нападет, тоска, тогда читайте опять, пока не пройдет тоска; опять нападет, и опять читайте Евангелие. Или вместо этого кладите, наедине, по 33 больших поклона, в память земной жизни Спасителя и в честь Святыя Троицы.

(Получив с почты это письмо, Алексей Степанович прочитал его и закурил папироску, как объяснял о сем в особой своеручной записке, но вдруг почувствовал сильную боль в голове, а вместе и отвращение к табачному дыму; и ночью не курил. На другой день принимался по привычке, но уже машинально, закурить папироску четыре раза, а дым глотать не мог от сильной боли в голове. И отстал от курения легко. Между тем как в предшествовавшие два года, как ни принуждал себя отвыкнуть от курения, не мог; и хотя сделался болен, но все-таки курил по 75 раз в день. "Вот тогда-то, когда стал чувствовать свою болезнь и познал свое безсилие к искоренению этой страсти, обратился я, — пишет Майоров, — заочно, по совету добрых людей, к старцу отцу Амвросию, с искренним раскаянием и просьбой его молитв обо мне. Затем, когда я приехал к нему, чтобы лично его благодарить, он коснулся палочкой больной головы моей, и я, с тех пор, боли в голове не чувствую никакой").

89. О христианском воспитании детей

Простите, что доселе не отвечал на письмо ваше, полученное мной 4 ноября. Все, что вы объясняете в нем, принял я с искренним сердечным участием, и все это время помнил, что вы ждете от меня ответа, и желал написать вам, но не мог этого исполнить, потому что при немощи телесной до крайности отягощен был недосугом, особенно от посетителей.

Пишете, что замечаете в сыне вашем сухость или мало чувства и другие недостатки. Но в детстве вообще не у многих бывает истинное, настоящее чувство, а большей частью оно проявляется в более зрелом возрасте, уже тогда, когда человек более начнет понимать, и кое-что испытает в жизни. Притом, избыток внутреннего чувства незаметно служит поводом к тайному возношению и осуждению других; а недостаток чувства и сухость невольно смиряет человека, когда он станет понимать это. Поэтому, много не огорчайтесь тем, что замечаете в сыне вашем этот недостаток; со временем, может быть, и в нем неизбежные в жизни испытания пробудят должное чувство; а только позаботьтесь о том, чтобы передавать ему по возможности обо всем здравые понятия, согласно учению Православной Церкви. Пишете, что до сих пор сами занимались с ним и прошли с ним священную историю Ветхого Завета, и спрашиваете, как и чему его учить, и кого избрать для этого. Пройдя с ним Ветхий Завет, вам самим должно кончить это дело, то есть перейти к Новому Завету, а потом уже начать катехизическое учение. Вы боитесь, что сухость катехизиса не прибавит ему теплоты. Катехизис никому не прибавляет теплоты, а довольно того, чтобы дети имели правильные понятия о догматах и других предметах Православной Церкви. Если желаете, чтобы православное учение действовало и на сердце сына вашего, то читайте с ним "Православное Исповедание" и "Училище Благочестия"; а законоучитель пусть обучает его по катехизису, принятому в учебных заведениях. Что касается до выбора учителя, то я, не зная никого из московского духовенства, вам ни на кого не могу указать; а помнится нам, что батюшка отец Макарий кому-то советовал избрать в законоучителя для детей младшего возраста не священника, а диакона; это проще, а потому бывает удачнее; московские диаконы — все окончившие курс в семинарии, и катехизис хорошо знают. Если желаете, можете выбрать для своего сына какого-либо диакона с свидетельствованной нравственностью и благочестием, который хотя и не магистр, но из окончивших курс семинарии. Вы затрудняетесь выбором и назначением духовника. Чтобы своего духовника не огорчить, только наперед сами объясните ему все то, что находите нужным и полезным для вашего сына, с прибавлением прошения исполнить это, так как по вашему сознанию священная обстановка при исповеди для ребенка нужна, хотя для понимающего она особенного значения не имеет.

Перед исповедью и сами вы займетесь вашим сыном и приготовьте его к этому Таинству, как сумеете. Заставьте его перед исповедью прочесть заповеди с объяснением. Касательно исправления его недостатков вообще, можете ему говорить иногда полушутливым тоном: "Ты ведь молодой князь; через такие поступки не ударяй себя лицем в грязь". Пишете, что вы глубоко уверены, что нет для человека иного источника благополучия на земле и вечного блаженства на небе, кроме Церкви Христовой, и что все вне оной — ничто, и желали бы передать это убеждение детям своим, чтобы оно было как бы сокровенной их жизнью, но вам кажется, что не имеете призвания учить, и не можете говорить с должной силой убеждения об этом великом предмете... Как мать чадолюбивая, сами передавайте сведения об этих предметах вашим детям, как умеете. Вас в этом заменить никто не может, потому что другим вы должны бы еще сперва растолковать ваши понятия и желания, и притом другие не знают ваших детей и их душевное расположение и потребности; и притом слова матери более могут действовать на них, нежели слово постороннего человека. Наставления других действуют на ум, а наставления матери — на сердце. Если же вам кажется, что сын ваш многое знает, многое понимает, но мало чувствует, то, повторяю, не огорчайтесь и этим. А молитесь о сем Богу, да устроит полезное о сыне вашем, якоже весть.

Вы пишете, что у него прекрасная память; пользуйтесь и этим. Передавайте ему, кроме наставлений, душеполезные повести, и по времени спрашивайте его, чтобы он вам повторял, как помнит и понимает. Все, что он от вас услышит, будет сперва храниться в его памяти и уме, а потом, с помощью Божией, при содействии опытов в жизни, может перейти в чувство... Вы жалуетесь, что мать отвлекает вас от занятий с сыном. Можете объяснить ей прямо, что польза сына требует, чтобы вы с ним занимались; а она, как разумная бабушка, конечно, в этом должна снизойти вам без огорчения.

Повторяю: призывая Божию помощь, действуйте

касательно сказанного как умеете, как вас вразумит Господь, и как можете, — ничтоже сумняся и ничтоже бояся.

90. О дуэли. Дуэль — плод горделивого самомнения

Хотя я и не имею чести лично знать вас, но решился писать к вам, потому что знаю вас несколько лет по благочестивой молве о христианской вашей жизни и о христианских ваших качествах. Вы много лет были, по заповеди Господней, миротворцем ссорящихся и враждующих, а теперь, слышу, что сами вы впали в такое страшное искушение, что не хотите окончить своей вражды христианским примирением, несмотря на то, что вы, просто по-человечески, воздали уже сугубо своему противнику: за дерзость — пощечиной, а за пощечину приколотили его, как могли, в полном разгаре огорченного сердца и оскорбленного вашего самолюбия. Кажется, довольно было бы уже сего. Но нет. Вы хотите еще окончить вражду свою по-язычески, то есть по примеру людей неверующих, которые не верят ни будущей жизни, ни будущему вечному блаженству, ни будущим вечным мукам; окончить дуэлью, этим адским узлом двух убийств или, вернее, соединением убийства с самоубийством, потому что хотя один иногда и остается в живых, но тот и другой думал убить, и себя самого добровольно подвергал умерщвлению, наперед душевно умирая. Прилично ли все это вам, старому христианину, столько лет упражнявшемуся в делах благочестия, и изведавшему силу животворных заповедей Христовых, открытых нам во Святом Евангелии? Посмотрите на Начальника веры и на Совершителя нашего спасения, Сына Божия, Царя Ангелов и Архангелов, как не отвратил Он лица Своего от заплевания и заушения и смиренно перенес всякий вид поношения и уничижения! Мы же, нарицающиеся последователями Его и желающие воцариться с Ним в неизреченной Его славе, не хотим по-христиански смириться и тогда, как вдвое уже по-человечески воздали своему противнику за его оскорбление. Какой пример подадите вы юным, в таких сединах своих, если благоразумно не захотите окончить вражду вместо дуэли христианским примирением? Положим, что он первый вас вызвал на дуэль. Но он, как видно, человек маловерующий, или и более сего.

Безрассудно последовать тому, кто хочет ринуться в пропасть, и туда же приглашает собеседника своего. Умоляю вас именем Господа нашего Иисуса Христа, смирившегося до рабия зрака и понесшего всякого рода оскорбления и бесчестия ради нашего спасения, понесите вы благорассудно, ради своего спасения, нанесенное вам оскорбление, не примешивая тут никого, и ни для кого, и ни для чего. Хорошо пожертвовать своей душой для Господа, для пользы ближнего, и для собственного своего спасения. Но не только нехорошо, но и безрассудно и достойно всякого сожаления пожертвовать собой для погибели другого, и для погибели собственной своей, вечной, нескончаемой, невозвращаемой никогда. Подражайте Искупителю нашему, молившемуся к Отцу Своему за распинавших Его (Лк. 23: 34): "отпусти им: не ведят бо что творят". Можно то же сказать о противнике вашем: не весть бо что творит, вызывая вас на взаимное убийство. Молитесь смиренно и искренно Господу, чтобы простил ошибку вашу и его неведение. Думаю, что незадолго перед случившимся искушением вы читали Святое Евангелие, где во многих местах говорится о прощении обид и о любви ко врагам. Будьте истинным Евангельским последователем, верой и смирением сокрушив козни врага невидимого (а не того, на кого враждуете), ищущего погибели обоих вас через вражду, и особенно через закоснение в непримирении. Обратите мысль вашу к блаженным райским селениям, где ликуют и несказанно радуются все праведные, из коих ни одному не пришлось получить блаженный жребий без великих скорбей и оскорблений. Пожелайте наследовать с ними жребий сей и вы; а меня простите, дерзнувшего писать к вам по христианскому участию, хотя сам я весьма непотребный и грешный человек и неисполнитель животворных Евангельских заповедей Господних.

Думал было я закончить сим письмо мое к вам, но пришла мысль, что я не все написал вам, а именно — не выставил причину, за которую попускаются подобные и другие искушения. Богоносными и духоносными отцами поставляется главной причиной таких искушений горделивое самомнение, когда человек думает, что он лучше других, или по жизни, или по уму, или по искусным действиям; наипаче, если это мнение сопровождается настойчивостью характера, которая не допускает человека принимать благие советы других, особенно, почему-либо меньших. Настойчивость нигде не числится среди добродетелей, а скорее составляет недостаток, даже и в людях великих. По басне Крылова и орлу, устрояющему гнездо на высочайшем дереве, следовало бы послушать крота, когда последний уверял его, что дерево это имеет гнилые корни. Орел, отвергнув благой совет существа, по обыкновенному мнению, слепотствующего, подвергнул бедствию птенцов своих, когда восстала буря, и исторгла это дерево. Дай Бог, чтобы древо благочестия вашего устояло, и с помощью Господней выдержало бурю нашедшего искушения, чего от всей души и от всего моего сердца искренно желаю Боголюбию вашему. Господи, помилуй нас, заступи и сохрани Твоею благодатию!

91. Утешение родителям в смерти юной дочери

Случайно пришлось мне узнать, что вы приносите меленькую жалобу вашу на меня, грешного, будто бы я вас забыл и не помню. Поверьте, добрии княжие, что очень помню вас, но не имею возможности письменно уверять всех о моем памятовании и искреннем благожелании, особенно от кого не получаю писем.

Вот, наступает светлый праздник Воскресения Господа нашего Иисуса Христа. При всем недосуге моем и обычной немощи собрался хоть вкратце написать в. с-у, и поздравить вас со всерадостным сим христианским Торжеством, при искреннем благожелании встретить вам и провести светоносное празднество сие в здравии телесном и мире душевном и утешении духовном.

Также слышу, княгиня, что вы продолжаете скорбеть о потере любимой вашей дочери. Я как вам много говорил, так и теперь повторяю, что, по немощи человеческой, невозможно, чтобы совсем не скорбеть матери о лишении детей. Но как христианке, вам должно умерять скорбь эту христианской надеждой, что дочь ваша получит великую милость у Царя Небесного, в горнем и нескончаемом Его Царствии, так как она восхищена от жизни в самом юном возрасте, не испытав никаких соблазнов мира.

В житии святых Андроника и Афанасии сказано, что никто с таким дерзновением не просит от Господа воздаяния, как дети, говоря так: "Господи, Ты лишил нас благ земных, не лиши небесных". Занимайте, княгиня, почаще ум свой такими размышлениями, и тогда скорбный дух ваш будет получать через это отраду душевную.

Примите, княгиня, с добрым князем, уверение в моем искреннем благожелании.

P.S. О живых же детях ваших усердно молитесь, чтобы Господь устроил о них полезное и спасительное, имиже весть судьбами.

92. Замечательное событие. О безропотном перенесении скорбей

В начале сороковых годов, в одной из южных губерний России, Харьковской или Воронежской, не помню, случилось следующее замечательное событие, о котором тогда же одно достоверное лицо письменно сообщило покойному старцу Оптиной пустыни батюшке отцу Макарию.

Жила там вдова, по происхождению своему принадлежавшая к высшему сословию, но вследствие разных обстоятельств доведенная до самого бедственного и стесненного положения, так что она с двумя молодыми дочерями своими терпела великую нужду и горе и, не видя ниоткуда помощи в своем безвыходном положении, стала роптать — сперва на людей, потом и на Бога. В таком душевном настроении она заболела и умерла. По смерти матери положение двух сирот стало еще невыносимее. Старшая из них также не удержалась от ропота, и также заболела и умерла. Оставшаяся младшая дочь до чрезмерности скорбела, как о кончине матери и сестры и о своем одиночестве, так и о своем крайне беспомощном положении, и наконец, также тяжко заболела. Знакомые ее, принимавшие в ней участие, видя, что приближается ее кончина, предложили ей исповедаться и причаститься Святых Таин, что она и исполнила; а потом завещала и просила всех, чтобы, если она умрет, ее не хоронили до возвращения любимого ею духовника, который в то время, по случаю, был в отсутствии. Вскоре после сего она и скончалась, но ради исполнения ее просьбы не торопились с ее похоронами, ожидая приезда означенного священника. Проходит день за днем; духовник умершей, задержанный какими-то делами, не возвращается; а между тем, к общему удивлению всех, тело умершей нисколько не подвергалось тлению, и она, хотя охладевшая и бездыханная, более походила на уснувшую, чем на мертвую. Наконец, только на восьмой день после ее кончины, приехал ее духовник, и, приготовившись к служению, хотел похоронить ее на другой день, по кончине ее уже девятый. Во время отпевания неожиданно приехал, кажется из Петербурга, какой-то родственник ее, и, внимательно всмотревшись в лицо лежавшей в гробу, решительно сказал: "Если хотите, отпевайте ее, как вам угодно; хоронить же я ее ни за что не позволю, потому что в ней незаметно никаких признаков смерти". Действительно, в этот же день лежавшая во гробе очнулась, и когда ее стали спрашивать, что с ней было, она отвечала, что она действительно умирала и видела исполненные неизреченной красоты и радости райские селения. Потом видела страшные места мучения, и здесь, в числе мучимых, видела свою мать и сестру. Потом слышала голос: "Я посылал им скорби в земной их жизни для спасения их; если бы они все переносили с терпением, смирением и благодарением, то за претерпение кратковременной тесноты и нужды сподобились бы вечной отрады в виденных тобою блаженных селениях. Но ропотом своим они все испортили; за это теперь и мучатся. Если хочешь быть с ними, иди и ты, и ропщи". С этими словами умершая возвратилась к жизни.

93. О спиритизме

Письмо ваше получил. Я хотя и немощен, но, Бога ради, не отказываюсь отвечать на письма, когда имею возможность. Кольми паче вам понуждаюсь отвечать, во-первых, по содержанию вашего письма, во-вторых, и потому, что упоминаете имя общего нашего отца, покойного батюшки отца Макария. Пишете вы мне о спиритизме, опасаясь за детей ваших, как бы не повредились этим новым учением. Опасение ваше справедливо. Спиритизм есть ничто иное, как новое заблуждение и новая прелесть вражеская. Самое слово Spiritus показывает, что это учение есть общение людей с духами и, разумеется, с духами не света, а с духами тьмы. Апостол Павел пишет: "аще и... Ангел с небесе благовестит вам паче, еже благовестихом вам, анафема да будет" (Гал. 1: 8). Апостол упоминает это не об Ангелах благих, потому что благие Ангелы не будут благовестить ничего противного учению Евангельскому и апостольскому; но явно, что говорит это об ангелах тьмы, сверженных с неба, которые принимают на себя вид ангелов света, для обольщения нерассудных, как об этом говорит апостол в другом месте: "сам... сатана преобразуется во Ангела светла: не велие убо, аще и служителие его преобразуются яко служителие правды" (2 Кор. 11: 14-15). Слова апостола прямо относятся к проповедникам учения о спиритизме, через которое будто бы и безбожники делаются очень религиозны. Но если хорошо вникнуть в душевное состояние этих мнимых религиозников, то явно откроется, что они в этом положении сделались еще опаснейшими для имеющих с ними сношения, нежели как были в состоянии атеистов. Явных безбожников всякий отвращается и удаляется; людей же, прикрывающихся видом ложной религиозности, в душе же своей пропитанных старым или новым заблуждением прелести вражией, не вдруг распознает кто-либо и из понимающих дело. Апостол говорит: "Христос вчера и днесь тойже, и во веки" (Евр. 13: 8). Значит, какое учение в Православной Церкви насаждено в начале Духом Святым через апостолов и через отцов Вселенских Соборов, то должно продолжаться до скончания века. Все новые учения суть ничто иное, как новые заблуждения, посеваемые, так или иначе, древним врагом и ненавистником и наветником рода человеческого, который, по слову святого апостола Петра, "яко лев рыкая, ходит, иский кого поглотити" (1 Пет. 5: 8). Враг этот, в учении спиритизма, прикрывается под видом вызывания мертвых душ, которые будто бы яснее растолковывают учение Евангельское. Но это явное обольщение вражие, и явное заблуждение людей, которые решаются верить духам тьмы, являющимся в виде людей умерших. Для душ святых в Православной Церкви удостоверение совсем другое. Они удостоверяют о святости своей явным нетлением мощей. Души же грешные, по учению Православной Церкви, заключены во аде, и не имеют власти не только учить других, но и исходить оттуда, в страшном стенании ожидая Страшного Суда Божия. Следовательно, вызываются и являются не души умерших, а духи тьмы греховной и обольстители рода человеческого. Притом, кто не слушает учения пророческого и апостольского, тот не послушает и свидетельства умерших, если бы они и воскресли, и стали убеждать, как сказано во Евангелии: "аще Моисея и пророков не послушают, и аще кто от мертвых воскреснет, не имут веры" (Лк. 16: 31). А что спиритизм неполезен, но вреден, это ясно доказывается и примерами.

В Голландии года два назад или более, пасторов 12, если и еще не больше, от спиритизма сошли с ума, и своим сумасшествием, кажется, очень-очень ослабили проповедь спиритов. Также во Франции, с тех пор как там стал распространяться спиритизм, сильно возрастает и число сумасшедших, коих в 1835 году было 10539; в 1846 году — до 18000; а в 1861 году, когда спиритизм получил сильное развитие, — до 30000. Вблизи нас, в Орловской губернии, одна помещица, вдова, не хочу ее имени и фамилии упоминать, через верование спиритизму сделалась такой странной, что оставила своих детей, кажется пятерых или шестерых, на произвол судьбы, нисколько не заботясь о них, и сама всем говорит такие дикие нелепости, от которых слышащие лишь пожимают плечами.

Поэтому и сами остерегайтесь спиритизма, и, если можно, остерегайте и близких вам от сего зловредного учения.

94. Великий грех удерживать достояние монашествующих

Не удивитесь, что неожиданно пишу к вам, и не оскорбитесь на то, о чем буду писать. Пишу, во-первых, исполняя просьбу ближнего; а во-вторых, исполняя долг христианский. Впрочем, если бы вы, по временам, не относились ко мне, грешному, то никак бы не решился писать к вам. Вот в чем дело.

Не так давно приезжала к нам мать Е., сестра ваша, и выражала свое скорбление о том, что она едва было согласилась только с мыслью получать вместо следуемого ей наследственного капитала по разделу назначенную ей вами процентную сумму, то есть получать оную от вас, и от наследников ваших, до ее смерти; но вдруг, сверх всякого ожидания, в нынешнем году вы у нее вычли из назначенной суммы 50 рублей; и даже стали уклоняться, чтобы выдать ей письменное обязательство, касательно получения ею до смерти процентов от вас и от наследников ваших.

Как вам будет угодно, послушать ли меня, грешного, или не послушать, а я должен и обязан вам сказать прямо правду, что монашеские деньги в мирском доме — огонь истребляющий, как об этом сказано в церковной книге, называемой "Пролог". Других примеров вам не нужно; а вы можете в этом убедиться собственным опытом. Вы только подумали и решились вычесть у матушки Е. из означенной суммы 50 рублей, — и в это самое время, как бы из рук ваших, вырвали у супруга вашего высшую должность, которая, по всем правам, ему принадлежала, а не

123

другому, приехавшему издалека. Вы, может быть, скажете, что так сложились обстоятельства. Но ведь не без попущения Божия так слагаются и устраиваются обстоятельства.

Советую вам искренно, чтобы рассмотрели вы вопрос этот со всех сторон, не просто по-человечески, а с духовной стороны, по суду Божию. Василий Великий угрожает наказанием родителям, которые лишают наследственной части детей, поступающих в монашество. И, рассмотрев дело, сделать одно из двух: или выдать теперь же наследственный капитал матери Е., или написать письменное обязательство такое, что вы и наследники ваши обязаны матери. Е., до ее кончины, платить ежегодно такую-то сумму за ее наследственную часть; в случае же, если кто из наследников не захочет платить ей ежегодно означенной суммы, тот обязан ей вдруг выдать наследственный капитал не менее пяти тысяч.

Вы сами знаете, что матушка Е., хотя теперь и в монастыре живет, но она не лишена права по разделу, который был в свое время. Да и до суда дело доводить нехорошо, выставляя на вид права обеих сторон. Простите, может быть, вам письмо мое будет и неприятно, но что делать? Есть мудрая старинная пословица: "Правда груба, да Богу люба". Я, со своей стороны, обязан высказать вам справедливо; а вы уж сотворите так, как вам будет угодно.

Наступает светлый праздник Воскресения Христова. Сердечно желаю вам и превосходительному супругу вашему и всему вашему семейству встретить и провести всерадостный праздник сей в мире, и благоденствии, и утешении духовном.

P.S. Матушка Е., хоть и скорбно, а с помощью Божией может как-нибудь прожить до своей кончины. Но вы опасайтесь, чтобы уклонением от исполнения долга своего не навести бедствия на семейство ваше. Бог и великие грехи прощает человеку против Него Самого; но согрешения против ближнего не прощает, если с ним не умиротворится и не удовлетворит его как следует.

95. Как ныне дела идут

Слава Богу, и благодарение Господу, что сын ваш, за молитвами покойного батюшки отца Макария, занимается своим делом как должно. Это для вас немалое утешение.

Ныне у всех дела идут тихо. На словах издали кричат, что

будто бы дело идет все к лучшему, и к лучшему; а на деле видим противное. Подай, Господи, терпение, да умение быть хоть не голодными да холодными; да пошли, Господи, христианскую кончину, кому придет жребий, чтобы перейти в будущую жизнь с христианским напутствием, в раскаянии и смирении, со упованием на милосердие Божие.

Насчет дочери вашей, ждите ее участи по воле Божией. Если бы пришлось определить ее хоть и в среднем положении, отказываться не должно, лишь бы был порядочный человек, а не забияка.

96. Советы о справедливом завещании имения

Слышу, что вы написали духовное завещание, в котором назначили двум сыновьям большую часть капитала и все движимое имение, а двум другим сыновьям — меньшую часть капитала, а из недвижимого имения не назначили ничего. При написании духовного завещания следовало бы вам попомнить апостольское слово (Еф. 5: 1): "подражателе... бывайте... Богу, якоже чада возлюбленная", потому что Бог и пришедшим в единонадесятый час повелел дать ровную часть с работавшими от 12-го часа жизни, не помянув, яко незлобивый, противление и прогневание последних.

Тем более, что Сам Господь в Евангельском учении увещавает всех, глаголя (Мф. 6: 14-15): "аще бо отпущаете человеком согрешения их, отпустит и вам Отец ваш Небесный: аще ли не отпущаете человеком согрешения их, ни Отец ваш отпустит вам согрешений ваших". Рассудите хорошенько сие великое слово Господне, при настоящем вашем болезненном положении, не придет ли вам благого желания изменить духовное завещание ваше, назначив всем детям части поровну. Если же, по чему-либо, не рассудите принять убогий совет мой и изменить духовное завещание, то, по крайней мере, при жизни своей выдайте полный капитал тем детям, которым вы назначили меньшую часть, лишив их недвижимого имения, потому что в духовном завещании вашем сделана нехорошая оговорка, хотя, может быть, с благой целью написанная, чтобы прекратить могущий возникнуть ропот. Но эта же самая оговорка дает возможность получившим большую часть притеснить, под благовидными предлогами, получивших меньшую часть, так что они поневоле принуждены будут роптать, а притесняющие благовидно могут этот ропот выставить поводом к большему лишению, означенному за сие в завещании. А такая путаница не даст покоя душе вашей в будущем веке.

Вот как думаю аз, грешный, так и пишу вам убогий мой совет.

Вы же рассмотрите сами снова дело это и, здраво обсудив оное, сделайте так, как будет полезно и душе вашей, и всем детям вашим.

Призывая на вас и на все семейство ваше мир и благословение Божие, остаюсь с искренним благожеланием.

97. Правый суд судите

Письмо твое получил, из содержания которого видно, что ты одного очень-очень извиняешь, а другого стараешься паче должного обвинять и в том, в чем он заслуживает извинения, забывая свидетельство слова Божия, глаголющее: "правый суд судите". И тебе, как заботящейся об исполнении христианских обязанностей, должно судить на основании слова Божия и правды Евангельской, а не на основании ложного мнения, вытекающего из горделивых мнений большего света. Но если и по этому суд судить, то и большой свет имеет свое приличие и неприличие, и что принято, и не принято; и никому не дозволено извиняться своими привычками, если бы хотел нарушить правила благоприличия. Мало ли теперь таких людей, которых некоторые знали еще детьми; но ни за кем из последних не осталось права называть прежде бывших людей полуименем, когда они вступили уже в круг общества. Попробуй-ка назвать полуименем того, кто хочет извинить себя привычкой, или хоть его половину, как он отзовется? Так должно рассуждать и о других людях. Особенно не должно обвинять в подобных претензиях мужа за жену, потому что, по слову Премудрого, "исполнена... ревности ярость мужа... не изменит ни единою ценою вражды, ниже разрешится многими дарами" (Притч. 6: 34-35).

Ты опасаешься, что эта история дойдет до А. Но кто тогда будет виноват? От кого она вышла? От известного человека больше ничего не требовалось, как только, чтобы он говорил "Вы" и называл его по имени и отчеству. А он не захотел исполнить этого справедливого требования, согласного и со светскими правилами; и вместо того поднял целую бурю. И теперь сами вы разглашаете эту историю, наводите следствие, допрашиваете слепую старуху, и так далее; видно, у вас ум зашел за разум. И потому, если это дойдет до А., то перед Богом и перед людьми будешь виновата ты. Но хуже всего, что вы этими толками смутили малодушную А.; и что ты и В., в ее положении, огорчила своим письмом, на которое она отвечать не может, а переслала его мне.

98. Количество и качество

Молящиеся от души быти рабы Божия Н.А. и М.Т.

О, если бы на самом деле были вы рабы Божии! Тогда зело порадовалась бы грешная душа моя. Но вот горе: "елико отстоят востоцы от запад, толико отстоит слово от самого дела", — рек некто, торговец Козельский. Истинно слово сие. Иное есть — мнетися, и иное — на самом деле быти рабами Божиими. Почитающие себя рабами Божиими не перестают судити о том, и о другом, и почти обо всем. Истинные же рабы Божии не позволяют себе судить ни о чем. Они твердо помнят Евангельскую притчу Господню (Лк. 18: 10-13): "человека два внидоста в церковь помолитися: един фарисей, и другий мытарь". И начат фарисей исчитати пред Господем добрыя качества свои, и был отвержен за сие Господом. Мытарь же, не смеяше "и очию возвести на небо", и со смирением моляшеся: "Боже, милостив буди мне грешнику!" И за сие, несмотря на многое количество согрешений своих, не только получил прощение, но и оправдание.

О, если бы мнящиеся быти рабы Божии уразумели силу притчи сея! — то, паки скажу, зело бы утешили грешную душу мою, если не делом, то, по крайней мере, истинным разумением. Написал так, потому что в письме вашем, без числа, присланном по приезде вашем, сказано, что в монастырях лучше бы избирать качество, а не количество. Но спрошу вас: где бывает качество без количества? Во всех учебных заведениях начинается дело сперва с количества, из которого после выходят качественные люди; и это опять качество, по времени и степеням, изменяется не только в заведениях, но и после, на службе. Если в человеческих делах так, отчего в Божественных, по-вашему, должно быть не так? Да на вас прямо укажу. Сколько лет заботитесь вы о качестве, а много успели? Не одно ли на деле выходит количество согрешений? Если с вами так, почему над другими должно быть иначе? М.Т. пусть сама мне напишет о своих мнениях и разумениях. А по чужим мнениям и разумениям решение делать неудобно и погрешительно.

99. Девство и супружество

Письмо ваше получил. Прежде отвечал я вам одно, по содержанию прежнего письма; а теперь, кажется, придется отвечать другое, потому что содержание письма — почти другое. Хотя вы и не давали обещания поступить в монастырь, но имели намерение не вступать в супружество, а оставаться девой, служа в этом положении Христу Богу, Жениху Небесному. Но различия в этом мало; поступить ли девой в монастырь, или оставаться девой в миру для служения Богу, кроме обетов монашеских, почти все равно. Различие только то, что в монастыре удобнее соблюдать девство, хотя, по-видимому, и труднее. Апостол не указывает места, а говорит просто (1 Кор. 7: 33-34): посягшая "печется... како угодити мужу", а непосягшая "печется... како угодити Господеви. Разделися жена и дева". Вы пишете, что поколебались в прежнем намерении. Хотя и имеете малое, по-видимому, извинение в том, что не давали обещания поступить в монастырь; но все-таки, это поверхностное извинение не успокаивает вас, а наводит тревожное опасение, как бы вам не лишиться вечного блаженства в будущей жизни, ища ненадежного счастья в миру. Поэтому не спешите, а рассмотрите дело супружества со всех сторон, и рассмотрите основательно. Также не мешает рассмотреть и разузнать хорошенько то самое лицо, с которым думаете обрести благополучие мирское, — кроме собственных свойств его, рассмотреть и самое его положение, и самые обстоятельства, его окружающие. Все это в совокупности имеет великое значение. По замечанию некоторых, в самой фамилии людей выражается иногда благоприятное и неблагоприятное свойство. Все это пишу не для того, чтобы желал я отторгнуть вас от предположенного намерения. Решение этого дела предоставляю вам самим; а написал все сказанное для того, чтобы подать вам повод и способ рассмотреть это важное дело со всех сторон, и потом уже решить основательно, чтобы после бесполезно не раскаиваться. Сверх того прибавлю, что и девой в миру неудобно остаться, как вы предполагали, чтобы жить в каком-то несбыточном и неосновательном уединении, одной со священными книгами, руководствуясь одним благим намерением. Ежели никто не может сам собой научиться наукам человеческим, накупив все возможные к тому книги, то еще более неудобно и невозможно научиться самому собой науке духовной, которая называется наукой наук и художеством художеств.

100. Нет худа без добра. Преданность в волю Божию

Скорбное письмо ваше получил, какого не ожидал. Что делать? Хотя неприятно, и очень неприятно встретившее вас обстоятельство, но будем судить об этом по словам старинных опытных людей, которые давно решили, что "нет худа без добра". Может быть, и для вас это неприятное обстоятельство послужит основательным поводом ко взятию своей части из капитала вдруг, чтобы скорее развязаться и жить так, как вам угодно и где угодно; Господь устрояет нашу душевную пользу часто и через неприятные обстоятельства. (Сыну) смерти не желай и не намаливай, потому что ты не знаешь, что для него полезнее, — жить или не жить. Господь же, как Всеведущий и Всеблагий, да устроит о нем и о тебе полезное; и вместо неправильной молитвы лучше подавай на проскомидию записку с именами сына и невестки, о здравии и спасении, чтобы вынимали за них части. Это будет средство вернее и надежнее. О капитале много не думай; не может быть, чтобы он так скоро расстроился. Если меньше дел будет, зато меньше и хлопот будет. Сама теперь видишь, что счастье человека не в великом капитале.

Не считай вполне виновницей расстройства свою невестку, а считай это попущением Божиим, которое должно понести разумно, и со смирением, и со страхом Божиим. Господь все видит, и все знает, и всеми управляет по Своему мановению и Своей всесильной воле. Должно это всегда помнить, и всячески остерегаться, чтобы не прогневать Его благости, и самое Его наказание считать для нас великим благодеянием, в отношении пользы душевной и вечного нашего спасения. Блага здешние кратковременны, и никто богатства земного не переносит с собой в будущую жизнь, разве только кто разумно употребит его на милостыню и благотворения.

Молись, и искренно и усердно, о невестке своей, чтобы Господь устроил о ней и о тебе полезное. И о сыне... повторяю тебе, молись не так, как думаешь, но чтобы Господь устроил его жизнь по Своей святой воле.

101. Отношение чад к родителям

В письме через отца Исаию ты желаешь иметь от меня собственноручную строчку, называя себя духовной моей дочерью.

Если так, то слушай, что скажет тебе духовный отец твой. Ежели желаешь в жизни твоей быть благополучной, то старайся жить согласно заповедям Божиим, а не по простым обычаям человеческим. Глаголет бо Господь через пророка Исаию (Ис. 1: 19): "аще... послушаете Мене (то есть исполнением заповедей Божиих), благая земли снесте". Главная же заповедь в обетовании (Исх. 20: 12): "Чти отца... и матерь... да благо ти будет и да долголетен будеши на земли". Неуместные выходки, или вспышки перед родителями, ни в каком случае не извинительны. Обносится между людьми мудрое слово: "яйца курицу не учат".

Юному возрасту прежде должно себя обучать и вразумлять хранением очей, обузданием языка и вообще благонравным и скромным поведением и обращением с другими, отражая от себя даже помыслы противозаконные и Богопротивные, потому что люди смотрят только на лицо, Бог же взирает на сердце; и от Него зависит наша участь, как в настоящей, так и в будущей жизни.

Никого не суди и не осуждай, да и сама избежишь осуждения от Бога. Наконец, помни и никогда не забывай грозное слово Господа (ср.: Мк. 8: 38): "аще кто постыдится Мене и Моих словес в роде сем прелюбодейнем и грешнем, и Аз постыжусь его, егда прииду во славе Отца Моего со Ангелы святыми". Мир тебе!
И.А.

102. Ученость без смирения

Пишу вам краткое, но усердное поздравление со всерадостным христианским празднеством Рождества во плоти Господа и Бога и Спаса нашего Иисуса Христа.

Рождейся от Девы Сын Божий да явит всем нам милость Свою ради неизреченного Своего воплощения. В знаменательную нощь покланяемого Рождества воинство Небесное на воздухе воспевало песнь: "Слава в вышних Богу, и на земли мир, в человецех благоволение!" Словеса Ангельского песнопения хотя отчасти да исполнятся и на нас, грешных. Отшедшие отцы наши на небеси, вместе с Ангелами, достойно да прославляют славимого от всех Бога; мы же, грешнии, на земли да тщимся имети мир с Богом и с самими собою, да не лишимся благоволения Божия к себе, — нам, человекам немощным и повинным, ежечасно требующим помилования и помощи от Господа.

Приветствую также празднственным поздравлением всех детей, прыгунью В., брата С, Н., Д. и особенно Питерского С. Смиривыйся до рабия зрака Сын Божий да поможет ему не только хорошо учиться, но и хорошо смиряться. Если же только хорошо учиться, да и при этом нерассудно гордиться, — дело никуда не годится. Одно хорошее учение, без смирения, точно на одной ноге хождение. Хотя хромые ходят и на одной ноге с помощью костыля, да какое уж тут и хождение; мало того, что с большой нуждой ходят, но часто и претыкаются, и восприемлют нередко болезненные язвы. Кто желает быть всегда мирен и спокоен душой, тот всячески должен смиряться. Без смирения невозможно иметь успокоения.

Многогрешный иеросхимонах Амвросий

103. Католичке. О заблуждениях римской церкви

Получил ваше письмо, в котором вы, совершенно не зная меня, выразили великое доверие. За такое расположение душевное Сам Господь убеждает верующих (Ин. 20: 29): "блажени не видевшии и веровавшее". Пишете, что вы римско-католического исповедания, но по чувствам — православная, и уже несколько лет имеете желание принять Православие, но еще не вполне уверены, угодно ли это будет Богу, и желали бы получить решение на это от меня, грешного. На это утвердительно могу отвечать, что это весьма угодно будет Богу, во-первых, потому, что в вас давно видно явное призвание свыше к присоединению к Православной Церкви, как Сам Господь говорит об этом в Евангелии (Ин. 6: 44): "никтоже может приити ко Мне, аще не Отец пославый Мя привлечет его". Во-вторых, потому, что хотя вероисповеданий христианских и много, но истинное вероисповедание едино есть, по сказанному от апостола (Еф. 4: 5): "Един Господь, едина вера, едино крещение". Было время, и именно в первые века христианства, Иерусалимская и Римская, то есть Восточная и Западная Церкви, составляли одно, и веровали одинаково, и содержали одни постановления. Но по времени, когда первая, то есть Римская, стала позволять себе некоторые уклонения и нововведения, то и произошло разделение между Восточной и Западной Церковью. Подробно теперь высказать не время, но мы укажем только на самые главные нововведения, из коих вы сами ясно можете понять правость и неправость Церквей.

1. В первые века одинаково, и Восточная и Западная Церковь, исповедали, что Дух Святый исходит от Отца; но по времени Римская Церковь сделала прибавление: и "от Сына", вопреки словам Самого Господа: "Дух истины, Иже от Отца исходит" (Ин. 15: 26). Восточная же Православная Церковь содержит этот догмат по точному слову Господа.

2. Далее, Господь сказал на Тайной Вечери ученикам Своим, прияв чашу: "пийте от нея вси" (Мф. 26: 27). Православная Церковь так и поступает доселе, не отделяя духовенство от мирян, Римская же Церковь, вопреки означенных слов Самого Господа, лишает мирян приобщения Крови Христовой.

3. На Тайной Вечери Господь "прием... хлеб, и благословив преломи, и даяше учеником" (Мф. 26: 26). Православная Церковь, согласно с этими словами, совершает Таинство Евхаристии на квасном хлебе. Римская же Церковь, вопреки означенных слов, совершает Таинство сие на опресноках, в виде облаток.

На другие отступления пока не будем указывать. Сами сверьте эти места, и я надеюсь, что вы довольно убедитесь в истине, которой должно искать каждому христианину, желающему получить спасение вечное, потому что Сам Бог именует Себя истиною, глаголя во Евангелии: "Аз есмь путь и истина и живот" (Ин. 14: 6). Также говорится о Боге, что "Бог любы есть, и пребывали в любви в Бозе пребывает" (1 Ин. 4: 16).

Последователи Православной Церкви не позволяют себе ненависти ни к кому из иноверцев. Предстоятели же Римской Церкви вменяют себе в обязанность внушать католическим христианам ненависть и презорство к иноверным. Если хорошенько сообразите, то сами можете заметить это. Бывает и в православных ненависть к некоторым, по немощи человеческой. Но в Православной Церкви это почитается грехом, и грехом великим, и предстоятели Православной Церкви обязываются внушать таким людям, чтобы оставили этот зловредный порок.

Повторяю, что если вы решитесь присоединиться к Православной Церкви, то это будет дело весьма Богоугодное и для вас душеспасительное, потому что такой поступок ваш явно будет согласен с волей Божией, к исполнению которой все христиане и обязаны стремиться, чего от всей души желаю как вам, так и себе самому.

Вы просите меня назначить вам имя. В Святой Церкви повторяется мудрое слово: "По имени да будет и житие твое". В настоящем обстоятельстве проявляется мера вашей веры в искании настоящей истины. И поэтому — и имя ваше да будет Вера, в память святой мученицы Веры, празднуемой 17 сентября.

Советую вам перед присоединением исповедать искренно и чистосердечно все, что было в жизни вашей противозаконного, начиная с шести лет и доселе, — не только дела, но и сердечные расположения. Это необходимо нужно, потому что были примеры, что некоторые, перед присоединением не открыв всего, что было на совести, впоследствии испытали мысленную брань неуместных сомнений.

Сам Господь да благословит вас на душеспасительное ваше предприятие, Сам да укрепит вас и да утвердит, и да оснует, по апостольскому слову.

104. Письмо француженки и ответ старца Амвросия

Многоуважаемый и добрый отец!

Простите мою смелость, что я решаюсь написать вам несколько строк. Я слышала о вас, что вы истинный человек Божий, и потому я позволяю себе испросить чрез это письмо ваших добрых советов, в которых очень нуждаюсь. Бес гордости владеет мною в такой степени, что не дает мне исполнять обязанность, как следует. Что должна я делать, чтобы от него избавиться? Несколько лет тому я была опасно больна, и тогда я обещала Богу, что если он сохранит мне жизнь и возвратит мое здоровье, я буду вести себя так, чтобы Господь мог забыть прошедшие грехи мои. Но увы! Этого обещания, данного мною тогда на смертном одре, я не сдержала. Господь сохранил жизнь, а я, вместо воздаяния, сделалась еще хуже, чем прежде; и потому Бог меня наказывает и поражает меня в том, что мне дороже всего. У меня жил друг, очень дорогой мне; он был католический священник. И Бог, Который даровал мне этого друга, отнял его у меня; он умер от чахотки в Неаполе, — и упреки совести меня преследуют. Я не знаю, какая причина его болезни, потому что он ничего не открыл мне об этом. Не перехвачены ли были письма мои к нему? или не сердился ли он на меня? Почему он мне ничего не открыл (о своей болезни)? Вот вопрос, который я постоянно предлагаю себе, и который меня непрестанно мучит. Иногда я боюсь, что сойду с ума, потому что какой-то голос мне говорит, что он мне писал. Но где его письма? от кого их требовать?.. Потом другая мысль мне приходит: не я ли причина его смерти, не понес ли он наказание за свою вину? Зачем я его мучила своими письмами? Зачем бес избрал меня, чтобы искушать его; и почему я столько страдала и еще страдаю за него, — почему я решительно не хочу забыть его?... Отец мой, помогите мне, дайте мне советы, что мне делать? Я желаю умереть, чтобы свидеться с ним. В жизни нет ничего привлекательного для меня; а я виновна, я очень дурна и не могу явиться пред Богом, ибо я была бы осуждена, и боюсь, что уже проклята. Мучения, которые я испытываю, имеют свою причину. Почему Бог посылает их мне? Чтобы я принесла покаяние, а в моем положении это очень трудно. В моей должности требуется, чтобы я была здорова, чтобы я была весела. Что я должна делать? Скажите мне... Простите, что я вас прошу ответить мне по прилагаемому адресу. Если вы не сочтете меня недостойною вашего ответа, то прошу вас, ответьте мне. Если не получу от вас ответа, я буду думать, что и вы меня осуждаете.

Ответ старца Амвросия

Получил я от вас письмо в декабре прошлого года, и немало удивился тому, что вы, не зная меня, отнеслись ко мне письменно с таким доверием. Если вы, Бога ради, доверчиво отнеслись ко мне, недостойному, то никак не могу оставить без ответа письма вашего. Но только прежде буду отвечать на второй ваш вопрос, а на первый, то есть о гордости, буду отвечать после.

Вы пишете, что имели друга, который умер от чахотки. Вас теперь мучат различные помыслы, сомнения и недоумения, не были ли вы причиной его смерти, потому что мучили его своими письмами, на которые он не отвечал. На это я вам скажу, что человека письмами уморить нельзя. А что он не отвечал вам, на это может быть очень простая причина: или не хотел вас огорчить известием о своей болезни, или надеялся скоро выздороветь, и тогда вам отписать, как все чахоточные думают и питают такую надежду. Еще пишете: "не понес ли он наказание за свою вину?" Если у вас вина была общая, то вам следует принести и покаяние, и молиться милосердному Господу, чтобы Он простил эту вину и вам, и другу вашему, потому что Сын Божий во плоти пришел на землю для того, чтобы призвать не праведников, но грешников на покаяние... Пишете также, что "хотя все страдаю, но друга моего забыть не могу". Так бывает со всеми, когда кто любит другого любовью не по Богу, а любовью человеческой. Впрочем, если вы будете поминать друга своего, как выше сказано, то есть с мыслью покаяния пред Богом, тогда такое памятование будет полезно ему и вам. К такой мысли о покаянии обязывает вас и прежде данное вами обещание исправить жизнь свою и вести оную так, как было бы угодно Богу. Но вы пишете, что будто бы настоящая ваша должность препятствует такому настроению духа, так как она требует здоровья и веселости. Ни внешняя веселость, ни телесное здоровье не могут препятствовать мысли о покаянии, которое хотя и требует внутреннего и духовного сетования, но это сетование может растворяться некоторой радостью, как пишет апостол Павел (1 Фес. 5: 14-16): "долготерпите ко всем. Всегда радуйтесь, непрестанно молитеся. О всем благодарите: сия бо есть воля Божия". Слово апостола показывает, что не одни праведные, но и согрешившие могут радоваться в некоторой степени, при той мысли, что милосердый Господь даровал им средство к получению милости Божией вечной; и это средство состоит в искреннем раскаянии и в посильном исправлении своей жизни.

Теперь скажу и о первом вашем вопросе. Вы пишете: "бес гордости владеет мною в такой степени, что он не дает мне исполнять обязанность мою как следует. Что должна я делать, чтобы от него избавиться". На это должен я вам сказать слово, не всеми удобоприемлемое, а только истинно благопроизволяющими, и искренно ищущими истины и пути истинного. И скажу не от себя, а как пишет древний святой отец Иоанн Лествичник, что гордость побеждается смирением, а добродетель смирения принадлежит не всем людям разных вероисповеданий, а только правоверующим. Правое же и истинное вероисповедание одно, как свидетельствует святой апостол Павел: "един Господь, едина вера" (Еф. 4: 5). Слова апостола показывают: как един истинный Бог, так и истинное вероисповедание одно, а не многие, в которых много привнесено человеческих мнений, кроме Божественной истины. Вот, например, в Евангелии Сам Господь говорит о Святом Духе, что Он от Отца исходит, а в вашей Римской Церкви, по человеческому умозаключению, прибавлено слово: "и от Сына". Еще Господь говорит о Святой Тайне приобщения Кровию Его (Мф. 26: 27): "пийте от нея вси". В Римской же вашей Церкви только духовенство присвоило себе право приобщаться Кровию Христовой, а мирян приобщает только одним Телом Христовым, говоря в свое оправдание мирянам, что где Тело, там и Кровь. Вот, я вам указал две неправильности Римской Церкви, первостоятель которой допустил, по славолюбию, и третью неправильность, присвоив себе первенство перед другими патриархами этой Церкви Христовой. А допуская славолюбие, мудрено и неудобно и даже невозможно бороться со страстью гордости. По этой причине предлагаю вам рассмотреть учение, правила и обряды Православной Церкви, которая неизменно соблюдает первоначальное христианское учение, получив свое начало от Иерусалима, где распят был Господь, и откуда апостолы начали свою проповедь. Что вы скажете на мое предложение? Отвечайте искренно.

105. Римскому католику, женатому на православной, о неправде католичества

Получил я от вас письмо, в котором объясняете, что вы с супругой своей не сходитесь во взглядах в отношении преимуществ религий. Жена ваша православная, а вы иноверец, но не означили своего вероисповедания, а только сказали: "я довольно тверд в моей вере, и не вижу преимущества в религии православной". Крепко держатся своего вероисповедания только католики, с самых юных лет получающие от своих ксендзов внушения и предубеждения против Православия; и потому думаю, что вы римско-католического исповедания, в котором много нововведений и неправильностей, в сравнении с Православной Церковью. Если угодно, я выставлю вам эти неправильности.

1) Сам Господь наш Иисус Христос говорит в Евангелии, что Дух Святый "от Отца исходит" (Ин. 15: 26). А римско-католические учители в Символе веры приложили, что Дух Святый исходит и от Сына. И этим показывают, что их человеческое мнение достовернее слов Самого Сына Божия, тогда как апостол Павел говорит: "аще мы, или Ангел с небесе благовестит вам паче, еже благовестихом вам, анафема да будет" (Гал. 1: 8). И Иоанн Богослов пишет в Откровении: "Сосвидетельствую бо всякому слышащему словеса пророчества книги сея: аще кто приложит к сим, наложит Бог на него язв написанных в книзе сей" (Откр. 22: 18).

Православная же Церковь учит, что Дух Святый исходит от Отца, а верным подается через Сына.

2) В Евангелии от Матфея сказано, что Господь, "приемь чашу и хвалу воздав, даде им, глаголя: пийте от нея вси: сия бо есть Кровь Моя, Нового Завета, яже за многия изливаема во оставление грехов" (Мф. 26: 27-28). На основании этих слов Господа в Православной Церкви все вообще, как духовные, так и миряне, приобщаются Тела и Крови Христовой. А римско-католическое духовенство лишило мирян приобщения Крови, вопреки слов Самого Господа.

3) У евангелиста Луки (Лк. 22: 18) сказано, что Господь, "приимь хлеб, хвалу воздав, преломи и даде им". На основании этих слов Православная Церковь совершает Таинство Евхаристии на квасном хлебе, а не на опресноках, которые употреблялись в ветхозаветной церкви. Римско-католическое же духовенство приобщает своих прихожан опресночными облатками.

Много и других несообразностей и нововведений в Римско-Католической Церкви, которых нет времени описывать. Например, заставляют веровать в непогрешимость папы, тогда как много было пап с большими заблуждениями, и даже с ересями.

В Евангельском учении проповедуется любовь; а римско-католические ксендзы внушают с самых юных лет своим прихожанам презорство и ненависть к иноверцам, особенно к православным.

Господь в Евангелии глаголет: "Царство Мое несть от мира сего" (Ин. 18: 36). А римские папы пожелали и земного царства.

Повторяю, что в Римско-Католической Церкви много несообразностей и нововведений.

Если вы согласитесь принять истину Православия, то следовало бы вам принять оную без всяких условий, как истину. А вы пишете: "Я готов исполнить желание жены моей, но лишь в том случае, если, принеся свое убеждение в жертву, я увижу ее в полном здравии". На это вам скажу, что условие это весьма неуместно, потому что болезнь жены вашей, может быть, произошла по вашей же вине; или не почитали вы праздников в супружеских отношениях, или не соблюдали супружеской верности, за что и наказываетесь болезнями жены, так как мужу приятно иметь всегда жену здоровую. Ежели вы постараетесь искренно исправить свою жизнь, и искренно примете истину православного исповедания, то силен Господь возвратить здравие супруге вашей, если только это будет полезно вам обоим. Всеблагий Господь всегда устрояет только полезное, душеполезное и спасительное.

Господь глаголет о Себе в Евангелии (Ин. 14: 6): "Аз есмь путь и истина и живот". Молитесь искренно и с верой Всеблагому Господу, чтобы извел вас на истинный путь спасения.

Призывая на вас и на супругу вашу мир и благословение Божие, остаюсь с искренним благожеланием.

106. Перед судом Божиим имеют значение не характеры, а направление воли

(Письма No 106-132 включительно адресованы семейным особам (1860-1862 годы))

Напрасно вы приняли к сердцу мои замечания. Я написал

просто, что находил нужным высказать. Неудовольствия тут никакого не было ни на волос. Неправильно вам советовали, чтобы наставнику писать под влиянием чувства действующего. Иное дело с другими людьми; а наставнику должно описывать действия обсужденные, особенно ошибки свои: или действия гнева, или вообще движения ветхого человека и оскорбления самолюбия. Знайте, что характеры имеют значение только на суде человеческом, и потому или похваляются, или порицаются; но на суде Божием характеры, как природные свойства, ни одобряются, ни порицаются. Господь взирает на благое намерение и понуждение к добру и ценит сопротивление страстям, хотя бы человек иногда от немощи и побеждался чем. И опять судит нерадение о сем Един, ведый тайная сердца и совесть человека, и естественную его силу к добру, и окружающие его обстоятельства. Прочтите в "Лествице" слово 26 (отд. 28) и в книге аввы Дорофея поучение 10 (с. 126-127).

107. О немощах, открываемых наставнику

Когда вы пишете мне о каких-либо немощах своих душевных, то после кажется вам, что это производит во мне отвращение. Напротив, я всегда ублажаю тех людей, которые искренно исповедают свои ошибки, и явно открывают свои немощи и недостатки. Сильно не упрекайте себя и за холодность, особенно этим не смущайтесь; во-первых, вы человек, и естественно подлежите изменению в устроении душевном, во-вторых, попущается это и промыслительно, чтобы вы не осуждали других за холодность и равнодушие в подобных случаях.

108. Обязанности восприемников

От восприятия младенцев при Крещении не должно настойчиво уклоняться. Нас судить будет Бог всеведущий, Которому вполне известно, сколько могут назидать духовных детей восприемники в настоящее время. Впрочем, обязаны они часто молиться за детей своих, чтобы Господь, имиже весть судьбами, удержал их на пути благочестия и не попустил совершенно заблудить от стезей спасения; и вообще, молитва за близких нам должна быть приносима со смирением Всеведущему и Всесильному Богу. Где невозможно помочь делом и советом, заповедь имеем молиться друг за друга, да исцелеем.

109. Семейные тяготы

Семейные тяготы должно переносить как добровольно избранную нами долю. Задние мысли тут скорее вредны, нежели полезны. Спасительно лишь то, чтобы о себе и о семействе молиться Богу, да сотворит о нас полезное, по воле Своей святой.

От души желаю вам всего того, что вы выразили в краткой приписке вашей, касательно истинного разумения дел, и кроткого обращения с другими, и благодушного перенесения скорбей, и благоразумного отражения интриг человеческих и козней исконного врага. Поминайте царепророка Давида, который, помощью Божией перейдя подобные обстоятельства, написал о сем так: "Терпя потерпех Господа и внят ми и услыша молитву мою: и возведе мя от рова страстей и от брения тины (греховной), и постави на камени (заповедей Божиих) нозе мои и исправи стопы моя: и вложи во уста моя песнь нову, пение Богу нашему" (Пс. 39: 1-3).

110. О детском чтении

Мнение мое в отношении занятий чтением такое, чтобы прежде всего занимать юный ум Священной историей и чтением Житий святых, по выбору, незаметно насевая в нем семена страха Божия и христианской жизни; и особенно нужно, с помощью Божией, суметь ему внушить, как важно хранение заповедей Божиих, и какие бедственные последствия бывают от нарушения оных. Все это — выводить из примера прародителей наших, вкусивших от запрещенного древа, и за это изгнанных из рая.

Крыловы басни можно оставить до времени, а пока

занимать ребенка заучиванием наизусть некоторых молитв, Символа веры и избранных псалмов, например: "Живый в помощи Вышняго..." (Пс. 90), "Господь просвещение мое..." (Пс. 26), и подобных. Главное, чтобы ребенок был занят по силам и направлен к страху Божию. От этого все доброе и хорошее, как и напротив, праздность и невнушение детям страха Божия бывают причиной всех зол и несчастий. Без внушения страха Божия, чем детей ни занимай, — не принесет желаемых плодов в отношении доброй нравственности и благоустроенной жизни. При внушении же страха Божия всякое занятие хорошо и полезно.

Особенные тонкости и предосторожности по сему предмету не совсем уместны. Нужно вести дело проще, с надеждой на помощь Божию, которой и всегда просить должно за молитвы блаженного нашего отца (Макария).

111. Приветствие детям

Приветствие мое о Господе N.N.; от всей души желаю им наслаждаться детским покоем, в непонятном для них мире духовном, дондеже будут разумевати. Не вотще сказано: "Приложиши разум, то есть разумение, приложится и печаль". Впрочем, отцу и матери желаю, взирая на ангельское пребывание детей, получать утешение и отраду души в случающейся и встречающейся печали.

112. Об осторожности в разговорах с неверующим

В большие толки с братом своим не пускайтесь. Желая ему принести душевную пользу, остерегайтесь, как бы не повредить и себя. Знайте, что вы через брата должны будете в таком случае выслушивать глубины сатанины, то есть пагубные вражии возражения и сомнения, которые он изобретал в продолжение восьми тысяч лет. В силах ли будем опровергать это? и можем ли без вреда выслушивать? Одно посоветуйте брату вашему, чтобы он ни с кем не спорил о понятиях нынешних людей, которые, будучи побеждены грубыми наслаждениями временной жизни, хотят обвинить Бога, почему Он невольно не удержал их от зла. По сей причине и притворяются они непонимающими, для чего Бог создал человека со свободной волей.

113. Школьные смуты

Как-то вы там, вблизи школьных смут, пребываете? Если когда-либо, то в настоящее время еще более потребны вера и упование и прошение милости и покрова Божия. Силен Господь покрыть и защитить понуждающихся жить по заповедям Его святым; только о взаимном мире да не нерадим. И плод правды сеется в мире, и отрада в жизни обретается взаимным миром, и всякий благой успех достигается миром по Бозе, точию не человекоугодием по духу мира. Разумное же снисхождение и искусство христианское потребны в делах общих и частных. Еже буди нам иметь помощию Божиею, за молитвы блаженного нашего отца. Также да не забываем слов апостола: "Терпения бо имате потребу, да волю Божию сотворше" (Евр. 10: 36), и других.

114. О людской лжи

Вам кажется, что некоторые люди позволяют себе бесстыдно лгать, а на самом деле это совсем не так, а вот как. Ежели, по слову святых отцов, и одна страсть ослепляет человека, то что будет, когда их соберется куча целая? Например, высокоумие, честолюбие, от них же — гнев и ненависть к препятствующим. Если, говорю, возобладают такие страсти человеком, может ли он иметь правильный взгляд на вещи? Не станет ли он, под влиянием этих страстей, выдавать неправильные мнения за сущую правду? Как человеку кажется, так он и говорит.

Не будьте слишком строги к представляющим дело в ложном виде. Вот и солгавший на женщину, думаю, сделал это не намеренно, а, как светский человек, от рассеянности, смешав два разговора вместе: бывший в известной комнате и другой, где-либо в ином месте, по слуху (об известном предмете)... Пример сему и у нас был. Г. Муравьев (А.Н.), будучи в скиту в двух кельях разных, в одной видел переплетное мастерство, а в другой — токарный станок, а после спутал все в одну келью, и так напечатал в своей книжке.

Когда будет бороть вас подозрение, то вы говорите себе: "Может быть, это не так", — и оставляйте дело в среднем смысле.

115. Служебные отношения

Служебные дела ваши день ото дня усложняются и затрудняют ваше положение.

Что делать? В настоящее время — неустройство в целом мире от брожения умов и от чрез меру развитого самолюбия. Не говоря уже о каких-либо увлеченных людях, видим, что между самыми благонамеренными людьми редко можно найти двух во всем единомысленных и согласных; но и из таких людей всякий думает по-своему: видит вещи по-своему, и действует с настойчивостью тоже по-своему; когда в силах, то открыто, более же — политически и ухищренно. И так действуют потому, что иногда уверены в правильности своих убеждений до папской непогрешимости, иногда же уклоняются в человекоугодие по человеческим расчетам. В первом случае забывается слово апостола: мняйся видети что, не уразуме, якоже подобает; и еще: имут ревность, но не по разуму, а в последнем случае — слово Псалмопевца: рассыпа Бог кости человекоугодников. Находясь среди таких обстоятельств, кто еще не имеет совершенно полной власти, непрестанно да памятует совет Самого Господа (Мф. 10: 16): "будите убо мудри яко змия, и цели яко голубие", то есть, видя несправедливое действие (кого-либо), вместо того, чтобы раздражаться от негодования, должен употреблять мудрость, чтобы достигать цели не во всем, а хотя в главном, или в чем возможно; подобно как змея, когда ранят тело ее, всячески старается соблюсти главу. Вообще ныне время такое — хотя бы в чем-нибудь достигать благонамеренной цели. А в отношении главного предстоятеля, кто бы он ни был, должно иметь следующее соображение: действовать, приспособляясь к его характеру; и кто уклончив — одно говорит на словах, а другое выражает в действиях и на бумаге, с таким не должно прибегать к словесным объяснениям, они напрасны; а лучше самое дело пускать в ход на волю Божию: пройдет — хорошо, не пройдет или подвергнется неправому изменению, — вы за это отвечать не будете. Должно успокаивать себя тем, что Господь взирает на благое намерение, и требует посильного и возможного действия, а не сверх силы и возможности.

116. Доносы

Доносы должно принимать средним образом: вполне не доверять, и совсем не отвергать, а ожидать как дело покажет. Не должно и своим выбором служащих смущать, зная, что Господь избрал Иуду в лик апостолов, за (дело) предательства которого никто не обвиняет ни Первого, ни последних. Полезно помнить совет праведного Давида: "Открый ко Господу путь твой и уповай на Него, и Той сотворит. И изведет яко свет правду твою и судбу твою яко полудне" (Пс. 36: 5). Читайте и весь псалом.

117. Неприятная молва

Даровавший всем радость вечную да утолит и скорбь вашу временную, касательно разнесшейся молвы о ваших служащих.

Вдруг оскорбляться этой молвой не должно, а лучше постараться сделать наблюдение и, отыскав виновных, сделать исправление. Молва эта не есть что-либо необыкновенное, — чего на свете не бывает! Всякому классу людей своего рода бывают искушения. Касательно же себя нужно искать успокоения в собственной совести, в терпении и молитве, веруя несомненно, что подобными искушениями очищаются наши согрешения, происходящие от несправедливого мнения и подозрения в отношении других. Преподобный Марк Подвижник пишет, что кроме сих средств, то есть терпения и молитвы, невозможно избавиться от тяжести искушений.

118. Скорби

Укрепляйте себя верой и надеждой на милосердие Божие. Сотворивый толикий мир силен поправить и ваши дела. Кто похвалится, что не жалеет об ошибках прошедшего времени? Но за эти ошибки мы же терпим скорби временные, чтобы избавиться от скорбей вечных, как устрояет о нас промышляющий Господь, наводя различные на нас искушения к очищению нашему и к обучению духовному, чтобы возбудить в нас веру опытную и живую, и упование непостыдное как свидетельствует апостол Павел, говоря: "скорбь терпение соделовает... терпение же... упование; упование же не посрамит" (Рим. 5: 3-5). Поэтому презирайте злые внушения врага, который, по слову апостола Петра (1 Пет. 5: 8): "яко лев рыкая ходит, иский кого поглотити", или грехом, или безмерной скорбью и отчаянием. Но силен Господь, за молитвы общего нашего отца, защитить вас от нападений вражиих, равно и от тех неприятностей, которые смущают вас и отягчают душу вашу. Утешает нас апостол, говоря (1 Кор. 10: 13): "верен же Бог, Иже не оставит вас искуситися паче, еже можете, но сотворит со искушением и избытие". Укрепляйте себя сей надеждой, и не удивляйтесь, что вы как будто стали равнодушны ко всему и даже к своему семейству. Непомерная скорбь притупляет отрадные чувства и в этом отношении. Но будем молиться Господу, да сотворит с нами милость Свою. В подобных случаях полезна молитва по примеру мытаря, который против укоризны и порицаний и унижений фарисея, не оправдывался ни словом, ни мыслью. О! дабы и мне усвоилась молитва сия.

119. О тоске

На днях видел я во сне покойного батюшку (отца Макария), и он наскоро приказал мне приготовить письмо против тоски.

И во сне, и проснувшись, думал я об этом.

Тоска, по свидетельству Марка Подвижника, есть крест духовный, посылаемый нам к очищению прежде бывших согрешений.

Тоска происходит и от других причин: от оскорбленного самолюбия, или оттого, что делается не по-нашему; также и от тщеславия, когда человек видит, что равные ему пользуются большими преимуществами; от стеснительных обстоятельств, которыми испытуется вера наша в Промысл Божий и надежда на Его милосердие и всесильную помощь. А верой и надеждой мы часто бываем скудны, оттого и томимся.

Рассмотрите хорошенько, нет ли к тому причин земных (что отягощает тоска), и не оскудевает ли в вас вера и упование на Всеблагий Промысл Божий? Апостол сказал (1 Кор. 10: 13): "верен... Бог, Иже не оставит вас искусится паче, еже можете, но сотворит со искушением и избытие", то есть избавление от скорби и искушения. Если таких причин не найдете за собой, то потерпите эту печаль и томление тоски, как крест духовный, и получите милость Божию и благовременное утешение по воле Божией, а не по нашим соображениям. В помощь избавления от безотчетной печали советую вам прочесть письма святителя Златоуста к Олимпиаде. (Книжка в хорошем русском переводе.) При внимательном чтении этих писем, вы увидите, что, во-первых, печаль и тоска бывает смешанная, происходящая по ухищрению вражию, от мнимоблагих причин; во-вторых, увидите, как зловредна и душевредна такая печаль, что угодник Божий, вопреки общего обычая святых, вынужден был хвалить и ублажать свою ученицу, чтобы каким бы то ни было образом разогнать мрак душевредной печали, и исхитить оную из сетей коварного врага; и для сего употребил труд усиленный, несмотря на свое заточение и крайнюю болезнь телесную, и другие неудобства. Если сумеете написанное там приложить к своим обстоятельствам, великую получите пользу духовную!

Еще спрашиваете меня, отчего после исповеди N получил облегчение, а после приобщения Святых Таин тягостное чувство?

Судьбы Божии неисповедимы. Одно лишь известно, что Господь все устрояет к нашему смирению, ради которого изливает на людей Свою милость. Впрочем, думаю, что может быть N, получив облегчение душевное после исповеди, ожидал получить после приобщения Святых Таин утешение духовное, вопреки Евангельскому слову (Лк. 17: 20), что "не приидет Царствие Божие с соблюдением", потому и получил противное чувство, ради вразумления; или, может быть, злохитрый враг перед Причащением, или вскоре после оного, окрал душу памятозлобием, негодованием и обвинением кого-либо, или каким-либо человеческим и неблаговременным словом.

Да покроет нас милость Божия от коварств вражиих!

120. О тоске

Это один из нелегких крестов духовных, которые посылаются хотящим спастись, а иногда и не хотящим. Тоска ваша слагается из неудобств, вас окружающих и препятствующих исполнению желаемого. Отраду же некоторую в тоске вашей находите вы при мысли о смерти, потому что тут представляется избытие многих ваших тягот. Но если бы мы, как сказано в "Отечнике", знали вполне, какое томление несут за гробом не получившие милости Божией, то охотно бы несли всякую здешнюю тяготу — внешнюю и внутреннюю. Если о всякой вещи должны молиться Богу — "да будет воля Твоя", то более всего прилично это в отношении нашей жизни, которая нам дана для приобретения вечного спасения. Ежели же кто не вполне располагается или предается в волю Божию, а дозволяет себе некоторые мнимоблагие желания, то он, по временам, будет впадать в малодушие и нетерпение, в избежание чего и советует авва Дорофей мыслить так: "Хощу, якоже будет".

Жалуетесь на тоску и печаль.

Такое состояние души бывает от двух совершенно разных причин, а иногда и смешанных между собой. Печаль, по духовным причинам бывающую, апостол называет полезной весьма: "Печаль бо яже по Бозе, — говорит он (2 Кор. 7: 10), — покаяние нераскаянно во спасение соделовает". Нераскаянно — значит, если человек не обращается вспять от покаяния и благочестивой жизни. Этой печали вредят смущение, от тонкой гордости происходящее, и отчаяние, наводимое врагом нашим. Печаль же, по мирским причинам бывающая, весьма вредна. Она, по слову апостола (2 Кор. 7: 10), "смерть соделовает" не только душевную, но иногда и телесную, если человек сильно предается оной, оставив упование на Бога. Печаль мирскую производят три причины: "похоть плотская и похоть очима и гордость житейская" (1 Ин. 2: 16), которые, по слову апостола, не суть от Бога, "но от мира сего".

Три эти причины рождают причину смешанную, если человек твердо не восстанет против первых, а озирается вспять, видя миролюбцев, по видимому блаженствующих. Смешанную причину печали усиливает и ревность не по разуму в вещах духовных, когда человек не может удержаться в пределах смирения, а уклоняется в рвение. Апостол Иаков пишет (Иак. 3: 16-17): "идеже бо зависть и рвение, ту нестроение и всяка зла вещь... Премудрость же... яже свыше... первее убо чиста есть, потом же мирна, кротка, благопокорлива, исполнь милости и плодов благих, несуменна, и нелицемерна". Несуменна значит неосудлива. Считающие себя умеющими и более других разумевающими склонны к осуждению. Вот аз, скудоумный, увлекающийся желанием пользы ближнему, забывая собственное непотребство, указал вам причины, наводящие тяготу душевную, — не в обличение, но сердечно желая избавления вам от нестерпимой печали, которая отравляет жизнь вашу. Сами вникните и рассмотрите, от чего более происходит томление духа вашего, и, призывая со смирением и верой помощь Божию, постарайтесь по силе удалить неправильные поводы и причины. Не вотще апостол сказал (Евр. 10: 36): "Терпения бо имате потребу, да волю Божию сотворше", жизнь вечную улучим. Да, немалое терпение и разумение и смирение потребно, чтобы избавиться обоюдной стремнины, где, с одной стороны, искушает тонкое миролюбие и тягота плоти, а с другой, — ревность не по разуму, доводящая до рвения; и все это лишает мира душевного, тяготит, томит, смущает. Господи! помози, заступи, спаси и помилуй! Помилуй нас, яко немощны есмы! Враг же противоборющий бесчеловечен и добра ненавистник, "яко лев рыкая, ходит, иский кого поглотити" (1 Пет. 5: 8); но да упразднится его кознодейство.

121. Смущение есть самое душевредное искушение

Смущение, по каким бы оно благовидным причинам ни приходило, есть самое душевредное искушение. Посему должно считать неправильными и несправедливыми те причины и поводы, по которым оно возбуждается. Ежели всеблагий Господь заботится о пользе нашей душевной и спасении нашем более, нежели мы сами, то и должно нам всегда искать успокоения от возмущающих нас мыслей в благости и всемогуществе Божием; а неуместной заботливостью нашей и безвременным опасением и боязнью ничего сделать не можем. Будем жить, пока дарует нам жизнь Жизнодавец, Иже мертвит и живит, поразит и исцелит, вся устрояяй премудростью Своею, по единой благости, ко благому и полезному и спасительному. Не должно забывать

Евангельское слово (Лк. 6: 26): "Горе, егда добре рекут о нас еси человецы".

122. Зависть

Пишете вы, что, видя себя хуже других, склоняетесь на зависть.

Обратите это чувство к другой стороне, и получите пользу. Видеть себя хуже других служит началом смирения, если только человек будет укорять себя за примесь противных чувств и мыслей, и постарается отвергать эту душевредную примесь. Если же дадите место в душе вашей водвориться смирению, то, по мере оного, и будете получать успокоение от различных тягот душевных. Также нечего завидовать и обеспеченным во внешнем отношении. Пример у вас перед глазами, что и имеющие богатое состояние не пользуются миром душевным. Для сего требуется не внешнее обеспечение, а упование твердое на Бога. Если бы вам полезно было это обеспечение, то Господь послал бы вам и богатство. Но, видно, вам это неполезно.

Притом должно знать, что иногда люди, по собственной неосторожности, сделанной когда-либо прежде, подвергаются впоследствии затруднительным обстоятельствам. В таком случае против смущения надобно вооружаться самоукорением, и помощью Божией человек будет успокаиваться. Добром сделанным оправдывать себя нельзя в таком смущении, по закону духовному: "Сделав что-либо доброе кому, жди о сем скорбного искушения". Не вотще апостол говорит (Гал. 5: 25-26): "Аще живем духом, духом и да ходим. Не бываим тщеславии, друг друга раздражающе, друг другу завидяще". Заметьте эти два признака, не свойственные благочестивой жизни.

123. Леность к молитве

Касательно препятствий и лености на молитве, а также и другой борьбы душевной, помните всегда слово Евангельское, что "Царствие Небесное нудится, и нуждницы восхищают е" (Мф. 11: 12). Не удивляйтесь нимало тому, что ощущаете в себе движения и чувства, противные Евангельской любви и простоте. Бесстрастие не все имеют. А если кому и дается оное, то по многой борьбе и по великом подвиге, более же — за смирение. А нам, немощным, нужно в свое ободрение и утешение помнить и держаться псаломского слова (Пс. 91: 8): "прозябоша... яко трава, и проникоша вси делающии беззаконие, яко да потребятся в век века", то есть когда будем ощущать в себе противные чувства и движения или помыслы, должны потреблять их самоукорением и призыванием помощи Божией.

124. Самоукорение

Ради самоукорения не должно приискивать случаев, в которых невиновны, тем более, когда это не успокаивает нас, а лишь в большее приводит смущение. Причина явная и готовая к самоукорению — грехи наши и гордость, если тотчас не открываются другие причины. Притом надобно помышлять, что в каждом деле и поступке недостаточно одной благонамеренности, а потребны благоразумное искусство и основательное обсуждение дела. Вот тут-то много поводов и найдется к самоукорению и смирению, а не к смущению, которым обнаруживается тайная гордость. Смирение всегда сознает себя скудным искусства и умения поступать как должно; впрочем, всегда успокаивает себя сознанием своей худости и благонамеренностью, которой прежде всего ищет Бог от человека. Смирение заботится о возможном совершении и достижении своих целей, собственно в делах внешних, и чуждо неуместной настойчивости. Сам я хоть и непричастен сему, но вопрошающим обязан высказать истину.

Объяснять, кому следует, свое душевное устроение весьма полезно и доставляет внутреннее облегчение, но нужно войти во вкус сего собственным опытом, при доверии и оставлении собственных разумений.

Не должно думать, чтобы мы могли сделать кого-либо несчастным, или благополучным. Это принадлежит только Богу и собственной воле человека, если благоразумен пребывает перед Сотворшим его.

125. Как и чем умерять себя?

Вы спрашиваете, чем себя умерять в своих действиях?

Смирением, самоукоренением, покаянием и страхом Божиим, памятуя всегда слово псаломское, чтобы уклоняться прежде от зла, а потом уже стараться творить благо.

В подобных случаях, например, какие были между вами из-за детей, если не удержите себя в границах умеренности, можно после опять помягче объясниться, что польза детей заставила вас крупно поговорить. Такое объяснение потребно, по рассмотрении, вообще с людьми, не понимающими христианского смирения и обычая примиряться испрашиванием прощения; а иногда и это не нужно, но (нужно) самоукорение.

126. О покаянии и исполнении заповедей Божиих

Если бы Господь, по милосердию Своему, не даровал нам Таинства Покаяния, врачующего многие немощи наши, то куда бы деваться нам, неисправным, присно готовым нарушать обеты Святого Крещения? Главная сила покаяния состоит в смирении, которое, как и всякая добродетель, имеет свои степени. Блажен, кто обретается хоть на какой-нибудь из степеней треблаженного смирения, которое во всяком неприятном и скорбном случае более себя винит, что оно неумело поступит, как бы следовало, а потому и пребывает всегда более спокойно. Мнимая же правость наполняет душу смущением, весьма вредным на пути благочестия.

Мы имели указание от покойного отца нашего (Макария) на слова Петра Дамаскина, что спасение человека совершается между страхом и надеждой, чтобы не отчаиваться и бесполезно не надеяться ("Добротолюбие", 3-я часть. О семи деланиях). Обе эти крайности душевредны и опасны. Господь через притчу о мытаре и фарисее ясно показал, как повинные и слабые грешники могут получать, через смиренное покаяние, не только спасение, но и оправдание; и как человек, по видимому безгрешный и с различными видимыми добродетелями, может быть отвержен Богом за горделивый образ мыслей. Если апостол Иаков и говорит о делах, что вера без дел мертва есть; но говорит о сем не просто, а указывает на жестокосердие и немилосердие того, кто имеет возможность благотворить ближнему и не благотворит ему в нужде, говоря так: "Аще же брат или сестра наши... и лишена будета дневныя пищи, речет же има" могущий благотворить: "идита с миром... то кая польза?" (Иак. 2: 15-16).

А святой апостол Павел еще яснее говорит, что не должно много надеяться на видимое благотворение, а более заботиться о стяжании милосердия в сердце и любви к ближнему, говоря так: "аще раздам вся имения моя, и аще предам тело мое, во еже сжещи е, любве же не имам, ни кая польза ми есть" (1 Кор. 13: 3). И Варсонофий Великий говорит, что если кто-либо, имея на собственную потребу, скажет просящему: "не имею", несть солга, потому что не имеет действительно к раздаянию. Также и в Ветхозаветном Писании сказано, что благотвори требующему, елико рука твоя может.

Вообще, под христианскими делами разумеется исполнение животворных заповедей Божиих, которыми исправляется сердце человека, а не просто нагие видимые дела. При оскудении же делания заповедей приемлется смирение, растворенное покаянием; и наоборот, как показано у Исаака Сирина (Слово 34-е, с. 168).

127. Поститься должно соображаясь с телесными силами

Наступающий пост старайтесь проводить рассудительно, соображаясь с телесными силами. По нездоровью и в 69-м апостольском правиле разрешается елей в среду и пяток, и даже некоторым на Страстной седмице, с покаянием и самоукорением, памятуя мудрое изречение святых отцов, что мы не телоубийцы, а страстоубийцы. Святой Исаак Сирин пишет об одном старце, который вкушал пищу через два дня. Если же приходилось ему побеседовать с приходящими час или два, тогда он уже не мог вкушать пищу обычно, а принуждаем был сокращать срок времени, и вкушал более обычной порции. Вам должно помнить, что вы хозяйка дома, окруженная детьми; к тому же и нездоровье привязывается к вам. Все это показывает, что вам нужно более заботиться о душевных добродетелях; касательно же употребления пищи и других телесных подвигов, у вас должно стоять, впереди всего, благое рассуждение со смирением.

Ежели в душевных недостатках приемлется покаяние, смирением растворенное, то в телесных немощах покаяние и самоукорение еще более имеют место. Святой Лествичник приводит слова: "не постихся: ни бдех, ни на земли возлегах; но смирихся, и спасе мя Господь". Начните, помолившись Богу, вкушать пищу в пост с елеем. Если же нужда потребует, по нездоровью вашему, и большего, то в виде лекарства можете употреблять и большее. Представьте со смирением немощь вашу Господеви, и силен Он устроить все во благое.

Во время приготовления (к Святым Тайнам) нужно несколько дней употреблять пищу без елея, но только советую вам придумывать пищу попитательнее, из сухих плодов и подобного, по желудку вашему, чтобы вы были способны к службам (если это возможно), и присматривать за детьми, и в доме.

128. О питье чая до обедни

Пить или не пить чай до обедни в праздники? В этих случаях всякому должно смотреть на указание своей совести и на свою немощь телесную. И чтобы помирить совесть с немощью, хорошо бывать у ранней обедни и, напившись чаю, можно отправляться и к поздней обедне, смотря по обстоятельствам.

Если же не случится быть у ранней, а немощь пересилит к чаю, то нужно после приносить в этом покаяние, как и во всяком нарушении заповедей Божиих, по немощи. Если мы немощны телом и духом, то более должны держаться смирения и покаяния, не оставляя и того, что по силе своей нести можем. Смущаться во всяком случае вредно. Видя же немощь свою и неисправность, за таких себя и считать должны.

129. О безмолвии в миру

Безмолвие — в числе семи деланий у Петра Дамаскина в "Добротолюбии"; и сказанное в 254-м ответе Варсонофия

Великого, чтобы не обращаться свободно с другими, для вас, живущих в миру и семейных, имеет одинаковый смысл и значение. Безмолвие в этом делании названо и беспопечительностью, чтобы не заботиться по человеческим расчетам о чем-либо, а во всем, касательно себя и семейства, возлагаться на Промысл Божий, делая только возможное, по силе своей. Свободно же не обращаться с другими — в славянском переводе читается: иметь бездерзновенность, то есть не мешаться в чужие дела, избегать знакомств и связей без надобности, также неуместных толков и пересудов, говорить кратко и по нужде, и только на вопрос. Но скажу, что делание сие неудобоисполнимо не только для вас, но и для нас. Потому-то блаженный старец наш (отец Макарий) и сам держался пути самоукорения и познания своей немощи, и других тому же научал; так как без смирения и исправные делатели не оправдятся.

130. Истинная любовь

Весьма кстати и во время N. пожелал узнать свойства той любви, без которой ни раздаяние всего имения, ни предание тела на сожжение недействительны. Свойства эти изъясняет сам апостол в том же месте, говоря (1 Кор. 13: 4-8): "любы не превозносится, не гордится, не безчинствует, не ищет своих си, не раздражается, не мыслит зла (то есть не помнит зла), не радуется о неправде, радуется же о истине: вся любит (то есть покрывает), всему веру емлет, вся уповает (то есть всегда надеется всего лучшего), вся терпит. Любы николиже отпадает (от Бога и от людей в самых трудных обстоятельствах)". Блажен, кто стяжал такую любовь; а мы, немощные, хотя да стремимся к стяжанию свойств и качеств ее самоукорением, смирением и покаянием. Необходимые сии добродетели притупляют горесть и горечь стеснительных обстоятельств, подавая облегчение и соразмерную отраду душе страждущей, и по силе смиряющейся и кающейся с самоукорением, которое состоит в том, чтобы всегда причиной скорбей и огорчений в стеснительных обстоятельствах поставлять грехи свои и гордость. Видимой гордости в нас как будто незаметно; но обнаружение тонкого самолюбия и честолюбия нередко проявляется в негодовании, раздражительности, в ревности не по разуму, а иногда в некоем завидовании удачам других.

Самолюбие и честолюбие, хотя и тонкие, много препятствуют к стяжанию той любви, о которой сказано выше. Не вотще изрек святой Давид (Пс. 24: 18): "виждь смирение мое и труд мой, и остави вся грехи моя". Первая степень к достижению истинной любви есть искание прощения грехов правильными средствами. А святой Лествичник еще смиреннее говорит: "аще и на всю лествицу добродетелей взыдеши, о оставлении согрешений молися".

131. Должно помнить о смерти

Смерть всему конец. К этому концу надобно сводить все счеты наши и расчеты. В таком случае, то есть если будем помнить во всяком затруднительном положении о конце этого отчета, то можем избавиться от излишних забот и чрезмерных скорбей, вернее, огорчений душевных. Ежели не будем забывать, что "многими скорбьми подобает нам внити во Царствие Небесное" (Деян. 14: 22) и что "все... хотящии благочестно жити... гоними будут" (2 Тим. 3: 12), то не будем удивляться, почему мы встречаем интриги человеческие от покорных исконному врагу человечества, паче же человеческого спасения; также, почему подвергаемся болезням и другим неудобствам в жизни. Не вотще праведный и многострадальный Иов говорит: "не искушение ли есть житие сие человеку". Да подражаем сему праведнику в вере и терпении, благословляя имя Господне, и памятуя слова апостола: "любящым Бога вся поспешествуют во благое"; и паки: "егоже бо любит Господь, наказует, и прочее; и: понеже страждем... со Христом" (то есть подобно Ему терпим неправедные обвинения и оскорбления), то с Ним и воцаримся (Рим. 8: 17, 28; Евр. 12: 6). Еже буди всем нам получити милостью и человеколюбием Божиим.

Я часто повторяю слова опытных, что надобно пользоваться настоящим; и кто настоящим пользуется хорошо, того и последствия бывают отрадны, если не оскудеет вера. Сотворим, елико можем, помощью Божиею, дондеже время имамы; а будущее предоставим Всеблагому Промыслу Всесильного Бога, Его же судьбы нам недоведомы. Вся Ему возможна; точию да будем покорны всесвятой и всеблагой Его воле.

Многогрешный иеросхимонах Амвросий

132. Пожелание на Новый год

Желаю вам, с милыми вашими малютками, вступить в Новый год с новыми силами, и с новым мужеством к терпению находящих скорбей и неприятностей, в нихже не бывает оскуднения для всех, хотящих спастись и наследовать блаженную вечность. Неложно слово апостола, что "все... хотящии благочестно жити... гоними будут" (2 Тим. 3-12). О, дабы подал нам Господь постоянство и крепость неуклонно и с верою взирать душевными очами к горнему воздаянию; да таким образом удобно презрим дальние и земные расчеты, выгоды и невыгоды, приятное и скорбное, по сказанному: "любящим Бога вся поспешествуют во благое!" (Евр. 12: 6).

133. Уверение старца в том, что он не покинет обращающихся к нему

Завтра Новый год. Дай Бог, всем нам новые силы к отрясению всего старого и ветхого и к творению всего, что служит к обновлению нас во внутреннем человеце. Давно собирался я успокоить вас, многозаботливая N.N., касательно боязни вашей, что будто я оставлю вас и не буду писать к вам. Ежели я, по слабости моего характера, не отказался от вас, не знав вас как должно, а согласился на предложение ваше, не желая оскорбить вас, в крайней нужде духовной находящуюся, то теперь ли могу оставить вас, когда я, по недостатку истинного рассуждения, презрел свою душу, и собственное спасение оставил на произвол судьбы, мняся заботиться о душевной пользе ближних? Не знаю, есть ли кто неразумнее меня! Будучи немощен крайне телом и душою, берусь за дела сильных и здоровых душевно и телесно. О, дабы простил мне Всеблагий Господь неразумие мое за молитвы блаженного отца нашего старца Макария.

Многогрешный Амвросий

134. Совет и наставление больному Василию

(Письма No 135-159 адресованы к одной особе купеческого звания (1865-1879 годы))

В письме твоем, которое я получил с приложением 1 рубля, пишешь, что ты болеешь означенной болезнью. Принеси чистосердечное покаяние Богу в искренней исповеди духовному отцу, от семи лет и за всю жизнь, подробно. Причастись также и Святых Таин, и особоруйся святым елеем. И после старайся жить по заповедям Божиим, у святого евангелиста Матфея означенным в главах 5-й, 6-й и 7-й. И ежели на пользу тебе здоровье, то Господь укрепит тебя. Отслужи и молебен Спасителю, Божией Матери и святому великомученику Пантелеимону; и после пей вместо чаю понедельно: шалфей жиденький и белоголовник траву, оттапливая. Держи тело в чистоте, и помыслами упражняйся в Богочестивых занятиях. Лепта твоя определена на церковные молитвы. Псалтирь прочитывать можно, сколько можешь, но только читать надо со вниманием, чтобы ум знал и слышал, что говоришь, и кому говоришь, то есть Богу.

Испрашивая на тебе мир и благословение Божие, остаюсь с искренним благожеланием. Многогрешный иеросхимонах Амвросий

135. О непостоянстве желаний молодых людей

(К сведению читателей: этот болящий Василий родился от православных родителей, но с малых лет жил у дяди, торговца-раскольника, вследствие чего во всю свою жизнь ни разу не исповедовался и не причащался Святых Таин. По совету же старца Амвросия, к которому он писал письмо, пожелал сие исполнить, но в письме к старцу писал только о своей болезни; а о том, что никогда не исповедовался и не сообщался Святых Таин, не упоминал)

Пишете, что желаете женить вашего единственного сына, и он не прочь от женитьбы, что представляются много невест достойных, но ни одна не соответствует его вкусу.

Таково вообще направление нынешних молодых людей, и таков их вкус, которому трудно удовлетворить, потому что они сами часто не знают, чего хотят. Что же для таких людей будет по душе и по чувствам?

Опыт жизни и вера исправляют таковые души и чувства. И потому его теперь трудно вразумить. Он не может поверить ни вам, ни другому, пока не испытает легковерности суждения и чувств своих на деле. Он угрожает вам уйти из вашего дома куда-нибудь далеко, или определиться в контору. Пусть его идет из дому; только не пускайте далеко, а чтобы он жил где-нибудь, если не на ваших глазах, то у знакомых, или у надежного человека, который бы мог удерживать его от своеволия. Пожив на чужих руках, скорее оценит ваш кров и материнскую заботливость. А если теперь его женить, при таком его душевном настроении, едва ли будет прок в женитьбе.

136. Не должно оставлять сына праздным

Скорбное письмо ваше, от 3 ноября, получил, но я ожидал не письма, а личного свидания.

Впрочем, и в письме скажу, — если сами намереваетесь заняться предлежащими делами, а сыну с женой думаете выдавать сколько-нибудь на содержание, то советовал бы я вам (чтобы сын ваш был не совсем праздным), купить для него имение, чтобы он занимался хоть каким-нибудь хозяйством, чтобы не быть ему в праздности и без дела, потому что праздность есть начало и причина многих пороков и многому злу.

Помоги вам, Господи! Терпите, принимая сие как от руки Божией.

137. Иногда нужно уступать детям

Отвечаю вдруг на три письма ваши, и то вкратце, потому что N собрался завтра рано выехать в Москву. Не знаю, как подействовали слова наши на него, но только мы довольно много и усердно толковали с ним о разных предметах. Плоды бесед наших дома у вас виднее будут на самом деле: иное —

слова, и иное — самая действительность, которая обыкновенно выражается в поступках и действиях человека. Тогда уведомьте нас, как пойдет общая жизнь ваша. Я хорошо не понял, потому что вполне не понимаю коммерческого хода дел, а N выразил предо мной желание свое так: "Если бы маменька дала мне годовые проценты, хотя с 50000, тогда бы веселее было мне заниматься общим ходом дел, так как на эти проценты барышные я стал бы сам испытывать, и маменьке показывать свою опытность, какая на самом деле будет выходить — хорошая или не хорошая". Он сам вам лучше это пояснит, и как предположение это вы найдете, удобным ли, или неудобным, сами это разберите; и как найдете лучше, так и поступите. А кажется, по свойству его характера, нужно немного и уступать.

138. Надо уступать в мелочах, но не в существенном

Слава и благодарение Господу, что и сам N доволен своей поездкой в Оптину, и вы в нем замечаете хоть некоторую перемену к лучшему. Говорите, будто я вам написал, что надо сыну более уступать, но что вы столько ему уступали, что больше этого и сделать нельзя... Я этого не разумел, когда писал: что надо ему более уступать; а писал, что иногда надо ему и уступать, то есть я разумел, что должно ему уступать, снисходя к его характеру, в мелочных делах, когда и где от этого не предвидится вреда. А в чем находите его желания несообразными с делом, можете, при случае, свои мысли объяснить ему; то есть что и теперь он один наследник, и что у вас другого желания нет, как чтобы он дельно занимался и управлял вашими делами. Но, впрочем, это такой предмет, о котором будет удобнее нам с вами переговорить на словах, при личном свидании; а письменно об этом объясняться не так-то удобно.

139. Надо терпеть семейные скорби

Получил от тебя два письма, одно о себе, а другое о сыне. Жаль, очень жаль, что дело В. кончилось, а дело самого N не кончилось, а продолжается. Ты ожидала себе успокоения, а получила огорчение. Что делать? Не унывай, а утешай себя мыслью, что ты не лучше святого царя Давида, который во всю свою жизнь претерпевал семейные расстройства и скорби, более твоего не во сто ли раз. Всего описывать не буду, а скажу только, что сын его, Авессалом, решился низвергнуть отца с царского престола и покушался на самую его жизнь. Но святой Давид искренно смирился пред Господом и пред людьми, не отвергнув досадительных укоризн от Семея, а, сознавая свои вины пред Богом, смиренно говорил другим, что Господь повелел Семею клясть Давида. За такое смирение Господь не только явил ему помилование, но и возвратил царство. Но мы должны быть рассудительны, то есть должны прежде всего заботиться о получении милости Божией и спасения вечного, а не о том, чтобы возвращать прежнее царство, то есть временные блага, которые выпали и выпадают из ослабленных рук сына. Впрочем, силен Господь исправить и его, если только он захочет преклониться под крепкую руку Божию. Нужно смиренно и с верой молиться Богу о сем, да вразумит его и нас.

140. Как выбирать невесту и жить в семье счастливо

В последнем письме пишешь, что ты приискала какую-то невесту для N, которая тебе нравится, и ты ждешь моего грешного благословения, чтобы начать дело. По получении моего письма, повтори еще свои справки о невесте, чтобы узнать ее обстоятельно; и если действительно окажется хороша, то и Бог благословит начать это дело. Впрочем, нужно наперед узнать от N, нравится ли и ему эта невеста. А в заключение всего прибавлю. Вполне хорошо может быть только тогда, когда и мы, со своей стороны, постараемся быть хороши, как требуется от нас заповедями Божиими. Святой мученик Иустин, как значится в древних сказаниях, говорит, что Господь наш Иисус Христос, во время земной Своей жизни, занимался делением плуга и ярма, означая сим, что люди должны трудиться, и справедливо и наравне с другими нести тяготу, как впряженные волы ровно несут свое ярмо: если один из двух будет отставать, то другому бывает труднее... Если бы супруги ровно, по-христиански, разделяли тяготу жизни своей, тогда людям и на земле было бы жить хорошо. Но как супруги часто бывают упруги, оба или один из двух, то наше благополучие земное и не упрочивается. Впрочем, это следовало бы написать не вам, а N. Но еже писах, писах. N буду писать, когда он сам напишет.

Помози, Господи, и жити, и быти, и пребывати нам по воле Твоей святой!

141. Смысл и польза откровения помыслов

Известная путаница неприятная произошла от твоей неосторожности, что ты удобно поддалась обольстительным помыслам возношения, что ты уже теперь утвердилась, исправилась, и тому подобное... Если бы ты написала мне об этом вовремя, то, думаю, далее бы не пошло, потому что враг искреннего откровения не терпит, а человек через это получает помощь Божию, и вразумляется против искушений. Но Господь тебя да простит! Положим опять благое начало, и будем остерегаться не только грубых искушений, но и гордых помыслов возношения.

142. Счастье семейное основано на страхе Божием

Поздравляю тебя с новобрачными, а N с новой супругою N. Сердечно желаю им взаимного супружеского союза и мира, а тебе утешения их благопокорностью и достодолжной почтительностью и уважением, какие приличествуют родителям от благоразумных и послушных детей. Все же трое всегда вы должны помнить и не забывать, что тогда только жизнь наша будет проходить мирно и благополучно, когда мы не будем забываться и забывать Бога, Создателя нашего и Искупителя и Подателя благ, временных и вечных. Не забывать же Его — значит стараться жить по Его Божественным и животворным заповедям, и в нарушении их, по немощи нашей, искренно каяться, и немедленно заботиться об исправлении своих ошибок и отступлений от заповедей Божиих.

Всеблагий Господь да утвердит нас на спасительном Своем пути!

143. Добрые обычаи надо сохранять. Благословение отца должно беречь. При остроге церковь нужна

В память покойного твоего свекра не советую отменять дележку, а как заведено, и как прежде делалось, так пусть будет и теперь. Иначе многие будут недовольны и будут роптать; и кто придет, тем и вели подавать; а нуждаются ли они, или не нуждаются, это уж на совести их. Вдовам же и сиротам можешь оказать пособие по усердию, какое желаешь, особо от этой дележки.

Касательно Феодоровской иконы Божией Матери нахожу, что невестке твоей не следует отдавать ее. Мать благословила этой иконой все семейство, а отец благословил ее, поэтому N может оставить ее, не сомневаясь, у себя. А ради мира может, для сестер и брата, заказать снимок с этой иконы; и если потребуется, то сделать на оный и ризу, и отдать семейству.

Пишешь, что желала бы устроить в остроге домовую церковь во имя Божией Матери "Взыскание погибших". Если при остроге этом нет совсем церкви, то небесполезно будет устроить, поговорив с кем следует и посоветовавшись разумно, как это устроить. Кроме домовой церкви нужно подумать и о том, что нужен будет тут особый священник и дьячок; а им нужно тоже отыскать средства к содержанию. Хорошо, если бы был вблизи приход, при котором бы находились священника три. Тогда один мог бы служить в острожской церкви.

144. На докторские слова против постной пищи нельзя особенно полагаться

В письме, от 2 мая, пишешь, что доктор советует тебе и в постные дни употреблять скоромную пищу, но ты не решаешься сама последовать этому совету, и желаешь знать, что я на это скажу. Думаю я, что если весь Великий пост прожила без скоромной пищи, то как же двух дней в неделю не поститься? На докторские слова нельзя очень полагаться, потому что доктора большей частью предубеждены против постной пищи. Слышал я, что в Москве один только и есть доктор беспристрастный в этом отношении К.Х.П. Хотя он лютеранин, но и сам, кажется, почти не употребляет мясной пищи, и больных не заставляет есть мясо в постные дни. Если хочешь, можешь с ним посоветоваться. Это один из лучших московский докторов. Если рыбная пища тебе вредит, то два дня в неделю, — не много, можно и рыбу заменить чем-нибудь другим.

Спрашивала ты меня, нет ли у меня в виду еще мальчика для вашей торговли?.. В N мне знаком торговец. Это очень хорошее семейство, и они хорошо знали стариков ваших, имели с ними дела, и останавливались у них. Недавно был здесь, в Оптиной, младший сын N, мальчик хороший, но он мне показался мал; но есть у него и другой мальчик, побольше. Я писал ему, чтобы он прислал обоих мальчиков: посмотрю на них, и которого нибудь из них пришлю тебе. А если понравятся оба, то можно взять и обоих.

145. Нельзя принуждать к нарушению поста

Тебе не нравится, что N принуждает свою супругу к скоромному столу в постные дни. Да и невозможно, чтобы это нравилось кому-либо из благонамеренных, разве только одним новым и модным людям. Можешь сказать ему наедине, чтобы он не принуждал к этому свою супругу, а иначе могут быть вредные последствия, и для него самого неприятные. Когда жена его, из угождения к нему, сперва невольно обременит свою совесть презрением святого поста, потом уже и добровольно будет презирать и то, и другое. Зло не стоит в одном положении, а обыкновенно возрастает и прибавляется.

146. О поездке по святым местам

Если тебя утвердили попечительницей училища, то поздравляю. О последующем сама разумевай, да так и поступай... От поездки в Киев на богомолье вперед так скоро не отказывайся, если кто будет предлагать это. Лучше сперва подумать, потом уже говорить, особенно, когда дело идет о поклонении святым мощам угодников Божиих. Если, бывая в этих местах, мы не получаем пользы душевной, то вина от нас, и потому должно укорять себя, а не винить место или что другое.

147. Судьба каждого зависит от Бога

За неудачную судьбу выданной тобой девицы не вини ни себя, ни меня, ни кого-либо другого, потому что судьба каждого человека зависит от Бога, сообразно душевному настроению всякого... Жалуешься на холодность и неохоту к выполнению своих христианских обязанностей. Помни Евангельское слово, что "Царствие Небесное нудится и нуждницы восхищают е" (Мф. 11: 12), и понуждайся, по силе и возможности.

148. Соборование в Великий Четверг

Не знаю, как ты поступишь, не дождавшись моего письма, решишься ли собороваться в Великий Четверг. На будущее же время можно это делать. Это древний православный обычай, который у нас, в России, сохранился в Москве и Киеве; а на востоке это доныне в общем употреблении.

149. Надо презирать вражии искушения и молиться об избавлении от них

Слышно было, что тебе готовили к празднику монастырское одеяние. Если Господь сподобил тебя облещись в сие спасительное одеяние, то да поможет тебе в мире провести наступившие христианские торжества.

Не знаю, оставил ли тебя в покое враг и ненавистник всякого блага и мира душевного. Его постоянное дело — везде и во всем мешаться, и всех путать и возмущать. Если ты, по немощи, чувствуешь что-либо подобное, старайся презреть вражии возмутительные внушения, и молись Царице Небесной, чтобы избавила тебя от стужений вражеских.

150. Неисправность восполняется смирением

Пишешь, что неисправно живешь. Сколько можешь, старайся исправляться, и более всего смиряться пред Богом и пред людьми. Смирение дополнит нашу неисправность. Болезнь старайся переносить безропотно.

Няню, которая приходила к тебе, если она, по твоему усмотрению, хороша, можешь послать к N. Если попадается мне хорошая особа, по потребности пришлю к тебе.

Миндаль и вереск можно употреблять и в одно время, а лучше порознь.

151. Скорби посылаются нам промыслом для познания суеты жизни

Письмо твое из рук келейной А. получил. Чего ты от скорби не смогла написать, она все то передала в подробности, с сердечным участием и с великим сожалением, и до сих пор не может без слез говорить о тебе, что оставила тебя, скорбящую.

В письме своем ты выразила главную свою мысль и главное свое желание, что ничего более не желаешь своему N, как спасения его души. Если так, то не скорби много о его внешнем настоящем положении, по всему прискорбном, неустроенном и затруднительном. Но оно, по Промыслу Божию, послалось ему для пользы душевной, чтобы осмотрел себя со всех сторон и понял суету настоящей жизни и, по примеру других, не предавался бы более этой суете и утешениям и наслаждениям скоропреходящим. Когда помышляем о спасении ли собственном, или о спасении нам близких, то всегда должны твердо помнить, что "многими скорбьми подобает нам внити во Царствие" Небесное (Деян. 14: 22), как учит нас слово Божие; и по слову апостольскому (Евр. 12: 6), "егоже бо любит Господь, наказует: биет же всякого сына, егоже приемлет". Старайся содержать все это в памяти и почаще молись так: "Господи! Ты един вся веси, вся можеши, и всем хощеши спастися и в разум истины приити. Вразуми сына моего познанием истины Твоея и воли Твоея святыя, и укрепи его ходити по заповедям Твоим, и меня, грешную, помилуй!"

Если так будешь делать, то будешь получать облечение в скорби своей, и вместе оказывать духовную помощь сыну своему.

Приветствую о Господе скорбного N, сердечно желаю ему терпеливо, и благодушно, и с пользой душевной перенести великую потерю доброй своей супруги, с верою и упованием и преданностью всеблагому Промыслу Божию. Силен Господь устроить о нем и впредь полезное и спасительное, равно и о детях его, сиротках, по воле Своей святой, яко Отец сирых, по сказанному в слове Божием.

152. Не верить предчувствиям

Прости, что доселе не отвечал на последнее твое письмо, от 31 июля. Главного писаря моего не было дома. Отец Климент на шесть недель отлучался из обители; ездил заграницу, в Женеву, навестить больного графа А.П.Толстого. Слава Богу, успел его там приобщить Святых Таин за три дня до смерти. (Отец Климент посвящен в иеромонаха 8 июля.) Из Женевы до Москвы проводил тело умершего графа. Явная милость Божия к графу. С ноября месяца был болен за границей, и не приобщался в это время, как бы ожидая отца Климента, и, сподобленный исповеди и святого приобщения, скончался.

Все это описываю тебе подробно для того, чтобы и ты нерассудно и безотрадно не скорбела, а с верой и упованием возлагалась на всеблагий Промысл Божий, Который силен все устроить так, как мы и не ожидаем... Советую тебе не верить никакому предчувствию, которое на тебя наводит тоску и безотрадное состояние души; а верить тому, как Бог устроит. Бог же устрояет для нас всегда полезное и спасительное.

153. Болезни и скорби ведут к смирению

Желаю, чтобы всеблагий Господь, за молитвами праведных Своих Иоакима и Анны, явил тебе милость Свою, и подал избавление, во-первых, от постигшей тебя болезни, а во-вторых, от неприятного состязания с. Г. N., о чем получил известие в полученном вчера от тебя письме.

Болезни и неприятные случаи посылаются нам к пользе нашей душевной, и прежде всего к смирению нашему, и к тому, чтобы вели жизнь свою осмотрительнее и рассудительнее. В последнюю бытность твою в нашей обители была ты в каком-то странном настроении духа, и в недовольном каком-то расположении, неизвестно на кого. По простому слову, ты как будто искала кого-то виноватого. Я не решился тебя допрашивать о сем, а предоставил это всеблагому Промыслу Божию, чтобы Сам Господь вразумил нас на полезное. Вот Господь и вразумляет нас, посылая нам болезни, неожиданно нас постигающие, а с другой стороны, и неприятные случаи, через таких лиц, которые нам и прежде досаждали. Поэтому смиримся под крепкую руку Божию, прося помилования от Господа и избавления от предстоящих скорбей.

154. Надо быть осмотрительной и не давать сыну быть в праздности

Касательно передачи имения сыну мое мнение такое. Так как на настоящий год капитал подан от твоего имени, и ты наступающее лето должна еще пробыть в N ради устроения церкви, то и не следует спешить передачей, а наперед посмотреть, как пойдут торговые дела у N с новыми приказчиками, чтобы ты имела право и возможность указать сыну какое-либо приличное занятие, а не оставаться ему праздным, как он предполагает, потому что праздность — начало и повод всякому злу и всяким порокам. Впрочем, должна ты иметь в виду степень своего здоровья или нездоровья, и сообразно с сим можешь поспешить или медлить с передачей имения и своим духовным завещанием.

155. Не нужно терять мужества в несчастье

Пишешь, что ты, слава Богу, еще не упадаешь духом. Крепись и мужайся о Господе! Малодушием поправить дело нельзя, а скорее испортишь. Слышим, что дело ваше защищал адвокат хороший, а между тем дело испорчено так, как хуже нельзя... Доволен ли вами адвокат ваш? Думаю, что может быть вами недоволен, что дело ваше тянулось долго, а видно вы ему платили умеренно. А иначе за что бы он таил от вас ту опасность, которой вы подверглись? Вероятно, противница ваша что-либо ему платила, или заплатит за то, что он так вел дело ваше. Если бы адвокат прямо объяснил вам всю опасность вашего положения, тогда бы ты сама, в присутствии всех, могла бы сказать присяжным, что ежели они обвиняют тебя за безнравственную твою невестку, тогда каждого из вас сошлют в Сибирь за ваших невесток, которые будут вести себя дурно и развратно. В таком случае присяжные сказали бы, что ты нисколько не виновата, а виновата твоя невестка, и кто ее поддерживает. Пишешь, что вы подаете, или подали апелляцию в кассационный Департамент. Если и там не оправдают вас, то намерены подать на Высочайшее имя, чтобы вновь переследовать дело ваше. Последнее средство, кажется, будет вернее. Можете просить, чтобы дознали, от кого следует, как вела и доселе ведет себя ваша противница. Кассационный же Департамент, может быть, не оправдает вас, потому что сам ограничен такими правилами: если дело в окружном суде, хоть и не право, а обстановлено по форме, какая требуется, в таком случае Департамент не имеет права перерешать, хотя бы и видел неправость низшего суда.

Будем молить благость Божию, да помилует нас, имиже весть судьбами.

156. Несчастья посылаются к смирению самонадеянности и к очищению грехов

Такое неожиданное и такое странное решение вашего дела очень-очень опечалило нас, так что в нашей стране знавшие вас и не знавшие удивляются, не зная чему приписать такое решение. Помоги вам, Господи, с N перенести такое испытание с христианским терпением и благоразумием! Я же, грешный, со своей стороны, думаю, что в этом деле есть, во-первых, попущение Божие к пользе нашей душевной, к смирению нашей самонадежности, и вместе к очищению наших грехов. Я помню, как ты молилась более года, в начале расстройства с Г. N: "Господи, как Тебе угодно, накажи меня и сына, только спаси души наши".

Во-вторых, думаю, что тут есть и оплошность с вашей стороны в ведении такого серьезного дела, по новым судам. В прежнее время, по старым судам, ежели когда и оправдывали виноватых, то, по крайней мере, не обвиняли правых. Теперь же, по новым судам, всякое снисхождение преступлениям разврата, и напротив, за всякое необдуманное слово и неосторожный поступок подводят человека под страшное уголовное дело и подвергают немыслимой прежде ответственности. Оплошность же с вашей стороны, думаю, кроме других причин, состоит и в том, что когда ложные показатели, едва ли не более двух лет, прятались и скрывались от правительства, вы сидели и молчали; и если бы тогда выставили на вид эту причину, тогда бы обвинение пало на них, а не на вас. И вообще, вы замедлением дела дали противникам всякую возможность обвинять вас; и кто прежде боялся сам подвергнуться наказанию за несправедливое показание, те теперь смело обвинили вас, тогда как в свое время, по живым следам, вы много бы нашли ясных доказательств и улик на свою противницу.

По крайней мере теперь, когда переведете дело в кассационный Д-т, действовать нужно не по-старому.

Вина N в том, что он, по самонадеянности и неопытности, скрывал от тебя сущность дела. А твоя вина, что ты сама не позаботилась разузнать как следует ту опасность, какой вы подвергались за свою оплошность и медленность и незаботливость о предстоящем деле.

Прежде всего нужно молиться Богу и Царице Небесной, чтобы помиловали и защитили вас. При этом нужно положить твердое намерение, чтобы вперед нескоро доверять несправедливым толкам человеческим. А то ты в этом как-то скора, и скоро возмущаешься против людей, к тебе искренно расположенных и благожелательных.

P.S. Можешь несправедливость показания опровергнуть свидетелями, что будто бы сын твой против твоей воли женился на Г. N. Думаю, что еще живы люди, через которых ты улаживала эту свадьбу. Во-вторых, пустое обвинение за то, что ты ездила к митрополиту. Если бы у тебя достало духу самой высказать перед присяжными все то, что было, и как было, и чему вас хотели подвергнуть, то, думаю, многие из присяжных не решились бы вас обвинять.

157. Нужно просить помощи у Бога

Советую прежде помолиться всеблагому Господу Богу и Царице Небесной и угоднику Божию Святителю Николаю Чудотворцу и святому мученику Иоанну Воину, и просить от них помощи и защиты, обещаясь впредь исправнее жить, и в чужие дела не мешаться, ни словами, ни помышлениями.

Считаю нужным заметить, чтобы вы с N призвали своих адвокатов вместе и сказали бы им, чтобы каждый из них, защищая одно лицо, не взваливал вины на другое, а чтобы обще вели дело к желаемому исходу.

Молитвенно желаю тебе и N оправдаться перед судом человеческим, а затем и перед судом Божиим.

158. Надо довольствоваться и ласковым и неласковым приемом

Письмо твое, от 26 августа, получил. Поговорю о тебе с новой начальницей так, как писала; только сама помни это прошение, чтобы после враг не извратил, или не затмил твоего такого прошения... Довольствуйся всяким приемом, и ласковым и неласковым, и будет хорошо. Также будет хорошо, если сестры поменьше будут толковать, и поменьше пустых толков слышать и слушать.

159. Поздравление с пострижением в рясофор

Поздравляю тебя с получением первого видимого монашеского образа, то есть с пострижением в рясофор. Помоги, Господи, благоразумно носить, и смиренно большей милости Божией просить, не видимой только, но и внутренней.

160. Римскому католику, сенатору, о благотворительности и о вероисповеданиях

Простите меня великодушно, что, получив от вас, через нашего отца игумена, десять рублей для бедных, в свое время не уведомил вас и не поблагодарил. Получив еще от вас двадцать пять рублей (десять рублей от братца вашего, для бедных, пятнадцать от вас, на мое, грешное, благоусмотрение), приношу обоим вам искреннее благодарение за усердие ваше, с приложением псаломского слова: "Блажен разумеваяй на нища и убога, в день лют избавит его Господь" (Пс. 40: 2).

Также благодарю вас за присылку мне, грешному, Библии в прекрасном переплете и в малом формате. При получении этой книги мне пришла такая мысль: Библия одна, а смысл оной понимают в разных христианских вероисповеданиях различно. Отчего произошла такая разность? Причина этому следующая. Восточная Православная Церковь принимает во всей полноте как ветхозаветное, так и христианское вероучение, последуя словам Самого Господа, рекшего к апостолам: "шедше убо научите вся языки, крестяще их во имя Отца и Сына и Святаго Духа, учаще их блюсти вся, елика заповедах вам" (Мф. 28: 19-20). Другие же вероисповедания не считают обязательным исполнять все, а составили себе вероучение по выбору: что им нравится — принимают, а что им не нравится — отвергают. От такого выбора произошли различные ереси. Ересь происходит от греческого слова — ccipeiv — выбираю.

Разным европейским вероисповеданиям первый повод подала Западная Римская Церковь, к Евангельскому слову Самого Господа приложив, по человеческой логике, прибавление, что Дух Святый исходит от Сына. За прибавлением неминуемо последовало и убавление, по выбору, вопреки слов Самого Господа, глаголющего: "прейдет небо и земля, иота едина, или едина черта не прейдет от закона, пока не исполнится все" (Мф. 5: 18).

Вот что, при получении от вас Библии, пришло мне в голову, то вам и написал. Простите, если написал я не у места, и без надобности. Святой Иоанн Лествичник пишет: "Пред мудрыми не мудри".

Приношу вам искреннюю благодарность и за то, что потрудились сообщить господину обер-прокурору мое грешное мнение. Все мы обязаны заботиться об общей пользе, и особенно о пользе душевной и духовной, руководящей нас к вечному спасению.

Приветствую о Господе братца вашего и, испрашивая на обоих вас мир и благословение Божие, остаюсь с искренним благожеланием и глубокоуважением и любовью о Христе.

161. О пользе чтения писем старца отца Макария

В минувшем декабре месяце получил от вас письмо, и тогда уже хотел отвечать вам; а потом показалось мне, что ответ вам уже и послан; но по справке оказалось, что и доселе письмо ваше лежит без ответа. Простите такой неисправности моей! Человек я весьма болезненный, так что почти никогда не выхожу из своей кельи, и при постоянных моих недугах немало обременен посетителями. На получаемые же мной письма хотя и не отказываюсь отвечать, по возможности, но делать это своевременно, исправно и удовлетворительно не имею ни сил, ни времени, и потому нуждаюсь в снисходительности тех, которые обращаются к моей худости.

Описываете прискорбные и затруднительные свои обстоятельства и говорите, что часто чувствуете потребность в духовном наставлении и укреплении. Советую вам достать себе книгу: "Письма блаженныя памяти Оптинскаго старца иеросхимонаха Макария к мирским особам". (Книгу эту можно купить в книжной лавке "Русская Грамота" на углу Никитской и Моховой, в доме Университета.) Читайте эти письма. Не сомневаюсь, что в них найдете вы себе обильное назидание и утешение в ваших скорбях и разрешение встречающихся вам недоумений. От себя могу вам сказать лишь немногое... В настоящее время, кажется более чем когда-нибудь, желающие благочестно жити окружены всякими неудобствами и затруднениями. Особенно становится трудно вести дело воспитания детей в духе христианском и в правилах Святой Православной Церкви. Посреди всех этих трудностей остается нам одно: прибегать к Господу Богу, усердно просить от Него помощи и вразумления, и затем, со своей стороны, делать все что можем, по крайнему нашему разумению; остальное же все предоставить на волю Божию и на Его Промысл, не смущаясь, если другие не так поступают, как бы нам желалось. Пишете о разногласии вашем с супругом вашим о некоторых предметах. По временам можете, в спокойном духе, сказать ему, что найдете полезным, и усердно молитесь за него и за детей ваших, чтобы Господь устроил о них полезное, якоже Сам весть.

162. Евангельские заповеди даны всем людям

Пишете вы, что среди мира и семейства чрезвычайно трудно отрешиться от земного. Действительно, оно трудно. Но Евангельские заповеди даны людям, живущим в миру, ибо тогда не было ни монахов, ни монастырей. Должно всем христианам помнить слово Господне (Ин. 16: 33): "в мире скорбны будете"; также сказанное в Апостольских Деяниях (Деян. 14: 22): "многими скорбями подобает нам внити во Царствие" Небесное. Не определено, какими "скорбями", а вообще сказано — "многими", ибо у каждого человека свои скорби, смотря по его внешнему положению, и внутреннему устроению, и душевным немощам. Сообразно со всем этим одному приходится испытывать одного рода прискорбия, другому — другого рода. Но для всех Господь положил одно общее правило (Лк. 21: 19): "в терпении вашем стяжите души ваши"; и: "претерпевый до конца, той" спасется (Мф. 10: 22).

Призывая на вас и на все семейство ваше мир и милость Божию, сердечно желаю вам от Господа всех благ и подкрепления в скорбях ваших.

163. Утешение покинутой жене

Письмо твое с приложением 5 рублей серебром мною получено. Пишешь, что тебя муж отослал, и ты, не имея пристанища себе настоящего, какого бы желалось тебе, скорбишь, почему решилась прибегнуть к Богу и просить Его, на основании Евангельских слов (Мф. 7: 7): "Просите, и дастся вам". И что же? — вот и проси; и проси несомненно и терпеливо, — и получишь. Будь же благоразумна в прошении, чего просить. Он сказал (Мф. 6: 33): "Ищите же прежде Царствия Божия и правды Его, а сия (то есть временное, жизненное) вся приложатся вам". Учит просить так (Мф. 6: 10): "да приидет Царствие Твое: да будет воля Твоя", и далее. И: "внидите узкими врата" в Небесное Царствие (Мф. 7: 13). А святой апостол Иаков говорит (Иак. 4: 2): "не имате, зоне не просите: просите, и не приемлете, зане зле просите, да в сластех ваших иждивете". Итак, проси у Господа терпения, — и Он тебе подаст, и укрепит на таком пути, который введет в Небесное Царствие. Он говорит (Ин. 16: 6): "Аз есмь путь и истина". Ты намерения Божия о себе не знаешь, поэтому молись; да будет над тобой святая Его воля, на которую и возложи смиренно упование и надежду твою. Лепта твоя определена на молитвы церковные о твоем здравии и спасении. Карточку тебе посылаю. Испрашивая на тебя мир и благословение Божие, остаюсь с искренним благожеланием.

164. Совет страдающим тоскою и немощию винопития

Пишешь, что повторилась слабость знакомой твоей, а имя ее не написала. Если знакомая твоя пожелает избавиться от означенной немощи, то предлагай ей два средства: одно — внешнее, а другое — духовное. Внешнее — лечение травой "черногорка". Духовное же средство состоит в том, чтобы знакомая ваша обратила внимание на душевную тоску, от нетерпения которой повергается она немощи винопития. Один человек, страдавший и тоской и винопитием, избавился следующим образом: когда почувствует тоску, он уклонялся в тайное место и клал 33 поклона с молитвой: "Господи Иисусе

174

Христе, Сыне Божий, помилуй мя грешнаго", — и тоска отступала. А когда тоска опять появлялась, опять делал то же, и таким молением, при появлении тоски, совершенно избавился от винопития и от самой тоски. Другой человек избавился и от тоски и от винопития чтением Евангелия. А чтобы дело это было твердо и прочно, требуется искренняя и совершенная исповедь и раскаяние за всю жизнь, начиная с шести лет.

Письмо это начал я писать в первых числах октября, а оканчиваю 16-го, обращаясь к твоему собственному положению. Помни пример жены Лотовой и не озирайся вспять, а старайся твердо идти путем заповедей Божиих; а ошибки свои исправляй искренним покаянием и смирением.

Здоровье мое по сырой осенней погоде усталое и со старыми ревматическими болями.

Испрашивая на тебя и на родных твоих мир и благословение Божие, остаюсь с искренним благожеланием.

165. И болезнь и здоровье от Господа

Письмо твое, от 17 января, получил, но по немощи и крайнему недосугу не мог отвечать тебе на оное до сего времени. По тем же причинам не отвечал тебе и на прежние твои письма, которые получены были мной своевременно.

Спрашиваешь о моем здоровье, которое, как передавала тебе Вар. Дмит. Пушк., по холодной зиме далеко неудовлетворительно. Да, в зимнее время и вообще всегда для меня бывает тяжелее, чем летом, по тому уже одному, что всю зиму сижу в келье; да и тут иногда простужусь от посетителей, если кто-нибудь из них войдет ко мне не обогревшись. Но что же делать?.. Должно быть, Господь лучше нас знает, что для нас полезнее, а потому-то и посылает — кому здоровье, а кому и нездоровье. За все же слава и благодарение Милосердому Господу, Который не по беззакониям нашим творит с нами, и не по грехам нашим воздает нам, но если и наказывает нас, то с пощадением.

Думаешь в мае месяце посетить нашу обитель... Если будешь здорова, и будет для тебя удобно сделать это, то не мешает побывать у нас. Тогда при личном свидании удобнее будет переговорить с тобой о всем, нужном для тебя. А теперь мне писать тебе не имею времени.

Испрашивая на тебя мир и Божие благословение, остаюсь с искренним благожеланием.

166. Внешняя должность не должна препятствовать собранности внутренней. О неверии и хульных помыслах. Об отношении к Богу. Настроение духа не может быть всегда ровное

На последнее твое письмо, от 9 октября, по недосугу отвечаю вкратце. Пишешь, что тебе предлагают место управлять домом гостиницы с меблированными комнатами, с жалованием пятьдесят рублей в месяц на готовом содержании. Но ты опасаешься принять это по причине слабого здоровья, а во-вторых, боишься потерять собранность мыслей, о которой ты много лет трудилась. Попробуй сперва принять должность эту на год; а потом и видно будет, — можешь ли ты проходить оную без вреда душевного. Живя при этой должности, старайся всегда быть в церкви, как теперь ходишь, или, по крайней мере, быть в будни у обедни ранней или поздней, по удобству дел. Также старайся уделять времечко и для домашней молитвы в своей комнате. Для этого имей хорошую прислугу, хотя бы и подороже ценой, чтобы заменяла тебя в потребное время. Помоги тебе, Господи, приобретать прибыль внешнюю, и вместе не лишаться пользы душевной.

В последнем письме пишешь о своей борьбе с сомнением и неверием. Брань неверия и сомнения относится к хульным помыслам, и считается наравне с оными. Поэтому не огорчайся очень этой бранью, хотя она не легка, а тяжела. А лучше в благодушии старайся презирать вражеские помыслы сомнения и неверия, имея в виду одно: никого не судить и не осуждать. Святитель Димитрий Ростовский пишет: "Перестанем судить и осуждать ближнего, и хульных помыслов не убоимся, равно помыслов неверия и сомнения".

Ты объясняешь о прежнем своем духовном настроении, что ты относилась ко Христу как к другу, объясняя Ему свои нужды. Но такое настроение духа лютеранское, а не православное, и не смиренное, а высокое. Православное же отношение ко Господу должно быть самое смиренное. Святой Исаак Сирин пишет, что "мы должны ко Господу припадать в таком смирении, считая себя за земляных червяков и подобно им ползающих, и произносить молитву ко Господу в детской простоте, как лепечущие дети, а не с высокомудрием".

Ты жалуешься на мрак душевный. На это отвечаю тебе словами преподобного Макария Египетского, который говорит, что тело человеческое создано из земли; а для земли, чтобы она произращала плоды, потребны не одна весна и лето, а также осень и зима, и еще не всегда ясная погода, а потребен и дождь, попеременно. Если бы всегда была жаркая погода, тогда бы все погорело; если бы всегда был дождь, тогда бы все попрело. Также потребны не только сильные ветры, но, по временам, и самые бури, чтобы проносили гнилые и заразительные застои воздуха в гнилых местах.

Подобные потрясения потребны для человека-христианина, носящего земляное тело, с которым связана его бессмертная душа. Без таких потрясений христианин не только не может приносить духовных плодов, но может погибнуть от возношения, что и случилось с падшими ангелами. Итак, лучше будем смиряться при наших немощах и неисправности нашей, прося помилования от Господа единым Его милосердием.

Многогрешный иеросхимонах Амвросий. Мир тебе!

P.S. О себе скажу, что здоровье постоянно слабое, и почти постоянно простужаюсь, а особенно нехорошо и тяжело себя чувствую в осеннюю переменную погоду.

167. О молитве при головной боли

Письмо твое, от 31 января, получил, в котором пишешь, что у тебя появилась сильная головная боль, и такая, что, по объяснению доктора, боишься, как бы не потерять сознание.

Не беспокойся, — этого не будет. Съезди в Афонскую часовню, отслужи там молебен святому великомученику Пантелеимону, возьми масла из лампадки у его мощей, и этим маслом мажь свою больную голову на ночь. При этом и дома обращайся с молитвою почаще к целебному Пантелеимону и проси его помощи, Господь даст — и пройдет.

Наступающую Святую Четыредесятницу желаю всем вам провести с душевной пользой.

168. Лечиться — не грех. От скорбей никуда не уйдешь

Два письма от тебя, первое от 28 июня, а второе от 23 июля, получил. По немощи же и по крайнему недосугу замедлил отвечать тебе на них.

Спрашиваешь меня, грешного, — в обыкновенных болезнях ждать ли всегда чудесного исцеления, молитвенно прибегая к помощи Божией, и не грешно ли пользоваться и простыми средствами... Греха в этом никакого нет, потому что все от Господа Бога, — и лечебные средства, и самые лекари. И не в том состоит грех, что человек прибегает к врачебным пособиям, а в том, если больной всю надежду на выздоровление полагает в одном враче и врачебных средствах, забывая притом, что все зависит от Всеблагого и Всемогущего Бога, Который Един, ихже хочет живит или мертвит.

Во втором письме извещаешь о внезапной смерти добрейшей старушки, матери семейства, где ты пребываешь. Молитвенно желаю, да упокоит Милосердый Господь душу ее в небесных селениях праведных. Имя новопреставленной О. записано у нас в скитской церкви для поминовения.

О себе пишешь, что внезапная смерть старушки сильно потрясла тебя; и вот, вместо желанного отдыха, для тебя опять наступило скорбное время. Что делать!.. Должно быть, от скорбей никуда не уйдешь, не уедешь. Покойный наш старец игумен отец Антоний говаривал: "Тогда будет нам покой, когда пропоют над нами: "Со святыми упокой...". Такая уж временная жизнь человека, беспокойная и многоскорбная. Впрочем, если будем смотреть на скорби с христианской точки зрения, то и в самых скорбях увидим для себя утешение. Уже тем одним дороги для нас скорби и болезни, что ими только одними и можно достигнуть вечно бесскорбной, светлоблаженной жизни на небесах. Об одном только должно нам позаботиться, чтобы безропотно переносить их.

Здоровье мое очень слабо, а посетителей очень много, — не в меру для меня. Изнемогаю до крайности.

Испрашивая на тебя мир и благословение Божие, остаюсь с искренним благожеланием.

P.S. Прилагаю записочку девочке твоей.

169. Наша жизнь — в юдоли плача

Письмо твое, от 16 августа, с пятью рублями получил, которые переданы нашему скитоначальнику. А имя новопреставленной старушки О. давно записано в нашей скитской церкви, где и поминается, по заведенному у нас чиноположению.

От 21 августа получил от тебя другое письмо скорбное, с известием, что квартира ваша у сестры сдана, — что и беспокоило и тебя, и матушку твою. Что тут делать-то!.. Видишь, мы живем-то в юдоли плача, поэтому и приходится проводить время-то иногда скача, а иногда плача. Будем хоть утешать себя тою мыслью, что эта — юдоль плачевная — временная. Все промчится, все промелькнет как тень, как эхо, и настанет вечность постоянная, неизменяемая, бесконечная, и — о, дабы для нас блаженная — светлая! Будем надеяться, что Господь, по беспредельному милосердию Своему, не лишит нас сей милости.

Много тебе писать и недосужно, и сил нет. Посетителей множество. Осаждают со всех сторон; ни утром, ни вечером не дают мне отдыха.

Испрашивая на тебя мир и благословение Божие, остаюсь с искренним благожеланием.

170. Оправдание монашеской жизни

Письмо ваше, от 23 ноября, получил, в котором делаете мне много вопросов. По немощи и крайнему недосугу не мог отвечать вскоре. Теперь напишу, сколько успею.

Пишете, что не можете себе выработать правильного понятия о монастырях; к тому же вам толкуют, что будто бы Господь в Евангелии ничего не говорил о монастырской жизни. А напротив, многое сказано. Когда богатый юноша спрашивал Господа, как ему спастись, Господь ответил ему (Мф. 19: 17): "аще ли хощеши внити в живот, соблюди заповеди", то есть если хочешь получить только спасение и жизнь вечную, то исполняй заповеди Божии. "Аще ли же хощеши совершен быти... продаждь имение... и раздаждь нищым... и гряди вслед Мене" (Мф. 19: 21). Вот прямое указание на различие жизни в миру и жизни в монастыре. И спрошу вас, кто выше, —

179

служащий ли самому царю, или служащий слугам царским? Удаляющиеся в монастырь идут с тем туда, чтобы служить Богу; а остающиеся в миру обязуются служить рабам Божиим благотворением и милостынею.

Еще прямое указание в Евангелии о различии жизни в миру и жизни в монастыре такими словами Господа (Мф. 10: 37): "Иже любит отца или матерь паче Мене, несть Мене достоин": а ежели "оставит... отца, или матерь, или жену, или чада, и братий, и сестер и вся, елика имеет, сторицею приимет и живот вечный наследит" (Мф. 19: 29)"; то есть еще в настоящей жизни, вместо пяти или семи братий и сестер, будете иметь сто или более сестер или братий, как вы и видели в Оптиной пустыни и в Казанской женской общине. Пишете, что многих из сестер этой общины вы видели, и говорили с ними, и удивляетесь и недоумеваете, чрез что они получили спокойствие духа. Отвечаю: через то, что они отреклись от мирских забот и от своей воли, и делают все и поступают по духовному совету, с откровением своей совести, и своих поступков, и намерений, и сердечных помышлений духовному наставнику и наставницам.

Несправедливо некоторые толкуют вам, что удаление в монастырь есть проявление малодушия, боязнь борьбы; тогда как поступающие в монастырь должны поступать на борьбу с врагом с мужеством и с верой и надеждой на милость и помощь Божию.

Из всего сказанного вы можете видеть различие жизни в миру и жизни в монастыре. Считаю не лишним объяснить вам, что мужчины в настоящее время, так же как и в древние времена, могут буквально исполнить Евангельское слово Господа: "продаждь имение... и раздаждь нищым... и гряди вслед Мене". Говорю это о мужчинах, поступающих в монастырь. Женскому полу так нельзя. Для них требуется обеспечение и в монастыре, чтобы было на что иметь келью, и себя содержать. В мужских штатных монастырях дается живущим жалование из доходов, а в общежительных дается и одежда, и обувь, и общая трапеза; а в женских монастырях, как показывают примеры, неудобно всего этого иметь от монастыря, а приходится прибавлять и свои средства — и по слабости телесной, или по воспитанию, и по другим причинам.

Еще пишете, что, по вашему мнению, монастырская жизнь была бы понятна, если бы поступали в монастырь на время, для исправления своего характера и отсечения своей воли, а потом возвращались бы опять в мир для благотворения и наставления других... Думать так можно, а к делу это неприложимо. Из поступающих в монастырь не все достигают совершенного исправления и совершенства в добродетели, а многие едва-едва могут и себя исправлять. Как же такие могут поступить в мир для исправления других? Кто может других пользовать, тот может и не выходя из монастыря это исполнять, как вы сами это испытали, побеседовав с некоторыми живущими в женской общине, которым вы удивлялись, как они получили спокойствие духа.

Думаю, что довольно сказано для разъяснения вашего вопроса. Когда возьмемся за самое дело, тогда ясно и увидим, как редко теория сходится с практикой.

Призывая на вас и на всех родных ваших мир и Божие благословение, остаюсь с искренним благожеланием.

171. Преимущество монашества перед белым духовенством

Письмо ваше получил, в котором описываете свое внешнее положение и душевное расположение, и испрашиваете моего скудоумного совета, какой род жизни избрать вам: принять ли монашество или поступать в белое духовенство?.. Куда имеете более наклонности, той стороны и должно придерживаться. Сами вы пишете, что, в продолжение всей вашей жизни, мысль ваша более преклонялась к монашеству, а о белом духовенстве стали помышлять только в последнее время, и более по совету других. В белом духовенстве, волей и неволею, должны связать себя житейскими заботами, а вы ищете свободы мыслей; поэтому и не следует вам поступать в белое духовенство, а лучше принять монашество. В монастыре удобнее вам будет служить Богу так, как вы желаете. Впрочем, и в монашестве не вполне придется так, как думаете, — теория с практикой не всегда сходится. Иное предполагать, и иное на деле это испытывать; но все-таки в монашестве более найдется такой свободы, о какой помышляете и какой желаете.

Как думал, так и написал вам, а вы изберите полезнейшее...

172. Утешение скорбящей. Непреклонная воля человеческая

Письмо твое получил, но не отвечал, во-первых, по слабости моей и болезненности и крайнему недосугу, а во-вторых, и потому, что не находил что-нибудь писать тебе такое, чтобы тебя утешило и порадовало; а этому препятствовала человеческая воля, которая, по пословице, "царя боле", которая часто противится; потому и преклонить ее не так легко. Имя твое "Надежда". Молись с верой и надеждой и упованием, чтобы Господь, имиже весть судьбами, преклонил непреклонную волю человека, чтобы он исполнил то, что следует ему исполнить, по долгу и обещанию.

Всеблагий Господь да помилует всех нас, и устроит о нас спасительное и полезное!

173. Совет больной девушке

Пишешь о своих болезнях многосложных, и что жила при родителях в девушках. Что же? Ведь не ты одна девушка жила при отце и матери; но ты, может быть, обет давала оставаться девою, — это дело другое. Если обещалась в девицах остаться, а потом пойти замуж, — это не позволено, и за такие поступки бывают часто наказания Божии, подобные твоим. Ты ясно о сем не пишешь, но по ходу твоей болезни видно, что есть нечто в делах жизни твоей ненормальное. Ездить много нет потребы. Господь может исцелить тебя всякою иконою чудотворною, и всякий угодник Божий может тоже своими молитвами ко Господу помощи тебе.

Но все в Боге и Богом. Есть болезнь наказательная, которой одно врачевство: положиться на волю Божию и терпеть, пока Он восхощет помиловать. Это имей в виду. А съездить к преподобному Тихону и к отцу Иоанну Кронштадтскому можно. И когда будешь в Тихоновой пустыни, то потребно, с семи лет и за всю жизнь, покаяться и поисповедаться пред духовником, причаститься Святых Таин и особороваться святым елеем. Таинство Соборования многих безнадежно больных воздвигало от одра; кроме того, оно очищает забытые и недоуменные грехи; и после положись на волю Божию. У докторов уже можно не лечиться. О соборовании суеверия не принимай, или людских мнений. Испрашивая на тебя мир и благословение Божие, остаюсь с искренним благожеланием.

P.S. Впрочем, судьбы Господни не испытаны. Иных Он, любя, ведет подобным путем скорбей и болезни для большого душевного блага, и се есть воистину Божия милость.

174. Не следует нарушать поста больному, если не позволяет совесть

Письмо ваше получил. Ежели совесть ваша не соглашается, чтобы употреблять вам в пост скоромное, хотя и по болезни, то не должно презирать или насиловать совесть свою. Скоромная пища не может исцелить вас от болезни; и потому после вы будете смущаться, что поступили вопреки благих внушений совести вашей. Лучше из постной пищи выбирать для себя питательную и удобоваримую вашим желудком. Бывает, что некоторые больные употребляют в пост скоромную пищу как лекарство, и после приносят в этом покаяние, что по болезни нарушили правила Святой Церкви о посте. Но всякому нужно смотреть и действовать по своей совести и сознанию, и сообразно с настроением своего духа, чтобы смущением и двоедушием себя еще больше не расстроить.

Вот, я вам высказал свое мнение, как разумею; а вы избирайте для себя полезнейшее.

175. Утешение матери, скорбящей о болезни дочери

Давно-давно получил от вас письмо, в котором вы писали мне, кроме других обстоятельств, и о болезни дочери вашей С. Но тогда в письме не было выражено великого скорбения об этом. Теперь же слышу, что вы скорбите паче меры, видя страдания болящей дочери. Действительно, по-человечески нельзя не скорбеть матери, видя дочь свою, малютку, в таких страданиях, и страждущую день и ночь. Несмотря на это, вы должны помнить, что вы христианка, верующая в будущую

183

жизнь и будущее блаженное воздаяние не только за труды, но и за страдания произвольные и невольные; и потому не должны нерассудно малодушествовать и скорбеть паче меры, подобно язычникам, или людям неверующим, которые не признают ни будущего вечного блаженства, ни будущего вечного мучения. Как ни велики невольные страдания дочери вашей, малютки С, но все-таки они не могут сравниться с произвольными страданиями мучеников; если же равняются, то она и равное с ними получит блаженное состояние в райских селениях. Впрочем, не должно забывать и мудреного настоящего времени, в которое и малые дети получают душевное повреждение оттого, что видят, и оттого, что слышат; и потому требуется очищение, которое без страданий не бывает; очищение же душевное, по большей части, бывает чрез страдания телесные. Положим, что и не было никакого душевного повреждения. Но все-таки должно знать, что райское блаженство никому не даруется без страданий. Посмотрите: и самые грудные младенцы без болезни ли и страданий переходят в будущую жизнь? Впрочем, пишу так не потому, что желал бы я смерти страждущей малютке С; но пишу все это собственно для утешения вас, и для правильного вразумления, и действительного убеждения, чтобы вы нерассудно и паче меры не скорбели. Как ни любите вы дочь свою, но знайте, что более вас любит ее Всеблагий Господь наш, всяким образом промышляющий о спасении нашем. О любви Своей к каждому из верующих Сам Он свидетельствует в Писании, глаголя: аще и "забудет жена" исчадие свое, "Аз же не забуду тебе" (Ис. 49: 15). Поэтому постарайтесь умерить скорбь вашу о болящей дочери, возвергая печаль сию на Господа: якоже бо хочет и благоизволит, тако и сотворит с нами, по благости Своей. Советую вам приобщать болящую дочь с предварительной исповедью. Попросите духовника, чтобы поблагоразумнее расспросил ее при исповеди.

Больным вашим дочери и супругу желаю, по воле Божией, оздоровления; а вам и прочим детям — милости Господней и мирного пребывания.

176. Грешнику не должно отчаиваться, а надо каяться

Письма твои получил, и по крайнему недосугу и немощи телесной отвечаю тебе вкратце. Несть греха побеждающего милосердие Божие, хощет бо всем спастися и в разум истинный приити. Поэтому отложи свое неразумное отчаяние, и старайся соблюдать заповеди Божии; а в чем согрешишь, кайся и исправляйся. Все скорби, постигающие тебя, терпи по слову Божию: "в терпении вашем стяжите души ваши; и: претерпевый до конца, той спасен будет". На домашних гнева не держи, а молись за них и за всех ненавидящих и обидящих тебя; и милостью Божией спасешься, аще сотворишь сие, то есть заповеди Божии. А самоубийцы идут на самое дно адово, и тяжесть всех грешников сдавливает их там, и мучения их ужасны и бесконечны. Взирай на пример святых, как они терпели для спасения.

177. Как спастись

Письмо твое, от 15 апреля, с рублем получил, который и употребил по назначению твоему на масло. Спрашиваешь, как вам жить, чтобы спасти души свои. Читайте почаще пятую, шестую и седьмую главы евангелиста Матфея, и старайтесь соблюдать заповеди Божии, и жить свято, удаляясь всякого греха; а в прежних грехах кайтесь пред Богом и исповедайтесь пред духовником.

Мир тебе и мужу твоему, и Божие благословение!

Многогрешный иеросхимонах Амвросий

178. Ответ не исполнившей обета пойти в монастырь

Письмо твое, от 10 июня, получил, в котором спрашиваешь, простит ли тебя и дочь твою Бог за то, что она не исполнила своего обещания, не пошла в монастырь, а вышла замуж, и ты ее к этому уговаривала. Приносите обе в этом и в других грехах искреннее покаяние пред Богом и старайтесь жить по заповедям Божиим, и всякого греха удаляйтесь; тогда Господь силен сотворить с вами Свою милость, потому что сказано в Священном Писании: несть грех, побеждающий человеколюбие Божие. И Сам Господь глаголет: хотением "не хощу смерти грешника, но еже обратитися... ему... и живу бытии" (Иез. 33: 11).

179. Болящему и скорбящему о продолжающейся своей жизни

Сожалеешь, что сновидение твое не сбывается, и ты все живешь. Не ложны апостольские слова: "долготерпение Божие спасение непщуйте" (2 Пет. 3: 15). Слова эти означают: если долготерпит нас Господь и прилагает дней жизни, то делает это для спасения нашего. Вот Господь помог тебе оказать ближнему любовь и сделать доброе дело — убедить старообрядца приобщиться Святых Таин; а Господь и за чашу студеной воды без мзды не оставляет. Говоришь, что у тебя водянка; с этой болезнью нельзя рассчитывать долго жить, а лучше всего положиться на волю Божию и чаще вспоминать Евангельские слова: "в терпении вашем стяжите души ваши, и: претерпевши до конца, той спасен будет".

Всеблагий Господь да устроит о всех нас спасительное и полезное.

180. Почему не все желания наши исполняются?... Во всем надо полагаться на волю Божию

(Письма No 180-190 писаны к одному лицу)

На письмо ваше, от 3 марта, давно собирался отвечать, но не мог, отчасти по недугу, а больше по немощи. К концу поста здоровье мое так изнемогло, что от половины шестой недели до пятницы Светлой недели я и в церкви не был.

Пишете, что благие желания не всегда исполняются.

Знайте, что Господь исполняет не все благие желания наши, а только те, которые служат к душевной нашей пользе. Если мы, при воспитании детей, разбираем, какое преподавание какому возрасту прилично, тем более Господь Сердцеведец весть, — что и в какое время бывает нам полезно. Есть духовный возраст, который считается не по летам, и не по бородам, и не по морщинам; и как иногда пятнадцатилетние обучаются наукам вместе с восьмилетними детьми, так при обучении духовном еще чаще случается подобное.

Великим постом вам не удалось съездить в Т. обитель, да и теперь вас неохотно отпускают. Возложитесь в сем на волю Божию; видно, надо вам еще потерпеть, помня слова Самого Господа: "в терпении вашем стяжите души ваши". Вы можете дать господину Ж...ву слово, что на год еще останетесь при его дочери, но более года не обещайтесь оставаться; и хорошо бы было, если бы господин Ж... оценил ваше усердие. А в это время и Т. обитель, с Божией помощью, несколько благоустроится, и в ней утвердятся новые порядки, которые там вводит новая начальница. Между тем вы на лишние вещи не тратьте денег, а приберегите, сколько можете; на первое время не мешает иметь хоть сколько-нибудь своих средств.

Что касается до теперешней вашей поездки в З., то вы уже наперед решили, что если поедете, то поедете с тем, чтобы уже не возвращаться. На будущее время остерегайтесь так опрометчиво решать дела наперед, и предоставляйте решение оных воле Божией. Если вам ехать с тем, чтобы не возвращаться, то надо вам отложить поездку на год; а если ехать с тем, чтобы посмотреть, — что и как, выжидая воли Божией, то можете поехать и теперь.

181. Монастырь есть духовная школа. Молитве не скоро научишься. Надо терпеть и применяться

На письмо твое, от 9 мая, не мог отвечать вовремя, сперва по недосугу, а потом по болезни. В нынешнее лето болею, кажется, больше прежнего, и потому менее способен к делу. Хотя в последнем письме пишешь, что в августе месяце думаешь быть в нашей обители; но прилучилось удобное и свободное времечко писать к тебе, потому и пишу, желая тебя уведомить, что обретаюсь еще в живых. Пишешь, что ты не согласна с мнением м. М. касательно приготовления к монастырю. Сравнение твое воина с монахом в том отношении было бы справедливо, если бы ты выходила на единоборство духовное в пустынном уединении и отшельничестве; а ты желаешь поступить в общежительный монастырь, и потому сравнение это тут не идет. Дети сами себя приготовлять к поступлению в заведение не могут; а если их приготовляют, то наставники и наставницы. Кто же тебя в деревне будет приготовлять к монастырю? Есть такие заведения, куда принимают детей, если они знают хоть читать и писать. Ты это знаешь, и тебя могут принять в Т. заведение. В детях весьма одобряется и похваляется кроткое и скромное поведение: это не мешает иметь в виду и тебе. Обратимся опять к сравнению воина. Ты слишком высоко взяла, сравнивая себя с воином обученным. Смиреннее и ближе к делу сравнить себя с рекрутом. Рекрутов принимают в военное звание и необученных; после обучат, кто к чему будет способен, — кто к артиллерии, кто к кавалерии, а иной к пехотному хождению, по русской пословице: "У кого много толку в голове нет, то ногами отвечай", то есть ходи да ходи, куда пошлют. А у кого будет толк в голове, тому и головной работы дадут, лишь бы только не высокомудрствовал и не унижал ходящих и занимающихся делами внешними, но необходимыми.

Пока довольно. До свиданья!

Виноват! — о молитве забыл сказать что-либо. Молитва вещь такая, что, прожив в монастыре несколько лет, не скоро научишься молиться как следует; а теперь пока молись как умеешь, и как можешь, только с мытаревой мыслью. Покойный наш архимандрит отец Моисей, восьмидесятилетний старец, муж мудрый и опытный, обыкновенно говаривал в ответ на вопросы, подобные твоим: "Как уже дело там покажет". Иное дело предполагать, иное — видеть на самом деле.

Оставаться тебе до весны у господина Ж... хоть и трудно, а будет основательнее, потому что 600 основательнее 300. От усердия, предлагаемого дочерьми господина Ж., старшей и младшей, не отрекайся, но принимай с благодарностью; надежду же свою всю возлагай на Бога, всеблагим Своим Промыслом устрояющего все, полезное нам. Этой же мыслью руководствуй себя и в отношении к родственникам. Если Господь возвестит им, то они возвратят тебе должное, хоть и не все; а если не отдадут, то лучше принимать от чужих, чем со своими ссориться. Что же касается до их собственной пользы, это предоставь им самим: пусть каждый поступает по своему усмотрению.

Пишешь, что тяжело тебе, и что здоровье твое может пострадать, если будешь все откладывать. Старайся настоящие твои обстоятельства не очень принимать к сердцу, а жить, подражая, как по нужде или по своей воле по лесу ходят некоторые: попадается корявое дерево — подогнутся, или обойдут, а какая-нибудь назойливая ветвь хлестнет в затылок, — не очень на это смотрят.

Кланяюсь N. и N. Мир вам и пребыванию вашему.

Многогрешный иеросхимонах Амвросий

182. Мы спасаемся терпением

Оставь более хлопотать и разведывать о кельях. Когда пойдешь в монастырь, тогда можно отыскать, с благословения матушки игумении; а живя еще в миру, и не объяснившись с матушкой игуменией о принятии, не совсем прилично отыскивать себе келью. Пишешь, что доселе у тебя в руках нет еще ничего верного. Но не беспокойся о сем, и не сомневайся, а возлагай надежду на всеблагий Промысл Божий, веруя, что силен Господь привести все к благому и полезному концу; только понуждайся во время настоящей зимы переносить благодушно имеющие быть неудобства и неприятности, в подкрепление свое всегда вспоминая Евангельское слово (см. Мф. 7: 14): тесен и прискорбен путь, вводящий в жизнь вечную. Если будешь разумно рассуждать и терпеть, то настоящая зима мало-помалу, как бы незаметно, и пройдет. Когда пройдут неприятное время и неприятные неудобства, человек не помнит этих неприятностей. Впрочем, вся жизнь человека, где бы он ни жил, есть ни что иное, как искушение. Посмотри на твои обстоятельства и на обстоятельства окружающих тебя, и тогда это тебе ясно откроется. Всем, желающим спастись, коротко сказано: "в терпении вашем стяжите души ваши". А мало ли скорбей переносят и те, которые не ищут спасения, и едва ли не более первых? Умудряйся во спасение!

183. В неопределенном положении тверди 39-й псалом

Письмо твое, от 1 января, получил, и очень рад, что теперь тебе пока хорошо в Москве; а в неопределенном твоем положении тверди 39-й псалом: "Терпя потерпех Господа, и внят ми, и услыша молитву мою: и возведе мя от рова страстей и от брения тины, и постави на камени нозе мои и исправи стопы моя".

Больше писать не могу сегодня. О здоровье моем скажет тебе отец М. Посылаю тебе просфору. Г.О. кланяюсь и желаю тебе с ней мирного пребывания и всего благого по воле Божией.

184. Молись как умеешь, не смущаясь искушениями

Пишешь, что отец К. сказал тебе, чтобы по дороге заехать опять в Оптину, и не знаешь, как это? Отец К. сказал это, не зная, по какой дороге тебе придется ехать, и сказал это просто. Он пророческого и предсказательного духа себе не приписывает. Сказал только потому, что в голову так пришло. Поэтому много об этом не заботься и не беспокойся.

Много предметов в твоих письмах написано, да отвечать теперь на все нет времени, да и неблаговременно, потому что находишься еще в неопределенном положении. Молись пока как можешь и как умеешь, ожидая конца от Промысла Божия. Веруй, что силен Господь помиловать тебя. Он пришел не праведники спасти, но грешники призвать на покаяние, как Сам объявил в Евангелии, прибавив, что радость бывает на небеси о едином грешнике кающемся. Страх, бывающий при молитве, считай искушением от врага, который старается отвратить от молитвы всякого, желающего молиться. Приступая к молитве, ограждай себя крестным знамением, и продолжай молиться, и по времени милостию Божией избавишься от сего искушения, если поменьше будешь гневаться на других и удерживать себя от осуждения. Вкратце сказано: "многими скорбьми подобает нам внити во Царствие" Небесное (Деян. 14: 22). Помни это, и старайся терпеть все находящее неприятное и скорбное, — прощай разумеющему и не разумеющему, по слову Господню: оставите, и оставится вам (см. Мф. 18: 18). Вот что значит умудряться во спасение.

185. На всяком месте можно спастись

На письмо твое отвечаю вкратце. Немощь и недосуг не дозволяют распространяться. Живи пока, где удобнее и где не будешь в тягость, ожидая перемены к лучшему. От уныния можешь и побренчать клавишами по нужде, поминая старинное слово опытных: "Нужда мудрена, — и не хочешь, да хохочешь". Впрочем, знай, что на всяком месте можно благоугождать Богу исполнением святых и животворных Его заповедей; потому-то и говорится иногда, что не место спасает человека, хотя удобное место подает много удобств к тому. Говорится же так по той причине, что везде потребны осторожность, охранение себя и понуждение ко благому. Адам и Ева были в раю, но по неосторожности и недостатку хранения и там нарушили заповедь. К этому еще прибавить, что всякий человек, верующий по-православному, как Лот, более хранит себя в том месте, где видит неудобство и опасность. Впрочем, сказанное не мешает исполнению задушевного твоего желания, которого жди в свое время от Промысла Божия. Мужайся, и да крепится сердце твое!

186. Должно везде беречь себя от душевного смущения

Письмо твое, от 3 августа, получил. В неопределенном твоем настоящем положении предавайся Промыслу Божию, и направляйся к тому, чтобы на всяком месте заботиться о пользе душевной. Сказано: "на всяком месте" владычество "Его" (Пс. 102: 22), то есть Божие. Хотя иногда и самое место приносит пользу человеку, но не совершенную. Главное зависит от нашего благого произволения. Иногда и неудобное место бывает полезно, потому что человек там остерегается и блюдет себя, а на удобном месте расслабляется и предается беспечности. Так, Лот в Содоме сохранился от вреда, а подвергся оному в Сигоре, в месте, которое он считал недоступным для зла. Не вотще повторяется слово опытных: "Береженого Бог бережет". И ты береги себя прежде всего от смущения душевного. Как бы оно благовидным ни казалось, но почитай его искушением вредным, потому что в смущенном положении человек не способен ни к чему доброму и полезному. Видно неудачи — твой крест. Обещают то, и другое, но ни то, ни другое не исполняется. Потерпи, поминай заповедь Самого Господа: "в терпении вашем стяжите души ваши". Не представляй изветов к самооправданию в малодушии и нетерпеливости, — что ты имеешь душеполезное намерение, но тебе не удается. Из сказанных выше слов Господа видно, что нет ничего полезнее для нас, как терпение встречающихся скорбей, какого бы рода они ни были. Где ни придется нам жить, будем терпеть встречающиеся неудобства, ожидая воли и мановения Божия в исполнении нашего главного желания. Когда будет, тогда пусть и будет.

Мир тебе, мир душе твоей, мир пребыванию твоему.

187. Должно остерегаться тех, кто "мирскими удобствами" отвлекает от монастыря

Получил от тебя письмо без числа, а по почтовому штемпелю от 2 октября. Пишешь, что был тебе толчок, а потом оттуда же и милости пошли: родственник твой берется устроить тебе пенсию. Это бы хорошо. Но потом пишешь, что он предлагает тебе все удобства к жизни, только чтобы ты оставила мысль идти в монастырь. Не знаю почему, но сдается мне, что от этих "удобств к жизни" ничего не может быть хорошего, и гораздо лучше тебе жить в твоем неопределенном положении и потерпеть еще, выжидая воли Божией. Г. писала тебе, что она не пошла бы в монастырь, если бы ты с ней осталась жить. А я тебе скажу, что я думаю напротив. Потом, ты и о себе говоришь мне: "Если бы не вы, я бы не решилась тоже идти в монастырь". Никто вас не понуждает идти в монастырь. Живите только по заповедям Господним, как учит Евангелие; и кто из вас будет жить по-христиански, тому, думаю, рано или поздно, а в свое время, само собой, придется поступить в монастырь. Когда придется, это Богу одному известно; но советую остерегаться всех, предлагающих мирские удобства и выгоды с тем только, чтобы оставить монастырь и жить с ними. Эти люди и толчками и приманками не престанут беспокоить всех, желающих поработать Господу искренно. От скорбей и мир не избавляет.

188. Упрек за неискренность

Письма твои, от 4, 29 и 25 ноября, получил и, прочитав последнее, немало удивился тебе. Сама решительно не желаешь принять предложение Г.; пишешь, что у нее в доме ничье здоровье не устояло, что присутствие твое там ни к чему не поведет, что у тебя ни сил, ни терпения нет жить с нею; и, между тем, ей отвечала, что не можешь согласиться на ее предложение, не попросив моего совета или благословения. Благословить тебя идти к Г. не могу, потому что ты сама этого не желаешь; а сказать, что я не благословляю, значит брать на себя неудовольствие ее за отказ, между тем как на это твоя собственная воля. Стало быть, ты сослалась на мое благословение только ради отговорки. Разве для этого существует духовное отношение? Если поступать так, то из этого выйдет одна путаница и нарекание на духовное отношение. Вот тебе замечание, вперед так не делать. Если не хочешь куда поступать, то находи собственные отговорки, не ссылаясь на постороннее благословение, которое испрашивается тогда, когда человек не решается предпринимать что-либо, или недоумевает в чем-нибудь, и просит совета как поступить. Письмо Г. печатаю только вполовину, чтобы ты прочла и приклеила другую половину облатки. Пишешь, что тебе назначают пенсию только в 50 рублей серебром. Не знаю, а кажется, по нужде, можно прожить с этой суммой в общине Аносьевой, если не потребуют от тебя вклада, и если бы пенсия твоя была очень верна и тверда, и аккуратно платилась ежегодно. Но помнится, что Аносьева пустынь кажется тебе не понравилась. Сама из опыта видишь, где нравится и где не нравится. Везде итог выходит один — везде надобно приготовиться к смирению и терпению, и вооружиться мужеством и упованием на милость и помощь Божию. В Евангелии сказано (Ин. 16: 33): "в мире скорбны будете". А в Деяниях Апостольских: "многими скорбьми подобает нам внити во Царствие" Небесное. Кто желает спастись, терпит скорби; и кто уклоняется от пути спасительного, тоже не избегает скорбей. Поэтому лучше терпеть скорби Бога ради, ради своего спасения и для очищения своих грехов, нежели страдать несмысленно, неизвестно для чего. Мир тебе!

189. Как приучать воспитанницу к серьезным занятиям

Давно лежат у меня без ответа два письма твоих, от 7 и 23 декабря. Несколько раз собирался писать тебе, но немощь и недосуг одолели. Особенно к концу Рождественского поста я очень изнемог от умножившегося числа посетителей; потом опять — праздничное время со всякой молвой и изнеможение от разных толков — не давали мне возможности отвечать тебе.

В первом твоем письме выражаешь скорбь о сделанной тобой ошибке, и говоришь, что горько плакала при мысли, что я тебя оставляю. Никогда я не думал оставлять тебя; но писал тебе то, что писал, только для того, чтобы в другой раз ты действовала осторожно и основательнее; а более о сем не смущайся и не беспокойся. Во втором письме пишешь, что перешла к В.И., но не объясняешь на каких условиях. Видно, на условиях нужды.

Спрашиваешь, как приучать питомицу твою к серьезным занятиям, но сама сознаешь трудность своего дела. Особенно мудрено советовать издали, когда не знаешь, как будут приняты наши слова. Предложи сперва, чтобы из дня сделали день и из ночи — ночь; а когда в этом будешь иметь успех, тогда можно будет думать и о другом. И вообще, соображаясь с обстоятельствами, делай что можешь, призывая помощь Божию и содействие свыше от Господа, Иже хощет всем спастися и в разум истины приити. В благие минуты можешь сказать питомице, что она, как христианка, кроме журналов, должна читать духовные книги, и на слово не верить всякому вздору без разбора; что можно родиться из пыли, и что люди прежде обезьянами были. А вот это правда, что многие люди стали обезьянам подражать, и до степени обезьян себя унижать. Когда в будни нельзя бывать в церкви, пораньше вставай и прочитывай что-нибудь молитвенное в свое утешение. Неопределенным положением своим не смущайся, а жди с терпением устроения себе от Промысла Божия.

190. Не унывай и умудряйся

С отцом М. послал я тебе просфору и поклон, и ожидаю с ним известия от тебя и о тебе. А пока хоть вкратце скажу тебе на последнее твое письмо, от 28 января. Живи как живешь, и где придется, только не унывай и не малодушествуй, ожидая, что речет о тебе Господь. В затруднительном положении, в которое ставят тебя странности других, умудряйся: делай как можешь, а другие пусть поступают как хотят. Не знаешь, что отвечать, когда говорят, что нам дана благодать. Несомненно веруем, что А.И-не и всем православным христианам при Крещении дана благодать Божия; но действует и обнаруживается благодать сия по мере исполнения заповедей Божиих, из коих главная — смирение. Сказано (Мф. 7: 16): "от плод их познаете их"; и смотри на плоды, особенно свои, каковы они.

191. Матери, скорбящей о неверии сына. О говении

Простите, что на скорбное письмо ваше, полученное мной в конце августа, доселе не отвечал вам. Я очень желал написать вам что-нибудь в утешение и несколько раз принимался за письмо к вам; но желание мое оставалось без исполнения, сперва по крайнему недосугу и молве от посетителей, а потом вследствие посетившей меня болезни, которая в продолжение месяца и более не давала мне возможности заниматься обычным моим делом. Теперь, по милосердию Божию, опасность, по-видимому, миновала; но я еще очень слаб, и не знаю, буду ли и теперь в состоянии удовлетворительно ответить на письмо ваше. Однако, с помощью Божией, напишу сколько могу, и как умею.

Вы писали, что, подав однажды нищему милостыню о здравии вашего сына, смутились, когда он стал молиться о упокоении его. Не смущайтесь этим. От ошибки и недоразумения нищего не могло и не может произойти ничего противного для вашего сына; и ничего большего и лучшего никому нельзя пожелать, как в свое время сподобиться Царствия Небесного. А что вы в скорби своей о сыне иногда думали, что лучше бы было для него умереть, нежели жить так, как он живет, — за это укорите себя, и с полной верой предайте и себя самую и сына вашего воле всеблагого и премудрого Бога. Если Господь чьи дни сохраняет, то благодетельствует; если чью жизнь пересекает, то паки благодетельствует; и вообще, по слову Святой Церкви, Господь глубиною мудрости человеколюбно все устраивает и полезное всем подает. И потому для человека нет ничего лучше и полезнее преданности воле Божией; а нам судьбы Божии непостижимы... Вы сознаете, что во многом сами виноваты, что не умели воспитать сына как должно. Самоукорение это полезно; но, сознавая вину свою, должно смиряться и раскаиваться, а не смущаться и отчаиваться; также не должно очень тревожиться вам мыслью, будто вы одна — невольная причина теперешнего положения вашего сына. Это не совсем правда: всякий человек одарен свободной волей, и сам за себя более и должен будет отвечать пред Богом... Спрашиваете, не написать ли вам сыну вашему наудачу в Москву, и как ему написать, чтоб тронуть его сердце? Напишите ему сперва вкратце, чтоб узнать, где он теперь находится; а когда это узнаете, то можете написать ему и подробнее. Можете тогда ему сказать, что он теперь, вероятно, собственным опытом испытал, к чему ведет безбожие и вольнодумство; что, стремясь к необузданной свободе, он забыл, что от греха, особенно досаждения родителям, произошло самое рабство, которого прежде не было на земле, и тому подобное. Помолясь Богу, пишите, как Господь положит вам на сердце. Но сперва, повторяю, нужно вам узнать, где он находится в настоящее время и в каком положении. И вообще, вам должно теперь не столько заботиться вразумлять его, но более молиться за него, чтобы Сам Господь, имиже весть судьбами, вразумил его. Велика сила матерней молитвы. Вспомните, из какой глубины зла извлекла блаженного Августина молитва благочестивой его матери. А молясь за сына, молитесь и о себе, чтобы Господь простил вас, в чем вы, по неведению, согрешили.

Вы описываете, как тяжела настоящая ваша одинокая жизнь. Примите это как Евангельский крест; благодарите Бога, пославшего вам оный к пользе вашей душевной, и к очищению согрешений, от которых никто из живущих на земле не свободен. К утешению и назиданию вашему прочтите и главы в Евангелии от Матфея (с начала пятой до одиннадцатой).

Пишете, что по слабости глаз не можете заниматься тонким рукоделием, и просите меня назначить вам какое-нибудь послушание. От скуки можете вязать чулки, или иное что подобное. Наконец, пишете, что в прошедший Успенский пост, по совету моему, вы говели и приобщились Святых Таин, и что исполнение этого христианского долга оживило и подкрепило вас. Слава Богу! И в наступивший Рождественский пост опять советую, поготовившись, приступить к сему Божественному и спасительному Таинству. По заповеди Церковной, православные христиане должны приобщаться Святых Таин во все четыре поста; а однажды в год приобщаются только очень-очень озабоченные житейскими делами и недосугом великим. Вам же советовал бы я приобщаться, кроме постов, и в большие промежутки, как, например, между Успенским и Рождественским постом.

Призывая на вас мир и Божие благословение остаюсь с искренним благожеланием.

Многогрешный иеросхимонах Амвросий

192. Как поступать в скорбях. Об исповеди

Спрашиваешь моего мнения о службе, на которую желает поступить твой сын. Мое мнение такое: хотя служба эта нехороша, но праздность еще много хуже; лучше служить и быть при деле, чем в бездействии проводить время в кругу таких людей, о которых он упоминает в своем письме.

Приветствую о Господе скорбного А.И. Ему полезно в болезни от душевного потрясения прибегать к целебнику Пантелеимону и преподобному Моисею Угрину; а в деле по фальшивым векселям на него полезно ему прибегать к Святителю Николаю, священномученику Фоке и Иоанну Воину. Зло всегда забегало вперед, но не одолевало, разве только где попускал Господь и попустит к пользе нашей душевной, и к испытанию христианского терпения. Только А.И. в настоящее время особенно полезно читать три псалма (26-й, 39-й и 90-й): "Господь просвещение мое и Спаситель мой, кого убоюся?".. второй: "Живый в помощи Вышняго...", третий: "Терпя потерпех Господа..". Не вотще сказано в Писании: "многими скорбьми подобает нам внити во Царствие" Небесное; и: "врази человеку домашнии его" (Мф. 10: 36). Всеблагий Господь да избавит нас от врагов видимых и невидимых, и да подаст нам терпение и мужество к борению и к перенесению всего скорбного и оскорбительного. Поговеть можно бы съездить в Лавру; да, кажется, нет надобности. Можно и в Москве поговеть и исповедаться у того же отца С, у которого и NN исповедалась; так будет проще. Впрочем, посмотри сама, а по-моему, все равно. Кому ни исповедуй, только исповедуй искренно, — что после последней исповеди найдется тяжелого или легкого на совести. Если что вспомнится из прежней жизни неисповеданное по забвению, и это должно исповедать. Не думай, что ты отреклась Господа тем, что, живя в лютеранском доме, стыдилась молиться Богу, как обыкновенно молишься. Исповедуй и это с самоукорением пред Богом и пред духовником, но не смущайся до отчаяния. Вперед в подобных случаях, если неудобно молиться наружно, то хотя мысленно почаще призывай милость и помощь Божию, всегда стараясь помнить вездеприсутствие Божие. Также надобно умудряться, чтобы хотя утром и вечером, ложась и вставая, помолиться Богу и видимо. Опущенные поклоны можно выполнять и в другие часы, и дни, и даже после года. Духовнику должно сказать, когда выполнишь их, или что их исполняешь. Мир тебе! И питомцам твоим!

Многогрешный иеросхимонах Амвросий

193. Надо мириться с обидчиками

Если есть благословная вина, и решишься поехать в Петербург к N, то можно по одному разу побывать и у трех известных особ, ради объяснения и примирения. Сестре можешь сказать, что ты недовольна была на нее за свою часть, которую они с мужем не хотели во время заплатить; а теперь оставляешь это на суд Божий. N. можешь поблагодарить за прежнюю дружбу, но не можешь продолжать ее, по причине ее нескромности; сказать это, как сумеешь помягче. Госпожу N. также можешь поблагодарить за то, что она считает для тебя одолжением, прибавив, что о поступке зятя твоего теперь нет надобности разъяснять. Словом, побывай у всех трех, ради умиротворения, предварив всех, что теперь тебе тяжело вести с кем-либо переписку. Мир тебе и всей с тобой живущей разнообразной мелюзге!

Многогрешный иеросхимонах Амвросий

194. Не следует менять место без надежды на перемену жизни

Скорбное письмо твое получил, но в свое время отвечать на оное не мог, хотя и очень желал; но немощь и недосуг не дозволили. Впрочем, ты сравнялась со многими другими в этом отношении. На прошлой почте, к после обеду, приготовлены были письма многие, но в это время тронулся лед на речке и не допустил отвезти на почту; что утром было отвезено, тем все и закончилось. В мудреном твоем положении и мудреной твоей обстановке мудрено тебе сказать что-либо определенное к твоему успокоению. Знаю, что тебе давно тягостно обычное твое занятие; но что же делать, когда нет возможности изменить его на лучшее, — говорю о перемене твоего занятия на другую жизнь. Если же переменить только место, то не только выгоды не обещается, но как бы еще и не прогадать. Тут одно неудобство, а в другом месте могут случиться неудобства многие, которые будут препятствовать твоему внутреннему настроению духа. Один тебе совет могу преподать в настоящее время: попроси NN. достать где-нибудь четвертый том Ефрема Сирин в русском переводе, и прочтите обе, каждая порознь, 130-е слово: "О смирении и гордости"; и даже советовал бы слово это списать и иметь его для руководства и успокоения в скорбных случаях; а близко подходящие к вашему положению места подчеркнуть, чтобы в случае нужды скорее находить потребное.

Что делать?.. Потерпи; может быть, откроется тебе откуда-либо клад, тогда можно будет подумать о жизни на другой лад; а пока вооружайся терпением и смирением, и трудолюбием, и самоукорением. Ты говоришь, что делаешь все с понуждением; но в Евангелии понуждение не только не отвергается, но и одобряется. Значит, не должно унывать, а должно на Бога уповать, Который силен привести все к полезному концу.

Мир тебе! Многогрешный иеросхимонах Амвросий

195. Без столкновений прожить невозможно. Должно надеяться на Бога

Письмо твое, от 20 апреля, получил. Пишешь мне о случае, который произвел на всех вас неприятное впечатление. Что делать!.. Старинные люди давно решили, что век без притчи не проживешь, и прибавили, что и горшок с горшком сталкивается, кольми паче людям, живущим вместе, невозможно пробыть без столкновения. И особенно это бывает от различных взглядов на вещи; один о ходе дел думает так, а другой иначе; один убежден в своих понятиях, кажущихся ему твердыми и основательными, а другой верует в свои разумения. Ежели в первоначальном правиле арифметики слагается один и один, то выходит два; если же в третьем правиле помножить два на два, то выйдет уже четыре, если же дело дойдет до дробей, то окажутся цифры вверху и внизу, а посреди их черта: так бывает и в делах человеческих. Если их очень раздроблять, то окажется неудобство и вверху и внизу, с какой-либо преградой посреди. Я как тебе писал и говорил прежде, так и теперь скажу: ежели будешь веровать в Промысл Божий и надеяться на всесильную Божию помощь, то не встретишь таких неудобств, какие предполагаешь; и, сверх того, будешь всегда пользоваться возможным спокойствием душевным. Когда же будешь заботиться о том, чего не может и случиться (потому что предположения по большей части неверны и ошибочны), то напрасно себя будешь только беспокоить. Тебе думается, как бы не отказали тебе вдруг. Из получаемых мною писем не вижу я и намека об этом, и не думаю, чтобы с тобой так поступили, разве уж по каким-либо особенным непредвиденным обстоятельствам. Мало ли что предлагают люди, — не всегда это принимается к делу. Писано мне было, что им советуют взять человека для присмотра и прогулок с N, но как это будет, и будет ли, еще неизвестно. А тебе советую держаться золотой средины в обращении с младшими и старшими, стараясь не настаивать на своем, и делать по своей обязанности то, что будет возможно по соображению, руководствуясь страхом Божиим и благой совестью.

Призывая на тебя мир и благословение Божие остаюсь с искренним благожеланием всего тебе душеполезного; внешние же неудобства надобно потерпеть.

Многогрешный иеросхимонах Амвросий

196. Будь осмотрительной

Благодарю тебя за поздравление меня, грешного, с минувшим днем моего Ангела и за благожелания твои.

Спрашиваешь, как тебе быть с приглашением Кир-х, — непременно прийти к ним на целый день. Лучше уклониться. Боишься нарекания на N.N. Но тебе и по обязанности твоей невозможно принять это предложение. Если уйдешь на целый день, на кого же оставишь детей? Особенно при болезни N.N. ты этим только стеснишь других, и тобой будут недовольны. Если повторятся приглашения, можешь прямо сказать, что по обязанности своей не можешь на долгое время оставить детей. Из этого нарекания не может выйти; а если пойдешь, то скорее может выйти путаница, как ты и сама сознаешь, что там каждое слово надо обдумать и обдумать; а при всяких толках и расспросах незаметно можно увлечься.

На прежние твои письма не отвечаю тебе сначала по немощи и недосугу, а потом потому, что обстоятельства, на которые ожидала ответа, изменились. Встречающиеся неприятности, неизбежные в жизни, старайся принимать благодушнее, и умудряйся, не только во спасение, но и во успокоение.

Поздравляю тебя с приближающимся праздником Рождества Христова, и желаю тебе радостное сие христианское торжество встретить и провести в здравии телесном и утешении духовном, а также и наступающий Новый год начать и окончить мирно и благополучно.

Усталый иеросхимонах Амвросий

197. Все нужно делать с благим намерением

Виноват, во-первых, что до сих пор не отвечал о материи с крестиками, хотя и много раз сбирался написать, чтобы переменить эту материю, так как она более прилична к тому, чтобы шить из нее церковный подризник, нежели обыкновенное платье. Во-вторых, виноват, что долго не отвечал на длинное письмо твое касательно обращения с детьми. Об этом предмете думал я писать и тебе и другим, каждому в своем смысле, и в свое время, и по-своему, кому как прилично; но никому не успел. Видно, придется отложить до личного свидания, если только это устроится Промыслом Божиим; тогда, кажется, было бы удобнее это объяснить, смотря по времени, и по расположению, и по другим причинам. Писать же о подобных вещах не совсем удобно. А пока подаст Господь удобный случай к тому, придется жить вам, как жили. Всякий из вас да исполняет дело свое с благим намерением, и с христианским расположением да поступает относительно слов и действий. Люди смотрят на видимое, Господь же взирает на внутреннее расположение человека и действие по совести, как в отношении других, так в отношении самого себя. Когда не можем приносить пользы другим по каким-либо причинам, то позаботимся о пользе хотя своей собственной душевной, по тем указаниям, какие читаем в книге аввы Дорофея. Повторяю: если бы Господь благоволил видеться лично, тогда бы и поговорили искренно о чем нужно.

Приближающийся всерадостный праздник Светлого Воскресения Господа нашего Иисуса Христа желаю тебе встретить в здравии и утешении духовном, и в мире со всеми окружающими тебя. Мир тебе!

Многогрешный иеросхимонах Амвросий

198. Болезни от духовных причин лечатся духовными средствами

(Письма No 198-208 адресованы одному лицу)

М. полечить медицинскими средствами можно. Только это едва ли поможет. Потому что здесь духовные причины. Первая, что он принял неправую сторону матери, а потому неправильно смущался. И думаю, что он за это подвергся наказанию. А может быть, есть еще одна или и две причины духовные, о которых думать можно, а писать неудобно. И потому для него всего лучше чистосердечная исповедь и вразумление духовное. Скорбные искушения во всяком случае полезны. Сказано в псалмах (Пс. 77: 34): "Егда убиваше я, тогда взыскаху Его, и обращахуся, и утреневаху к Богу".

199. Как проходить должность

Поздравляю вас с должностью и сердечно желаю вам достодолжно проходить эту должность. А чтобы достодолжно руководить других, следует самим руководиться правилами закона духовного. Выписываю вам главное из этих правил, написанное преподобным Марком Подвижником, который говорит: "Егда разрешити хощеши вещь неудобопостигаемую, ищи о ней, что Богови угодно, и обрящеши решение тоя полезное" (глава "О мнящихся от дел оправдатися").

По этому правилу должно проверить все опытные сведения человеческие, которые нисколько не опровергаются, если согласны будут с волей Божией. Правило это относится более к тому случаю, когда будет нам нужно действовать в отношении других. Собственно же для нас самих преподобный Марк предписывает другое, более глубокое правило: "Не покушайся вещь неудобну разрешити любопрением; но имиже закон духовный повелевает, сиречь терпением и молитвой и единомысленною надеждою" и паки: "во всяком твоем начинании да предначинает тебе Бог, предначинающий всякое благо, яко да по Боге будет предлежащее дело" (правило 512-е: О законе духовном).

200. Как переносить служебные неприятности

Письмо ваше получил. Прочитав, ничего не могу сказать, разве только повторю Евангельские слова Самого Господа: "Аще от мира бысте были, мир убо свое любил бы: якоже от мира несте, но Аз избрах вы от мира, сего ради ненавидит вас мир" (Ин. 15: 19). Аз же, грешный, со своей стороны, прибавлю: ни губернатор, ни министр не вечны, и долготерпение Божие имеет предел; пусть покуражатся, пока попустит Господь, а после и самим достанется столько, сколько не думали и не ожидали. Неложно псаломское слово: "Видех нечестивого превозносящася и высящася яко кедры Ливанския. И мимо идох... и не обретеся место его" (Пс. 36: 35). Хотя тяжело и очень оскорбительно переносить несправедливые противодействия от таких лиц, которые должны защищать правду, и лиц не малых, а великих и высоких, но после будет отрадно, по нелицеприятному Суду Единаго Судии живых и мертвых. Выбор пал на вас; поэтому тяните до другого выбора, как можете и как сумеете, если достанет сил физических, вопреки всех ухищрений человеческих и вражеских, а там видно будет, на что решиться: служить или не служить.

Недавно мне пришлось слышать слова одного чиновника, которому кто-то сказал: "Вас все не любят". На что он отвечал: "А я всех презираю". Хотя слово это не совсем христианское, но кстати было сказано и довольно ощутительно для противников. Между добродетелями главными, основными, поставляются четыре добродетели: мудрость, мужество, целомудрие и правда. Смиренный Никита Стифат пишет, что каждая из этих добродетелей находится между двумя другими: мужество, с одной стороны, имеет терпение, а с другой, — крепкое сопротивление. Вас публично и даже печатно поносят. Хотя переносить это очень тяжело и оскорбительно, но в девяти блаженствах Евангельских главным и высшим поставлено последнее: "Блажени есте, егда поносят вам... и рекут всяк зол глагол на вы лжуще, Мене ради. Радуйтеся и веселитеся, яко мзда ваша многа на небеси" (Мф. 5: 11-12). И, с другой стороны, глаголет Господь во Святом Евангелии (Мк. 8: 38): "иже... постыдится Мене и Моих словес в роде сем прелюбодейнем и грешнем... и Аз постыжуся его, егда прииду во славе Отца Моего со Ангелы Святыми".

201. Долги хуже грехов

Заметно, что должность вовлекает вас в излишние расходы, то чтобы не впасть в непосильные долги, по времени, по усмотрению, можно и отказаться, а то долги хуже грехов: в грехах покается человек и Бог да простит, а за долги будут истязать не только в настоящей, но и в будущей жизни, от чего да избавит Господь.

202. Надо ратовать за правду; не отрекаться, но пострадать

Письмо ваше, от 13 февраля, получил, в котором объясняете, что мое письмо вас смутило.

Я писал вам условно, что ежели должность вводит вас в большие расходы, за которыми следуют неоплатные долги, как говорила ваша супруга. Но как вы в последнем письме дело это объяснили совсем иначе, то и не следует оставлять должности. Надеясь на помощь Божию, можете ратовать по-прежнему, так как сказано в Писании (Притч. 11: 4): "Правда... избавит от смерти". В этом ратовании не следует презирать человеческую помощь: можете двух знающих своих просить, чтобы писали за вас в Петербург и просили там, кого могут. А при случае можете иногда говорить и врагам своим, что "я лично могу объяснить самому Императору правое дело и ваши несправедливые придирки"; впрочем, это оставляю на ваше благоусмотрение. Если бы за правое дело пришлось, Бога ради, и пострадать, то оттого отрекаться не следует. Мы живем для будущей жизни и славы, а не для настоящей.

203. Не отказываться от должности. Губернатора уволят или переведут. Замужней жить с мужем на свои средства

Пишете, что N по какой-то причине ничего не говорил самому министру о губернаторе, а только товарищу его и делопроизводителю. Некоторые советуют вам ехать в Питер и лично все объяснить министру, а ваше сердце преклоняется более того, чтобы оставить это дело на волю Божию. И я с вашим мнением согласен; только не советую вам самим отказываться от должности, хотя и заявили вы некогда, что или губернатору или вам не служить. Мало ли что говорится по какому-либо случаю; а действовать нужно, сообразив все обстоятельства. Думаю, следует вам поступить так. Если в декабре опять выберут вас на настоящую должность, то не отказывайтесь, а лучше съездите к губернатору и объяснитесь с ним, что ежели он будет поступать с вами по-прежнему, как поступал, то вам необходимо будет поехать к министру и лично все объяснить. Может быть, будет успех к лучшему обращению с вами губернатора. Если же, попущением Божиим, губернатор останется в прежнем положении и расположении, не изменится к вам и товарищи ваши не поддержат вас, а устроят увольнение ваше, тогда исполнятся на вас Евангельские слова (Мф. 5: 10): "Блажени изгнани правды ради". Но почему-то думается, что губернатора или уволят, или переведут в другое место. На днях была в Оптине полковница из Варшавы. Муж ее был в подобном вашему положении и по этой причине перешел в другое место, хотя в Варшаве и служить ему было хорошо. Как только полковник переменил место, вскоре и начальника этого сменили, а жена же полковника очень сожалеет о своей перемене. Разумеется, нужно только погрозить губернатору поездкой в Петербург, а после — как дело укажет: ехать или не ехать.

Касательно N...ы вы хорошо рассудили: если она не согласится жить при монастыре, а все имеет желание оставаться с мужем, то пусть живет на свои средства, как знает. Когда поедете в..., поговорите с ней и рассмотрите ее положение и расположение, и согласно тому поступите.

204. Постращать монастырем. Довольство портит людей

Касательно N-..ы слова наши переданы верно, что О.А. советовала вам постращать ее монастырем, чтобы удержать от попытки возвратиться в родительский дом по известной причине. Слава Богу, что N...а осталась в...е жить с мужем, хотя и в нужде, но довольство и изобилие портит людей. От жиру, по пословице, и животные бесятся.

205. Смелым Бог владеет. Потерпим

Пишете, что служебные дела находятся в таком же положении: губернатора не сменяют и он продолжает смотреть сквозь пальцы на бунтующих крестьян. И в новом N не замечаете для себя поддержки. Поэтому можете и один по-прежнему действовать, как выразились вы г. Иг. Есть старинная мудрая поговорка: "Смелым Бог владеет". Поэтому, когда нужно и что нужно, пишите министрам, тому или другому. За это в Сибирь не сошлют, а если и выйдет какая неприятность и скорбь, с Божией помощью потерпим, а между тем, рано или поздно, мера долготерпения Божия исполнится; кого нужно — проводят с повышением или понижением.

206. Продолжение борьбы. Не унывать и одному в борьбе

Пишете, во-первых, о продолжении борьбы с противодействующими. Хотя многие действия ваши одобряют, но никто помогать вам не хочет и потому приходится вам одному вести эту борьбу. Но не унывайте. Силен Господь подать вам Свою помощь. Ежедневно читаются на вечерне псаломские слова пророка Давида: "Падут в мрежу свою грешницы: един есмь аз, дондеже прейду" (Пс. 140: 10). Поэтому ничтоже сумняся, ничтоже бояся, пишите к министру что потребно, прилагая в доказательства документы, в надежде, что примется что-нибудь в резон и сколько-нибудь подействует. А если бы попущением Божиим противной стороне пришлось превозмочь, то ничего вам больше не будет, как велят только оставить службу, впрочем, и на это не надеюсь. Вы же во всяком случае исполните свой долг пред Богом.

207. Некое одоление. Суды. Зло всегда забегает вперед

Письмо ваше получил. Рад, что последовало некое одоление, хотя еще и не совершенное. Но довольно и того, что уже многие оценили вашу ретивую ревность относительно справедливого отстаивания своих прав пред властями. И сидящие теперь в остроге за самоуправство заставят других быть осторожнее — не делать подобного.

Вы спрашиваете меня, не послать ли министру добавление о возмутительном запросе (по какому случаю был арестован на семь дней староста, допустивший или не удержавший мужиков от самоуправства?).

Ежели доселе не уяснилось и не обозначилось, что главному виновнику, поддерживающему беспорядки, доселе нет никакого запрещения или слуха о перемене, то не мешает послать добавление к прежней докладной записке о явном поддерживании беспорядков известным лицом. Если бы кто нашелся, могущий довести до сведения министра юстиции о таких судах, то это много бы помогло правому делу. Да и по Божию суду неправда совершенного успеха иметь не может.

Сказано в псалмах: солга неправда себе. Зло всегда забегает вперед, только не одолевает. Каин родился прежде Авеля и Исав прежде Иакова; но старшие не только не имели успеха, а и погибли. Сказано в псалмах: правда Божия, яко горы Божий, и правда человеческая видна не как горы, но как холмики. Помоги вам, Господи, подвизаться.

208. Губернатор уволен в отставку. Правда

Пишете, что наконец и губернатора уволили в отставку. Значит, что дело ваше, с помощью Божией, хоть не скоро, а взяло верх. Спрашиваете, как вам обходиться с новым губернатором, который отдал вам визит и просидел у вас дольше, чем вы у него?.. Вы объясните ему бывшие обстоятельства при прежнем правлении, не указывая прямо на губернатора бывшего, и скажите, что "при бывшем правлении" становых били мужики и это оставалось безнаказанным, а равно как и то, что самоуправники косили чужие луга, и прочее. Ежели он, по вашим словам, действительно дельный человек, то думаю, вашему взгляду на вещи противодействовать не будет. Впрочем, он прежде должен всматриваться во все и во всех, и тогда уже действовать. Как бы то ни было, а вы всегда держались правой стороны, с помощью Божией, и продолжайте держаться оной, только поискуснее. Сказано где-то: "Правда избавляет от смерти", хотя за правду Крестителю Господню и голову отрубили; но это не лишило его почитания выше всех.

209. Уча детей, должно от них учиться

Детей вы обязаны учить, а от детей сами должны учиться, по сказанному от Самого Господа (Мф. 18: 3): аще не "будете яко дети, не внидите в Царство Небесное". А святой апостол Павел протолковал это так (1 Кор. 14: 20): "не дети бывайте умы: но злобою младенчествуйте, умы же совершени бывайте".

Меры этой достигнуть тебе от всей души желаю. Аще ли же в совершенстве сем оскудеваем како-либо, то смиряться должны от всей души, чтобы таким образом не лишиться нам милости Божией, по сказанному в псалмах: смирихся, и спасе мя Господь. Еже буди всем нам получити неизреченным милосердием Господа нашего Иисуса Христа. Аминь.

210. Дом души — терпение, а пища души — смирение

В самый день твоего Ангела поздравляю тебя с сим знаменательным для тебя днем. А прежде, ради постоянной молвы с людьми, не мог тебя поздравить и пожелать тебе всего полезного и душеполезного и спасительного, и прежде всего терпения и смирения, без которых никакое добро не прочно, и без которых никогда человек не может иметь мира душевного. Блаженный Экдих в "Добротолюбии" пишет: "Дом души — терпение, а пища души — смирение. Когда душе пищи не достает, тогда она вон выходит", то есть выходит из терпения.

Поэтому-то единогласно всеми святыми и утверждается, что никакая добродетель без терпения не совершается. А терпение без смирения не бывает. Господь, имиже веси судьбами, помоги и устрой, да не будем чужды сих благих качеств.

211. Будьте уступчивы друг ко другу

На сколько время будет удобно вам пожить в Калужке, столько времени и можете пробыть там. Этого правила держитесь и в других местах, то есть в Москве, в Троицке, в Лавре и в Ростове. А на возвратном пути, как рассудите по усмотрению, так и поступите, то есть кому потребно будет скорей возвратиться, тот так и сделает, а кто пожелает где-либо замедлить и подольше пробыть, и сей человек такожде да сотворит, точию во взаимном мире, да позаботитесь, уступая едина другой, елико будет возможно, с духовным рассмотрением. Кто уступает, тот получает три осьмушки с половиной; а кто мнится и право настаивать, тот получает только одну осьмушку, а иногда и одной не получает, когда сам расстроится и другого расстроит.

212. По имени и житие твое да будет

Поздравляю тебя с днем твоего Ангела. Сердечно желаю тебе жить сообразно твоему имени, по сказанному: по имени и житие твое да будет. Ты немножко маракуешь и по-гречески. Анастасия значит воскрешенная или воскресшая. А люди воскресшие уже не умирают, и грех ими уже ктому не обладает. О, дабы и с нами было так. Господи, помилуй нас, Господи, помоги нам!

213. Должно полагаться на Бога

Пишешь, что попечитель Головинской общины позволяет тебе прожить август в Головине с видом, данным тебе от матушки Иг. ехать по болезни к архиерею просить себе вид. А Тульского архиерея 13-го августа ждут в Белев. Молись Царице Небесной и угоднику Святителю Николаю, чтобы не вышло какой путаницы, если архиерей спросит матушку игумению: "Где же смотрительница училища?" Игумения поневоле должна будет сказать: "Поехала к вашему высокопреосвященству, по болезни просить вид ехать к родным для поправления здоровья". Это я пишу шутя. Может быть, дело не коснется тебя и училища. А если бы и коснулось, особенно важного произойти не может. Впрочем, пораньше приехать следует хоть в Оптину, не дожидаясь сентября. По крайней мере, не будут опасаться за твое беспаспортное отсутствие. Что будет, то будет. А будет то, что Бог даст. Бог же устрояет все только полезное и душеполезное и спасительное. Только с нашей стороны требуется не малодушествовать, а с покорностью воле Божией потерпеть посылаемые скорби и болезни, смиряясь пред Богом и людьми, и не дерзая никого обвинять или осуждать, чтобы и на нас сбылось Евангельское слово Господне: "не судите, и не судят вам" (Лк. 6: 37). И паки: "претерпевши до конца, той спасен будет" (Мф. 10: 22). И паки: "Не пецытеся об утрии, утрений бо собою печется: довлеет дневи злоба его" (Мф. 6: 39). Если Господь доселе промышлял о нас, по Своему милосердию, то благость Его и вперед нас не оставит всеблагим Своим Промышлением. А пока, на досуге, постараемся поточнее истолковать слова святого Ефрема

Сирина: "Боли болезнь болезненно, да мимотечеши суетных болезней болезни".

214. В мире скорбни будете!

Впрочем, надобно знать, что только в Царствии Небесном будет совершенно покойно. А на земле, — сказал Господь (Ин. 16: 38): — "скорбны будете". Да и люди глаголют: там хорошо, где нас нет. Поэтому всегда заканчивают словами: как ни прикинь — все выходит клин. Поэтому люди по нужде и умудряются соединять клины и сшивать, чтобы выходил четвероугольник. Не без причины называется земная жизнь юдоль плача: плачут подчиненные и бедные, воздыхают начальники и богатые. Без скорби и печали на земле никого нет. Соображая все это, обратимся мыслью и сердцем ко Всеблагому Промыслу Божию, который нас доселе питал и все потребное давал. Возверзем печаль свою на Господа.

215. В терпении вашем стяжите души ваши... как молиться...

Христианская жизнь требует благодушия и терпения, как Сам Господь сказал: "в терпении вашем стяжите души ваши". С маменькой твоей старайся поменьше спорить; менее будешь раздражаться и ей менее досаждать. Этим исполнишь половину смысла слов батюшки отца Макария: "Веди себя так, чтобы тебя отпустили свободно в монастырь"; а вторая половина слов его будет заключаться в том, если поискуснее и осторожнее будешь обращаться с посторонними и приезжими. Если будем хранить страх Божий в сердце, то он будет сохранять нас от всякого вреда душевного. Поститься тебе неудобно, а употребляй умеренно пищу во славу Божию. Раздражительность постом не укрощается, а смирением и самоукорением и сознанием, что мы достойны такого неприятного положения. Также и молиться в каждый час, по определенному назначению, тебе неудобно, а молись какое подаст Бог время и удобство, и опять со смирением, без гнева и негодования на других; а если бы это случилось по немощи, то прежде всего молись, да укротит Господь сердце твое, прося с тем вместе всякого блага тем людям, на которых по немощи смущаешься. Ты спрашиваешь, нужно ли тебе открывать о своем желании братьям своим. В этом случае старайся поступать, смотря по обстоятельствам, соображаясь с тем, что будут говорить братья об устройстве тебе. При удобном случае можешь сказать им, что надобно же тебе устроить жизнь свою сообразно с твоим желанием и настроением духа. Если будут назначать тебе часть земли — не отказывайся. И вообще предавайся Промыслу Божию, и моли благость Его, да имиже весть судьбами устроит тебя на путь спасения.

216. Ошибки исправляй самоукорением и покаянием

В чем по немощи увлечешься, не малодушествуй и не смущайся, а старайся поправить это самоукорением и исповеданием сперва Сердцеведцу Богу, а по времени и духовному отцу. Случающиеся увлечения да научают тебя уклонению и осторожности, и охранению себя чрез страх Божий. Предайся воле Божией и ожидай с терпением решения своей участи.

217. Хульными помыслами не смущайся

Помыслами хульными не смущайтесь, а только укоряйте себя в это время за горделивое расположение души и за осуждение других. Первые без последних не вменяются в грех. Скупость происходит от неверия и самолюбия. Также и раздражительное состояние духа происходит, во-первых, от самолюбия, что делается не по нашему желанию и взгляду на вещи, а во-вторых, и от неверия, что будто бы исполнение заповедей Божиих в настоящем месте не принесет вам никакой пользы. Правда, что место удобное помогает, но все-таки главное дело зависит от силы душевного произволения на благое, и понуждения к тому, и от приличного хранения себя. Ева и в раю нарушила заповедь Божию.

218. Хульные помыслы за гордость

А хульные помыслы известно за что борют: во-первых, за возношение, во-вторых, за осуждение. Смирись, не думай о себе, что ты лучше других, не зазирай никого, а себя за согрешения и поползновения укоряй, то и хульные помыслы утихнут. Впрочем, во всяком случае не смущайся; невольные хульные помыслы святые отцы не считают грехом, а их причины — грех.

219. Во всем полагайся на Бога

Не беспокойся много об устройстве своей судьбы. Имей только неуклонное желание спасения и, предоставив Богу, жди Его помощи, пока не придет время. Екатерине мой поклон.

220. Опровержение неправильных мнений: о чудесах Христовых, о театре, войне, разводе, награде за гробом и духовной литературе

Письмо ваше, от 4 марта, получил. Пишете о своем N, у которого живете, называя его идеально-нравственным во всех отношениях; но, прибавляете, верует он "по-своему" — по выбору. Но такое своеобразное верование не есть признак идеально-нравственного человека. Напротив, такие люди всегда назывались и называются еретиками (от греческого слова — odpeiv — выбираю). Пишете еще, что N ваш обладает поразительной силой воли. Но сила воли обнаруживается в делах добрых при великих препятствиях или искушениях. Например, святые мученики, несмотря на жесточайшие мучения и лютую смерть, не отрекались от веры в Господа

Иисуса Христа. Вот тут мы видим поразительную силу воли. А N ваш, не испытывая никаких скорбей и лишений, если вступает с вами в прения религиозные и непременно хочет вас переспорить и поставить на своем, хотя бы и неправом, мнении, то это непохвальное качество души называется упорством или упрямством. Вы еще замечаете в нем величайшее самомнение. Вот от этого-то и упорство или упрямство происходит; уж кто много о себе думает, тот все свои, даже уродливые, мнения считает за непреложные истины, и никого слушать и знать не хочет; а потому чрезвычайно бывает упрям. Даже случается так: иногда разъяснят такому человеку истину как дважды два — четыре, он в негодовании отвернется, и так как ему сказать напротив нечего, будет только твердить: "Да! Знаем вас! Да! Знаем вас"... А уж уступить никогда не уступит. Самомнение же величайшее происходит от величайшей гордости. Гордость же есть начало и корень всех зол в роде человеческом, и поистине есть гибель или смерть души. Судите после сего сами, можно ли назвать N вашего идеально-нравственным человеком.

Написал я вам это, впрочем, нисколько не желая осуждать вашего N, а только желая вам открыть глаза, чтобы вы имели о нем правильное понятие, и не приписывали ему тех добрых качеств, которых, к сожалению, в нем вовсе незаметно.

Вы видите в N своем противоречие самому себе. Это — сущая правда. В самом деле, в Евангельские чудеса Христовы не верит, а причащается Святых Христовых Таин. Между тем как Святая Евхаристия есть первейшее, важнейшее, и величайшее чудо Христово; а прочие Евангельские чудеса уже второстепенные. Ибо как не назвать величайшим чудом то, что простой хлеб и простое вино, раз непосредственно пресуществленное Господом в истинное Тело и в истинную Кровь Его, вот уже почти две тысячи лет, по молитвам иереев, следовательно, уже людей обыкновенных, не престают пресуществляться точно таким же образом, производя чудное изменение в людях, причащающихся сих Божественных Таин с верою и смирением.

N ваш Евангельские чудеса Христовы приписывает гипнотическим и телепатическим явлениям и называет их фокусами. Но между чудесами Евангельскими и фокусами неизмеримое различие. И во-первых, они различаются между собой по своему значению. Чудеса Христовы, будучи делами необыкновенными, в то же время были величайшими благодеяниями страждущему человечеству. В самом деле, исцелить слепорожденного, сухорукого, воскресить мертвого не суть ли все это величайшие благодеяния? Недаром и апостол выразился о Господе Иисусе Христе так: "и Он ходил, благотворя и исцеляя всех, обладаемых диаволом" (Деян. 10: 38). И эти чудесные благодеяния Христовы производили благотворнейшее влияние на благодетельствуемых Господом людей. Например, по исцелении слепорожденного, Господь, "найдя его, сказал ему: ты веруешь ли в Сына Божия? — А кто Он, Господи, чтобы мне веровать в Него", — возразил тот. Господь же "сказал ему: и видел ты Его, и Он говорил с тобою. Исцеленный же сказал: верую, Господи! И поклонился Ему" (Ин. 9: 35-38).

А при представлении фокусов что мы видим? Фокусник занят корыстной целью, заботится только о своей наживе, как побольше собрать денег со зрителей; а зрители посмотрят, позевают, скажут: "Да, это удивительно", — и затем пойдут прочь с пустыми карманами. А сколько при сем бывает соблазнительных речей и взглядов! А уже о мыслях скверных и толковать нечего.

Во-вторых, чудеса Христовы были истинными чудесами. Например, воскресить четверодневного мертвеца (Лазаря), у которого тело уже стало разлагаться, разве это фокус? И какой гипнотист или телепатист может сделать что-либо, подобное сему? А фокусы — обман, это уже давно всем известно.

N ваш единственной истинной школой нравственности признает театр. А зачем же сам он ходит в храм Божий причащаться Святых Христовых Таин? Стало быть, театр — не единственная школа нравственности. Тут опять видно в нем противоречие самому себе: говорит одно, а делает другое. Да и нельзя отдавать театру особенное преимущество в нравственном воспитании людей. Возьмите для примера две картины, одну — духовного содержания, например, Распятие Господа нашего Иисуса Христа, претерпевшего ужаснейшие страдания и самую поносную смерть для спасения погибшего рода человеческого; а другую картину светскую, из народной жизни, например, как рассорились и разошлись муж с женой. Пусть N ваш скажет по совести, какая картина будет иметь более благотворное влияние на нравственность человека. Если у него вкус в отношении к предметам нравственности еще не совсем испорчен, то, без сомнения, он должен отдать преимущество картине, изображающей распятие Господа нашего за наши грехи. А что представляют зрителям в театрах, как не сцены из народной жизни. Прибавить к сему нужно, что сцены эти, по временам, бывают очень грязны. Кроме того, какая обстановка в театре? Светская музыка, не дающая возникнуть в душе человека ни одной духовной мысли, ни одному духовному чувству. А эти рассеянные лица зрителей, переглядывающихся, смеющихся, иногда пересмеивающих друг друга, а при некоторых сценических представлениях приходящих в негодование, выражающееся в бурных криках, или увлекающихся сладострастными чувствами, сопровождающимися неумолкаемым смехом и азартными рукоплесканиями, и прочее. Это ли школа нравственности? Наоборот, это школа безнравственности, способная заморить в душе человека последние остатки доброй нравственности, если только она в нем есть. Оттого теперь и появляются люди, подобные вашему N, — спорливые, упорные, раздражительные, — что они учатся нравственности в театрах. Приходилось слышать, что некоторые называют театр порогом церкви. Пожалуй, с этим можно согласиться, что театр есть порог церкви, только с заднего крыльца. Спросим еще: все, делающееся в театрах, какое должно иметь влияние на неиспорченную натуру молодого человека? Без сомнения, оно должно породить и укрепить в нем звериные чувства с неизменными скотскими потребностями. О преимуществе же храмов Божиих пред театром я считаю и говорить излишним.

Написали вы еще, что ваш N, увидев, что вы читаете книгу преосвященного Феофана, с раздражением, указывая на книгу, сказал: "Пусть он мне докажет, что Церковь права, разрешая убийство на войне, когда Иисус Христос сказал: "не убий"". Но во-первых, снаряжением войска и отправкой на место военных действий, чтобы убивать врагов, занимается вовсе не Церковь, а государственная власть, которая в подобных случаях может и не послушаться Церкви, в особенности, если власть эта находится в руках иноверного правительства, как, например, в Турции. Там, отправляя на войну солдат, султан не только не спрашивается с Христианской Церковью, но и не обращает на нее никакого внимания. Следовательно, Церковь вовсе тут ни при чем. У нас, впрочем, Церковь и в военных действиях принимает участие; но какое? Тогда как государственная власть отправляет воинов карать врагов дерзких и непокорных, Святая Церковь, наоборот, внушает воинам не щадить своей собственной жизни, свою собственную кровь проливать за святую православную веру, державу царя и дорогое Отечество. Так она и молится в святых храмах за убиенных воинов: о упокоении душ всех православных воинов, за веру, царя и Отечество на брани живот свой положивших. N ваш все-таки может возразить: "По крайней мере, Церковь не запрещает убивать на войне врагов". Но если ей запрещать это, тогда она должна столкнуться с государственной властью, и в таком случае одни из воинов перейдут на сторону Церкви, а другие останутся на стороне правительства, и произойдет взаимная резня; а враги, узнав об этом, свободно заполнят наше Отечество. Ужели это лучше будет? И если бы, прибавим к сему, в руки свободно пленивших наше Отечество врагов, например, китайцев, первым попался бы ваш N и они стали бы его живого распиливать, как бы он тогда стал философствовать о войне. Интересно было бы послушать...

Во-вторых, на вышеприведенные слова вашего N, приписывающего Господу Иисусу Христу слово "не убий", ответим, что Господь вовсе этой заповеди не давал, а только привел эту заповедь из Ветхого Завета: "Вы слышали, что сказано древним (то есть в Ветхом Завете): не убивай". Подлинная же заповедь Господа следующая: "А Я говорю вам, что всякий, гневающийся на брата своего напрасно, подлежит суду" (Мф. 5: 21-22). Вот видите, что Господь запрещает не убийство, запрещенное еще в Ветхом Завете, а, как Совершитель закона, старается искоренить из сердца человеческого самую страсть гнева, отчего люди доходят иногда и до убийства.

Из сего, в-третьих, можно видеть, что Господь, преподавая людям заповедь не гневаться, вел здесь речь вовсе не о войне; так как Он и пришел на землю не для того, чтобы основать видимое государство, и не для того, чтобы писать государственные законы, а для того, чтобы спасти людей, и потому был учителем нравственности и преподавал людям нравственные уроки, которые относились, как и теперь относятся, к каждому лицу в частности. По-нашему, попросту, можно выразиться так: при исполнении заповедей Евангельских, каждый смотри сам за собой; тогда и дело будет хорошо. Поэтому и Господь предостерегал людей, даже с угрозой, говоря: "Не судите, да не судими будете" (Мф. 7: 1), направляя последователей Своих к тому, чтобы более внимали себе и своему спасению.

Еще N вам говорит, что развод между супругами запрещен Господом Иисусом Христом. Читаем собственные слова Господа: А "Я говорю вам: кто разводится с женою своею, кроме вины любодеяния, тот подает ей повод прелюбодействовать" (Мф. 5: 32). Из сего каждый может видеть, что развод запрещен Господом не безусловно. Если супруги соблюдают верность друг к другу, то не должно им разводиться; а в противном случае связывать супругов неудобно. Сему правилу следует и Святая Церковь.

Пишете еще, что N ваш находит учение Христово далеко несовершенным. Оно кажется таким для людей неверующих и потому небрегущих об исполнении животворных заповедей Христовых. А кто в простоте сердца верует, и по силе и возможности старается направлять жизнь свою по закону Христову, тот собственным опытом убеждается, что совершеннее сего учения никогда не было и быть не может.

Причиной несовершенства Христова N ваш считает обещание Господом награды за исполнение Его заповедей. Но награда эта не есть какая-либо плата; например, вырыл мужик яму, и получил рубль. Нет... У Господа самое исполнение заповедей служит для человека наградой, потому что оно согласно с его совестью, отчего водворяется в душе человека мир с Богом, с ближними и с самим собой. Потому такой человек всегда бывает покоен. Вот ему и здешняя награда, которая перейдет с ним и в вечность.

N ваш обещание награды Господом за исполнение заповедей Его считает доказательством величайшей мудрости Спасителя, так как находит, что только таким будто бы способом учение Его и могло так быстро распространиться. Одно обещание награды несильно было сделать это. Ибо и в магометанстве, и в других религиях, в которых люди веруют в загробную жизнь, также обещаются награды по исходе из сей жизни. А распространению истинно христианской религии способствовала, главным образом, благотворность учения Христова на Его последователей. Эту благотворность может и теперь испытывать каждый, истинно верующий в Господа Иисуса Христа и направляющий жизнь свою по Его животворным заповедям. Как выше упомянуто, такой человек еще на земле наслаждается миром небесным.

Забыл еще об одном. Написали вы, что N ваш кроме Евангелия других книг богословского содержания не признает и считает их, как и современные проповеди священников в церкви, излишним повторением и искажением Евангельского учения. Почему же? Не потому ли, что вовсе не читает духовной литературы и не слушает проповедей. Но в таком случае можно ли правильно судить о достоинстве духовно-нравственных сочинений? Ведь наизусть, то есть не заглядывая в книгу, одни только нищие Лазаря поют. А N вашему, много думающему о себе, стыдно так укоризненно отзываться о духовной литературе без всяких фактических доказательств. Написал я все это вам, не надеясь, впрочем, чтобы N ваш оставил свой ложный взгляд на все святое, дорогое православному христианину. Но этим хотелось мне показать вам лживость его взгляда, — хотя бы вы-то не сбились с правого пути. Оберегайте своего малютку, чтобы он не был слушателем ваших прений с N, ибо яд N незаметно может вливаться в его юную, впечатлительную душу. Мир вам с вашим малюткой и Божие благословение, а вашему N искренно благожелание оставить свои заблуждения.

221. Какую невесту должно выбирать

Испрашиваешь моего грешного совета и благословения вступить в законный брак с избранной тобой невестой. Если ты здоров и она здорова, друг другу нравитесь, и невеста благонадежного поведения, и мать имеет хорошего, неропотливого характера, то и можешь вступить с ней в брак.

222. Как должно выбирать невесту

Ежели сын здоров, и не обещался в монахи, и желает жениться, то и можно, Бог благословит. А чтобы была посмиреннее, то смотри. Если мать невесты смиренна, то и невеста должна быть смиренна, потому что, по старинной пословице: "Яблочко от яблоньки недалеко откатывается".

223. О пьянице муже должно молиться Богу

Пишешь ты, что муж твой чрезмерно предан винопитию, а ты с ним жестоко обращаешься, бьешь его, когда он бывает в нетрезвом виде. Боем ничего не выбьешь, а хуже в досаду его приведешь. А ты лучше с верой и усердием молись за него святому Иоанну, Крестителю Господню, и мученику Вонифатию, чтобы Всеблагий Господь, за молитвами Своих угодников, отвратил его от пути погибельного, имиже весть Сам судьбами, и возвратил его на путь трезвой воздержной жизни.

224. Можно ли молиться за казненных

Ответ касательно поминовения Кар-ва. Если он нелицемерно раскаялся и принес пред Господом и пред духовником искреннее осознание и исповедание всех своих согрешений, то справедливо слово Г. А.П., что, без сомнения, можно его поминать, как бы его ни похоронили. Вся важность не в образе погребения, а в том, с каким душевным настроением отошел он из сей жизни. Если он только для виду, и из каких-либо человеческих предположений принес только наружное раскаяние, то какая ему будет польза от церковного поминовения. Но нам совершенно неизвестно, раскаялся ли он искренно или нет, и даже приобщался ли; пусть разузнают те, кто об этом заботится, а потом пусть поступают сообразно с тем, что узнают. А что он лишен погребения, и что получил конец такой позорной смертью и подобное — все это при искреннем раскаянии может послужить ему к облегчению тяжкой вины преступления; другим же послужит это к вразумлению, чтобы так не забывались и так далеко не простирали своей дерзости. Господь всеблагий волей и неволей да вразумит нас всех и имиже весть судьбами да помилует произволяющих.

225. Предсказание митрополита Филарета

Не хлопочи о ризе; я передумал, решил, что лучше теперь не делать ризу на Калужскую икону Божией Матери. Первое — у нас денег мало... Второе — вспомнил я слова покойного митрополита Филарета, который не советовал делать ризы на иконы, потому что приближается время, когда неблагонамеренные люди будут снимать ризы с икон. Поэтому я решил для Калужской иконы Божией Матери вместо ризы сделать киоту, чтобы икона была виднее, и чтобы было удобнее к ней прикладываться. О заказе же ризы, повторяю, отложи всякое попечение, — разве кто поусердствует сделать.

226. О происхождении душ. О живом единении Русской Церкви с греческой. О русском духовенстве

В письме твоем, от 24 сентября, делаешь мне много вопросов, на которые, по многим причинам, отвечать неудобно. Ты спрашиваешь, как тебе согласить книги: "Православное Исповедание" и "Богословие" Макария относительно происхождения душ. Прочти сам в первой книге вопрос 28-й, а у второго, во втором томе, ї 7-й, и увидишь, что известный священник совсем не по тебе говорил, будто души происходят от родителей по одному естественному порядку. Петр Могила говорит, что по совершенном изображении членов тела от семени человеческого, душа дается от Бога; а в "Богословии" Макария говорится, что по изображении членов телесных от семени человеческого, душа посредственно творится Богом. Разница только в выражениях. В первом говорится неясно, а в последнем — яснее; а в книге о конечных причинах объясняется, почему древние отцы говорили об этом предмете прикровенно, именно ради того, что в тогдашнее время преобладала склонность к материализму. Впрочем, это такой предмет или вопрос, в тонкое исследование которого не входя, многие спаслись. И нам ("особенно монахам", добавлено рукой отца Моисея) должно заботиться более о практическом ведении, а от спорных предметов, паче же от споров, удаляться, памятуя слово апостола, что они ведут к разорению душ. ("Святой Исаак Сирин учит, чтобы нам, монахам, не догматствовать", — добавлено рукой Макария.)

В записке о живом единении России с Грецией, по нашему мнению, следовало бы прежде всего выставить на вид то, как Господь первоначально основал Вселенскую Православную Церковь, состоящую из пяти Патриархий, или частных Церквей; и, когда Римская Церковь отпала от Вселенской Церкви, то Господь как бы пополнил это лишение основанием на севере Церкви Русской, просветив Россию христианством чрез Греческую Церковь, как главную представительницу Церкви Вселенской. Внимательные и рассудительные из православных усматривают тут два дела Промысла Божия: во-первых, Господь позднейшим обращением России к христианству охранил ее от вреда папистов; во-вторых, показал, что Россия, как просвещенная христианством чрез Греческую Церковь, и должна быть в единении с сим народом, как главным представителем Вселенской Православной Церкви, а не с другими, поврежденными еретичеством. Предки наши так и поступали, видя, может быть, жалкий пример (кроме римлян) в Церкви Армянской, которая, чрез отделение свое от Церкви Вселенской, впала во многие заблуждения. Армяне заблудили по двум причинам: во-первых, приняли клеветы на Вселенскую Церковь; во-вторых, пожелали самоуправства и вместо сего подчинились тонкому влиянию западных, от которых ограждены были и самой местностью. Злокозненный адский враг тоже ухитрил и ухитряет и над русскими, только несколько измененным образом. Армяне спутались сперва приятием клеветы на Вселенскую Церковь, а после пожеланием самоуправства. А русские могут быть ближе к тем же действиям, принимая клеветы на предстоятелей Вселенской Церкви. И таким образом, по злоухищрению вражию и нашей оплошности, выйдет то, что мы, самовольно уклоняясь от полезного и спасительного единения с Вселенской Церковью, невольно и незаметно подпадем вредному влиянию западных мнений, от которых охраняло и ограждало нас само Провидение, как сказано выше. Так как теперь все приражены к грекам, и особенно к греческому духовенству, то в записке следовало как бы спрятывать оных, в ином месте — под именем Восточных патриархов, а в другом — под именем Вселенской Церкви, которой они главные представители. Также нужно бы выставить на вид, что иное дело есть безусловное повиновение, и иное — сношение с Греческой Церковью. В последнем случае нет ничего обязательного к безусловному повиновению.

В записке этой некоторые места сказаны слишком резко и неопределенно; например, от западного неверия не обереглось и наше духовенство; можно подумать, что все наше духовенство повредилось теперь неверием. Лучше бы сказать определеннее, что западное неверие стало часто проникать и в наше духовенство. Также нехорошо сказано: и Академические ограды не ограждают от неверия, а еще прогрессом и цивилизацией прельщаются духовные лица. Выражения эти следовало бы заменить такими, которые бы определенно выражали частность, чтобы не оскорбить многих, не причастных сему.

О том человеке, который будто бы оказал услугу Церкви, а не по правому намерению, можем сказать только слово Писания: "от плод их познаете их" (Мф. 7: 16); также: конец всякое дело венчает и обнаруживает; о подробностях же говорить невозможно. Жаль очень, что мнения важных лиц о делах восточных расходятся; а тут требовалось бы более всего единомыслие. Но да будет воля Господня! Силен Господь отклонить противление некоторых, если это нужно будет. Мнения о сем, также и тамошние дела, так перепутались, что Един только Бог ведает и силен устроить полезное. Книжка о земной жизни Господа нашего Иисуса Христа написана нехорошо, без строгой исторической точности и последовательности; Богословские термины заменены простыми человеческими выражениями; упущено то, что следовало бы особенно выставить на вид, смотря по духу настоящего времени; словом, вместо Богословской жизни выходит почти просто человеческая.

В журнале "Народное чтение" хоть и нет особенно назидательного, но, по крайней мере, нет пока ничего противного.

Книжки "Жития святых", на русском языке, не успели еще прочесть.

Рукописи твои посылаю, кроме письма к преосвященному Димитрию и извлечения из отчета преосвященного Кирилла, которых не нашлось; в одной из этих бумаг положен портрет.

227. О противодействии журнальному кощунству

Письма твои, от 11-го и 18-го ноября, получил. В последнем выражаешь сомнение и недоумение о неполученных тобой рукописях, а нами — твоего письма. Возложись на Промысл Божий; силен Господь покрыть тебя, а в случае требования от тебя объяснения (чего, кажется, не может быть) можешь сказать, что ты проездом забыл оные у нас и просил переслать их к тебе.

В первом письме пишешь об общей вашей скорби, что прошение родителя вашего не имело желаемого успеха. Человеку лютеранского исповедания не к тому лицу нужно было обращаться с прошением. О Государыне говорят, что она всем сердцем привержена к Православию, потому, вероятно, и не приняла участия в вашем родителе. Еще пишешь, что в П.Т.Б. есть много благонамеренных людей, которые желали бы выказать противодействие настоящему журнальному кощунству, и спрашиваешь нашего мнения, как в таком случае лучше действовать, — официально или литературно, в книжках или журнале, и чем преимущественно? Наше мнение, если будет возможно, то нужно действовать всеми сими способами, смотря по выходкам кощунства и неверия и вольнодумства; преимущественно же обращать внимание на зловредные, и об оных доносить словесно или официально могущему остановить это зло, выставляя на вид вредные последствия дерзких выходок безверов.

Не мешало бы составить и журнал об обличении современных заблуждений, хоть не самостоятельный, а примкнутый к другому полезному журналу; и из этого журнала особенно важные статьи отпечатывать после и отдельными книжками. Прилично бы было, кажется, составить из сего второй отдел журнала "Народное чтение" и писать слогом, сообразным с материей, а не мужицким; но тут, с другой стороны, опасность, как бы не повредить простой народ ядом неверия, выставляя на вид разные вольнодумства. Это нужно помолиться Богу хорошенько, рассмотреть со всех сторон, и особенно с той стороны, много ли людей из простонародия читают сей журнал. И общим советом рассмотрев дело сие, с помощью Божией, приступить к действию в том или другом журнале; а пока, чем будет можно, указанное тобой братство о Господе да противодействует злу.

Доказательство Облеухова о возможности плотского соединения бесов с людьми, написанное по поводу напечатания жития преподобной Евфросинии в числе сказок, теперь не вовремя, когда в кругу переученных усиливается мнение, что совсем и бесов нет, ни их злоначальника диавола. Притом и в древних житиях не видно подобного примера. А можно донести министру просвещения, что ни с чем несообразно писать и печатать сказки об отечественных лицах, которые святость свою доказывают нетлением мощей своих, что известно целой России. Ты опасаешься, как бы не сделаться тебе односторонним и особенно потому, что слышится упрек некоторых касательно уклонения на одну сторону, до пристрастия. Есть слово Евангельское: сия творите и оных не оставляйте. Поэтому нужно всегда смотреть на обе стороны, и прежде на ту, которая к нам ближе, хотя бы тебе пришлось действовать и в пользу отдаленных братий. Соображая обстоятельства и пользу обеих сторон совокупно, с помощью Божией можешь избавиться от увлечения.

Мысль и желание Гр. иметь живое общение с Греческой Церковью и поддержать греков и греческое духовенство весьма похвальны и имеют благое основание; но как сего достигнуть при настоящем положении дел и обстоятельств — и наших, и греческих? Кто может все это соображать и видеть, в том невольно будет пропадать охота к сему начинанию, по причине трудного достижения сей цели. Другая причина, — что никто из этих людей не имеет полной силы и полного влияния по причине множества лиц; есть пословица: "Ум хорошо, два лучше того, а три хоть брось". И оттого часто может не выказывать живого участия, что не раз его основательное предложение было оставлено втуне, а пущено в ход предложение других, по причине их численности, или по чему другому.

Предложение же о построении благолепной церкви не было принято, может быть, и по причине скорости, ибо все новое обыкновенно начинается не иначе как со временем, и постепенно, и по соображении нужных обстоятельств.

Начало премудрости есть страх Господень, от которого бывает хранение заповедей Божиих; а когда страха Божия нет, то и нравственность во многих сословиях в большом упадке, так что при настоящем положении дел мудрено приискать средства положительно действительные к восстановлению нравственности и практической жизни.

Соображаясь со всеми этими обстоятельствами, не знаю, что тебе сказать о твоем нехотении предполагаемой должности и склонности твоей служить по Духовно-учебному управлению. Усматривай сам, как и где лучше для тебя; соображайся со своими силами и молись Богу, чтобы Сам Господь устроил, где для тебя полезнее. Одно твердо помни, что достижение успеха желаемого в обоих случаях сопряжено более с не надеждой, а только нужно везде трудиться по силе своей, Бога ради, о возможном успехе, и от Господа ожидать воздаяния. Везде и при всем должно помнить совет Марка Подвижника: "Во всяком неудоборешимом обстоятельстве ищи, что угодно Богу, и обрящешь полезное решение сего дела".

228. О восточных церквах. Не всех Бог спасает разумом, но многих и простотой

Письма твои, от 4-го и 15-го мая, получил, и отвечаю прежде на последнее. Мнение того, кто находит нужным ослабить могущество Греческой иерархии и исхитить из ее рук

Патриархии: Иерусалимскую, Антиохийскую и Александрийскую, или хотя бы две последние, к коим принадлежат арабы, — необдуманно, легкомысленно и весьма неосновательно, и прямо содействует давно желаемому намерению западных врагов наших, ищущих сего ослабления через разъединение. Мера эта и всегда бы была вредна, кольми паче в настоящее время, когда и без того турки ухищряются еще более поработить и отяготить греков и греческое духовенство вмешательством во взаимные их отношения, ограничивая последнее жалованием, чтобы уничтожить их прежнюю свободу и независимость, в которых сохранялось не только Православие, но и греческая народность (смотри о сем в "Духовной Беседе", No 17: "Путешественники"). Может быть, западные, ради своих целей, внушили туркам эту лукавую мысль, чтобы в мутной воде производить свою ловитву, но последние крепко ухватились за нее и могут великий причинить вред Православию, если действительно так лукаво будут поступать, как представляется в No 17 "Беседы". Что тогда скажут увлеченные порицатели греческого духовенства, когда оно, будучи ограничено жалованием, не сможет удовлетворять обычной алчности турецких чиновников? Рассудительно ли при таких обстоятельствах возводить вины на греческое духовенство и подавать повод к разъединению Патриархий, чтобы созидать свое мнимое самостоятельное владычество на Востоке?

Записка Г. основательно написана. Весьма справедливо его мнение, что не ослаблять греческое духовенство, а стараться оное по возможности освобождать от тяжкого угнетения турок. Помогая ему и усиливая оное, мы можем достигнуть и своих целей, которых никак не достигнешь отдельно; находясь же под главой оного и в дружелюбных с ним отношениях, мы можем сделать все желаемое, потому что при таких отношениях будут приниматься оным все наши советы касательно улучшения состояния болгар и арабов. Причем нашим, на Востоке, нужно помнить, что все достигается постепенно, а не вдруг, особенно при затруднительных обстоятельствах; и не надеяться чересчур многой пользы от одной образованности и просвещения. Не всех Бог спасает разумом, но многих простотой. Никто не одобрит невежества, но если выставить на вид весь вред вольномыслия, роскоши и прочего, происходящий от мнимой образованности и ложного просвещения, то явится недоумение о том, нужно ли спешить без разбора образовывать всех арабов, и в какой мере. Теперь арабы переносят душеполезную бедность, которой никак не понесут образованные. Без сомнения, нужны для них обученные сведущие священники с приличным содержанием, но кому их приготовлять, — нам или греческому духовенству, — об этом нужно подумать. Кажется, основательнее бы посоветовать братии последнего, чтобы оно принимало хотя избранных арабов в новую Иерусалимскую семинарию или обучало их в другом каком-либо месте. Нам же брать это дело на себя можно не иначе, как по общему совету и согласию с греческим духовенством. Притом, скоро ли еще наши обучатся арабскому языку?.. Мысль Неклюдова обучать в русских семинариях живому арабскому и греческому языку хороша, но чтобы иметь в этом успех, надо в семинариях исключить преподавание некоторых предметов, не осуществляющихся на деле, а только отягощающих учеников и препятствующих нужнейшему обучению.

Взгляд Неклюдова более других основателен, и в записке его все сказано дельно, но уже архиерея неприлично возвращать с Востока, а нужно только настроить его к благоразумным действиям, к покорному и смиренному обращению и отношению к греческому духовенству и взаимному с оным советованию об общей пользе Православия, внушая ему (нашему архиерею) все выгоды такого отношения и неизбежно вредные последствия отдельного и самостоятельного действования.

Благодарю за уведомления, писанные от 4-го мая. Приятно было слышать, что в Синод поступают на службу люди благонамеренные — С. и С. О том не унывай, что записки твои мало еще приводятся в исполнение; но, Бога ради, с благим намерением занимайся поручаемыми тебе делами. Дай Бог, чтобы была польза и от немецкого сочинения Левисона. О Бежецких богомолах (это о Ржевском отце Матвее, ученики которого в прежнем его, Бежецком, приходе продолжали без него проходить благочестивую жизнь. — Прим.) сказать ничего не могу, потому что достоверного о них ничего не знаю. Не тяготись тем, что за брата Максима восстают на тебя родственники. Всякому доброму делу или предшествует или последует искушение. Когда нужно будет, тогда и объявите о сем.

Родителю твоему содействием Божиим желаю вразумления в Германии; родственнице же твоей М.П. с дочерью Л. посылаю благословение Божие.

Пишешь, что намереваешься отправиться в Киев с греческим архимандритом Александром Ласкарис; нам приятно будет видеть его.

229. Свое душевное устроение не следует изъяснять в общих чертах

(Письма No 229-236 написаны к одному лицу, за исключением письма No 232)

Получил от вас три письма... Смотря на содержание писем ваших, нахожу нужным вам заметить, что вы имеете обычай объяснять свое душевное устроение и внешнее положение в общих выражениях. Такое объяснение может служить препятствием к таким ответам, которых требовало бы ваше духовное настроение. Если подвигнется гнев, или страсть плоти, или что другое подобное, нужно указать прямо на такое движение и случай к тому, если человек желает получить духовный ответ. Впрочем, простите, может быть, мое замечание неуместно.

Желаю вам провести с пользой духовной наступившую Святую Четыредесятницу и в радости духовной встретить святой праздник Воскресения Господа нашего и Спаса Иисуса Христа.

Многогрешный иеросхимонах Амвросий

Все борюсь с нездоровьем, и Бог весть, чья сторона одолеет.

230. Пожелание терпения и смирения

Немощь моя и неисправность много виноваты пред вами. Много раз и часто думал писать вам, но никак не собрался. От души желаю вам умудриться во благое и душеполезное, яже без терпения и смирения не стяжаваются. Да помилует нас Господь и да поможет нам в немощах наших.

Многогрешный иеросхимонах Амвросий

231. Совет не спешить, а выжидать, рассматривая, принесет ли предполагаемое дело пользу или нет

Простите, что по болезненности моей не отвечал на ваши письма. Советую вам не спешить с просьбою об отставке, а подождать лучших обстоятельств. Также и предположенное путешествие по святым местам отложить до времени, чтобы рассмотреть, полезно ли это будет по сокровенным причинам. Не все хорошо и полезно, что с первого взгляда покажется таким. Много сокровенных подсад вражиих, от нихже да сохранит нас Господь за молитвы покойного отца нашего.

232. Письмо лютеранского пастора ко отцу Амвросию и ответ старца

Достопочтеннейший отец Амвросий!

Глубоко убежденный в вашем христианском сострадании к заблудившимся, осмеливаюсь обратиться к вам с усерднейшею просьбою касательно бедного моего сына, который недавно имел честь представиться к вам. Вы видели его. Его изнуренный вид, его тусклые глаза, его худощавость сделали на меня грустное впечатление, не позволяющее мне радоваться свиданию с любимым сыном. Причина его расстройства есть то, что он воображает себе, что для достижения большей святости он должен изнурить себя, отказывая себе даже в достаточной пище и в невинных удобствах жизни. Очевидно, что он погибнет, если никто не вырвет его из его заблуждений, погибнет телом и душой. Сами судите, что родительское сердце должно испытывать при таком угрожающем несчастии. Итак, прибегаю к вам, достопочтеннейший отец, с просьбой. Спасите душу потерявшегося, употребите все ваше влияние на него, чтобы открыть ему глаза и показать бедному фанатику сколь грешен перед Богом его образ мысли.

И вместе со мною жена моя умоляет вас спасти ей сына, обращая его на путь благоразумия. Пишите к нему... Умоляю вас, употребите все влияние вашего слова и сана, чтобы вразумить бедного. Дай Боже, чтобы просьбы скорбящих родителей проникли в ваше сердце.

Кажется даже, что честь вашей Православной Церкви требует от вас этого участия. Пока сын мой оставался верным прародительской евангелической вере, он был здоров телом и душой, и мы от него ничего, кроме радости, не знали. Теперь докажите, достопочтеннейший отец, что ваша Церковь имеет нравственные средства обратить к благоразумию потерявшегося, с тех пор как он обратился к ней.

Умоляю вас не оставить нашу просьбу без внимания. Имею честь, и прочее...

Ответ старца отца Амвросия

М.Г. Имел я честь получить от вас письмо, которым вы выражаете вашу родительскую заботливость о сыне вашем, и особенно в отношении его телесного здоровья. Вам кажется, что он был более здоров прежде присоединения его к Православной Церкви. А я вам скажу откровенно, что он и теперь не совсем достаточного здоровья, а тогда, на мои глаза, еще более был слаб и худощав телом. Впрочем, в последний приезд к нам он не жаловался на нездоровье, а еще выражал некоторое желание в отношении женитьбы, только не решается еще на это потому, что не имеет достаточных средств к семейной жизни. У него и у холостого почти ничего не остается от годового жалованья, которое, судя по прежним временам, очень немалозначительно. Вы замечаете в нем фанатизм; но в нем более, кажется, своеобразность, доходящая иногда до странности, оттого, что он всегда жил более по деревням, одиноко и уединенно, а потому привык действовать как ему вздумается. От сего и обнаруживаются в нем неровности, похожие на фанатизм. Впрочем, я и прежде вашего письма лично советовал ему, чтобы держался во всем более золотой середины, как в домашней жизни, так и в обращении с другими. Тем более теперь буду это иметь в виду, по желанию и внушению вашему, и при всяком случае письменно буду напоминать ему об этом. Искренно желаю вам всего благого, имею честь, и прочее...

233. Письмо старца к сыну пастора

Возлюбленный о Господе! Давно собирался я писать к вам, но немощь моя и недосуг не дозволяли мне. Посылаю вам подлинником письмо родителя вашего. Хотя я не могу вполне согласиться с его мнением, но не могу и совсем отвергнуть оного в том отношении, чтобы вы, по возможности, берегли свое здоровье и не изнуряли оного неуместными лишениями и телесным подвижничеством не по силам. Хорошо — везде и во всем середина. Неумеренность же и неблаговременность всегда вместо мнимой пользы приносят вред. Знайте, что телесные добродетели (пост и бдения) только орудия добродетелей; добродетель же в собственном смысле только душевная. Воздержание нужно иметь не только от различных снедей и пития, но от страстей вообще: от гнева и раздражительности, от зазрения и осуждения, от тайного и явного возношения, от упрямства и неуместной настойчивости на своем, и подобное. Благоразумная и благонамеренная уступчивость, где нет явного нарушения заповеди Божией и явного греха, всего ближе подходит к заповеди Господней (Мф. 16: 24): "аще кто хощет по Мне ити, да отвержется себе и возмет крест свой и по Мне грядет". Не говорю вам, чтобы вы уступали людям, если бы некоторые из них стали принуждать вас к презорливому нарушению постановлений Православной Церкви, но объясню только, что среди столкновений между людьми следует стараться сохранить благодушие и мир внутренний, прежде, по крайней мере, стараясь сохранить псаломское слово: "смутихся и не глаголах", потом уже сказанное к предуспевшим: "уготовихся и не смутихся". Не вотще сказано в Евангелии (Мф. 10: 16): "будите... мудри яко змия, и цели яко голубие". Змея, когда ранят ее тело, всячески старается соблюсти целой главу; а христианин в трудных обстоятельствах да старается соблюдать веру в Промысл Всесильного и Всеблагого Бога. Иже воздаст коемуждо по делом терпения, чтобы чрез сию веру удержать себя в пределах незлобия голубиного. Начал было писать о благоразсудном употреблении пищи и телесного бдения, а написалось иное.

Пусть будет так. Бог весть полезное лучше нашего. Письмо родителя возвратите! Мир вам!

234. Как исповедоваться?

Письмо ваше получил... Также и об исповеди сказано у вас неясно. Надобно исповедовать в чем согрешили и как согрешили, — вот и все. Хорошо заблаговременно написать не по книге исповедь и прочитать самому перед духовником. Будет и ему понятно и незатруднительно, и исповедующемуся легко и отрадно.

235. Письма надо писать ясно

Благодарю вас за поздравление меня с днем Ангела. Только в письме вашем не понимаю некоторых слов об узах, и о свержении оных, и "что-то как-то". Вы намерены предпринять и на что-то и как-то решиться, но ясно не выражаете сего. Вперед о намерениях своих лучше пишите прямо и ясно, чтобы после не раскаиваться тщетно. Апостол (Еф. 5: 13) говорит, что "все... являемое свет есть". Пишет он сие о действиях и намерениях духовных и соприкосновенных оным. Повторяется опытными: "Семь раз отмерить и потом уже отрезать". Мир вам и пребыванию вашему.

236. Рассуждение выше всех добродетелей

Письмо ваше, от 17 октября, получил, но по немощи собственноручно писать не могу, а диктую. Признаюсь, что меня немало удивило сказанное в письме вашем, что вы наняли себе квартиру за 18 рублей без отопления и сами должны покупать дрова и заботиться об этой несродной вам комиссии; а между тем хотите употреблять пищу в скоромные дни — топленое молоко с хлебом, а в постные — вареные и сушеные яблоки, которыми снабдила вас матушка. Вникните сами хорошенько в сказанное, и вы ясно увидите противоречие: почти весь свой приход тратить на пространные и чистые комнаты, и при этом питать себя так скудно и недостаточно, что вы можете совершенно добить свое расстроенное и без того здоровье. Давно обносится слово православных опытных мужей: "Не красна изба углами, а красна пирогами". Это слово и теперь из духовной песни не выкинешь. Особенно вам, при потрясенном вашем здоровье, должно заботиться более о приличном и полезном питании, нежели о нарядности широкой квартиры. Преподобный Кассиан Римлянин повествует, что древние старцы, сойдясь, рассуждали о добродетелях, — какая из них главнее и необходимее; одни из них выставляли пост и бдение, другие — нестяжание и презрение своих вещей, третьи — милостыню, и иные — иное, и таким образом многая часть ночи прошла в сей беседе. Наконец, после всех, великий Антоний сказал: "Правда, все сие полезно ищущим Бога, но добродетелям сим преимущество дать не попущаем: то что видим в постах и бдениях ходивших и нестяжание крайнее претерпевших, и милостыню исправлявших толико, яко не довлети им имений к раздаянию, но по сих окаянно отпадших от добродетели. Что убо их совратитися с правого пути содела? Не иное что, по моему мнению, разве не имеяху они правого и должного рассуждения. Сие учит человека оставлять во всем безмерие, и шествовати путем царским, то есть средним. Оно не попущает человеку, чтобы от десныя страны окрадаем не был безмерным воздержанием, а от страны шуия не был развлекаем к нерадению и расслаблению. Если человек сам может рассуждать здраво и правильно, то сам да рассуждает; а если не может, да советуется, и благим советом да управляет свои дела". Святой Лествичник указывает путь к приобретению здравого рассуждения: "От послушания, — говорит он, — рождается смирение, а от смирения — рассуждение". Как думаю, так и написал вам, впрочем, сами рассмотрите сказанное и примените дело к делу, чтобы концы сходились воедино; если же один конец будет большой, а другой малый, то выйдет это очень неблагообразно. В Писании же сказано (1 Кор. 14: 40): "вся же благообразно и по чину да бывают", то есть в надлежащем порядке.

www.ingramcontent.com/pod-product-compliance
Lightning Source LLC
Chambersburg PA
CBHW030515020726
47494CB00004B/1110